TOM ZIMMER

Blunts, Beards & Beamers

Stories

Tom Zimmer

Blunts, Beards & Beamers

Stories

Impressum

Bibliografische Information der Deutschen Nationalbibliothek:
Die Deutsche Nationalbibliothek verzeichnet diese Publikation in der Deutschen Nationalbibliografie; detaillierte bibliografische Daten sind im Internet über http://dnb.dnb.de abrufbar.

Herstellung und Verlag: BoD – Books on Demand, Norderstedt

ISBN: 978-3-7526-2083-2

Rosen sind rot,
Veilchen sind blau.
Das ist die Geschichte von Toni Zaunmüller.

Der Matrose

Es war scheißkalt. Zur Abwechslung mal wieder. Die letzten fünf Monate war es das schon. Die Sonne verabschiedete sich bereits am späten Nachmittag wieder und ließ mich in der Dunkelheit alleine. Auf dem Weg raus zum Balkon riss ich eines der Kuverts auf. Ich wusste natürlich, was drin war. Bei gemütlichen minus zwei Grad draußen setzte ich mich hin, schüttelte mir eine Zigarette aus der Schachtel und las den Inhalt des Kuverts einmal durch. Das Balkonlicht über der Tür spendete mir getrübte Helle.

Die Hochschule in Rosenheim entließ mich mit meinem bestandenen Ingenieurszeugnis und nach der Abschlussfeier mit Sekt-O-Saft und dem Schmeißen des blöden Hutes und Händeschütteln und allem Drum und Dran hinaus in die Welt der Erwachsenen. Für einen infantilen Quacksalber wie mich genau das Richtige. Ich war nicht bereit für die Arbeitswelt. Wenn ich die zahlreichen Broschüren von Firmen schon sah, wo alle Quereinsteiger und Azubis fröhlich lachten und sich gestellt irgendwelche Tipps von ihren älteren Kollegen abholten oder sich Methoden erklären ließen, wurde mir schlecht.

Ich wusste natürlich, dass ich das Zeugnis irgendwann in der Post vorfinden würde und mein Studentenstatus dann vorbei sein würde. Und doch hatte ich keinen Dunst, wie es danach weitergehen würde. Fragen gingen mir durch den Kopf.

Was macht man, wenn man sein Studium abgeschlossen hat, aber noch immer zu kindlich ist, um zu arbeiten? Man studiert weiter. Was macht man, wenn man nach abgeschlossenem Ingenieursstudium als Planungsgrundlage noch immer Klebeband und WD40 sieht? Man studiert weiter. Und was macht man, wenn der abschließende Notenschnitt beinahe höher ist, als die durchschnittliche Auswärtssiegquote bei den Sechzigern? Man studiert natürlich weiter.

Ich wusste auch nicht. Die Kälte ließ meine Ohrläppchen gefrieren und ich schaute hinunter auf die Straße und die passierenden Leute. Wie sie aus den Büros strömten und zu ihren Autos zurückkehrten. Das sollte mir nun auch bald blühen, kam es mir in den Kopf. Andere dagegen kamen erst in die Stadt. Und selbst die hetzten. Von Termin zu Termin, von Anwalt zu Anwalt, von der Parkuhr zur Fußgängerzone. Der raue Februar wehte ihnen über die Mäntel. Ich dagegen saß da und dachte weiter nach. Ich versuchte, vor der Endstation Ernsthaftigkeit noch ein paar Raststationen mit Spaß zu erwischen. Und die gab's im Erwachsenenleben nun mal nicht immer. Wo man seinen Polo gegen einen Firmenwagen oder eine Familienkutsche tauscht. Wo man Jeans und T-Shirt gegen die dreiteilige Arschlochuniform tauscht. Wo man Ikea gegen den Schreiner tauscht. Und wo aus Toni Anton wird. Das konnte nicht das Ende sein. Grundgütiger. Vierundzwanzig Jahre und zu festgefahren im Leben der Juvenilen.

Der Trott zog mich mit der Zeit runter wie Treibsand. Mir fehlte der Pepp. Überall und allerseits. Vielleicht war es an der Zeit, die Komfortzone zu verlassen und irgendetwas zu verändern. Vielleicht ginge ich wieder ins Fitnessstudio, dachte ich. Ein neuer Haarschnitt – beziehungsweise überhaupt mal ein ordentlicher –, ein neuer Hut, das Rauchen aufhören oder mehrlagiges Klopapier. Kleinste Veränderungen könnten schon etwas bewirken. Zudem hatte ich nurmehr ein paar Wochen, bis Krankenkasse und Haftpflichtversicherung geladen und entsichert vor meiner Haustür standen. Ich wusste weder wohin, noch warum und wann.

Als ich die Zigarette aufgeraucht hatte und sich meine Gedanken langsam beruhigten, öffnete ich das zweite Kuvert. Auch bei diesem wusste ich, was darin war. Dieses Kuvert lag bereits seit zwei Wochen in meinem Briefkasten und trug nur die Aufschrift „Toni". Ich kannte die darin befindliche Einladung mit all ihren organisatorischen und örtlichen Einzelheiten bereits, da sie mir mündlich noch einmal zugetragen wurden. Nun machte ich die Einladung zur Abschiedsfeier von Sven auf.

Sven war aus Norddeutschland und verbrachte seine Studienzeit bei uns im Süden. Nun war er, wie ich, mit dem Studium fertig und entschloss sich, mit einer Mottoparty zum Abschluss ein letztes Mal die Korken knallen zu lassen. An genau diesem Abend. Ich hatte noch gut drei Stunden, bis das

Knallen der Korken feierlich starten sollte. Ich hatte bislang noch nicht zugesagt.

Zum einen kannte ich keinen. Alle unsere Kommilitonen, die ich leiden konnte, waren ein paar Semester vor mir und Sven fertig, wir beiden waren ein paar der letzten Übriggebliebenen. Zweitens hasste ich Mottopartys. Als würde man Mottos dafür brauchen. Diesmal war es „Nordisch by nature". Jeder sollte irgendetwas Typisches für Norddeutschland anziehen. Mein Gott.

Drittens wollte ich die Diplomatie wahren und nicht mit billigen Ausreden kommen. Meine Großmutter war dieses Jahr schon dreimal gestorben. Zählte man alle Geburtstage meiner Schwester zusammen, die ich für eine Absage benutzt hatte, würde sie heuer um die zweihundertvierunddreißig werden. Und Karten für die Bayern hatte ich angeblich auch beinahe jeden zweiten Samstag. Aber mit irgendetwas Abgedroschenem wie dem Geburtstag des Hundes meines Fahrlehrers wollte ich auch nicht daherkommen. Also musste ich wohl die Arschbacken zusammenkneifen und hingehen. Doch dieses Hin und Her ließ mich auf meine Entscheidung warten. Und Sven auch.

Ich starrte einfach weiterhin die Einladung an, in der Hoffnung, sie würde einfach weggehen. Wie eine Blase auf der Zunge, wo man meint, sie heilt schneller, wenn man dauernd darauf herumkaut. Ich rauchte eine zweite Zigarette und ließ den eiskalten Wind über mich herziehen. Ich schloss die Augen und dachte nach. Als ich sie wieder öffnete, war die Zigarette von alleine runtergebrannt und die Asche bereits auf den Boden gefallen. Mein Handy läutete. Ich nahm einen der letzten möglichen Züge vor dem Filter und lupfte mein Smartphone aus der Hosentasche. Sven war dran. Ich seufzte einmal kurz auf und hob ab. Als ich ranging, fragte er nochmal nach, ob ich denn nun käme oder nicht. Ernüchtert vor Ungewissheit und ebenso ernüchtert vor Lustlosigkeit sagte ich ihm zu. Manchmal brauche ich eben jemanden, der mir die Entscheidung abnimmt, dachte ich.

Außerdem: was hatte ich denn sonst vor? Ein weiterer Abend mit Weißweinschorle und Luftgitarre spielen? Das ist nur einmal pro Woche witzig.

Nun brauchte ich wohl ein Kostüm. Ein norddeutsches Kostüm, was immer das auch sein sollte. Motto-Party, sagte ich erneut zu mir selbst. So ein Blödsinn. Damit man ja nicht auf die Idee kommt, sich selbst ein Kostüm auszusuchen. Ich klopfte die abgebrannte Zigarette im Aschenbecher nochmal aus und ging hinein, zog mir eine Hose an, schwang mich auf meinen Drahtesel und fuhr an den Stadtrand, wo ein Großhandel für Faschingsklamotten und so Jux war. Die konnten mir sicherlich bei der Kostümproblematik weiterhelfen.

Unterm Fahren dachte ich weiter über meine melancholische Stimmungslage nach. Es war, dachte ich, nicht nur die

Unsicherheit über die Zukunft, die mich feststecken ließ. Es war darüber hinaus auch die Örtlichkeit, was mir beim Passieren dieser auf dem Fahrrad einmal mehr klar wurde. Ich kam an dem Bolzplatz vorbei, wo ich mir die Technik und die Übersicht eines Brotzeitfußballers antrainierte. Dort stand jetzt ein Discounter. Aus der Bar, in der ich zum ersten Mal ein fesches Dirndl bezirzen konnte, mir ihre Zunge in den Hals zu stecken, verkaufte man nun trendige Smoothies und kalorienarme, glutenfreie Cookies.

Zu den schicken Burger-Läden gesellten sich mittlerweile hippe Nobelitaliener, die in ihrer Einrichtung eher einer Diskothek ähnelten, und trendige Second-Hand-Geschäfte, die nun auf Vintage spezialisiert waren. Rosenheim war schon immer Münchens kleiner Bruder. Und der wurde jetzt erwachsen und wollte dem Großen die Stirn bieten, wenn er auch noch so unterlegen war.

Vielleicht war es ja wirklich das. Ich musste weg. Das war wahrscheinlich die Veränderung, die ich brauchte. Der Ort war mir mit der Zeit einfach zu fremd geworden. Oberbayerisch wurde noch in den Vororten gesprochen. Die Autos wurden dicker, die Nachbarn sensibler. Da war dann die Musik zu laut, die Leute zu lange da. Staubsaugen durfte man nur mehr untertags. Obwohl ich mich in diesem Alter noch kindlich fühlte, musste ich nicht von Fremden bemuttert werden. Auf dem oberbayerischen Land südlich von der Luxusmetropole

München war man zweifellos gefangen zwischen neoliberalen Hipstern, die sich mit Hüten und knöchelfreien Jeans von allem und jedem beleidigt fühlten, und alteingesessenen Vorgestrigen, jenen vom selbstpropagierten alten Schlag, die alles, was vor vierzig Jahren noch nicht existierte, kritisierten und ablehnten, sogar wenn sie selber jene vierzig Jahre noch nicht erreicht hatten oder die Neuheiten Sinn machten.

Als ich nach zirka fünfzehn Minuten draußen am Großhandel war, musterte ich sämtliche Maskierungen. Superhelden, Cowboys, Astronauten, Scheichs. Gab es nichts norddeutsches? Anders als in normalen Bekleidungsgeschäften, stürmten hier die Verkäufer nicht gerade auf einen zu. Also versuchte ich, einen zu finden. Nach ein paar Minuten des Suchens zwischen den Hochregallagern mit Clownsmasken und Indianerfedern fand ich einen Verkäufer.

„Servus", sagte ich und riss ihn aus seiner Langeweile, die er mit dem Rumspielen an seinem Handy zu überbrücken versuchte, „I bräucht was Norddeutsches."

„Was?", fragte der Typ in strengem Ton, nachdem er vom Smartphone mit verzogenem Gesicht aufsah.

„Ja, hören Sie. I bin zu na Abschiedsparty eingeladen, wo man irgendwas typisch Norddeutsches anziehen soll."

Wir durchkämmten den Laden. Ninjas, Zorros, Ritter, Piraten. Rüstungen, Augenklappen, Hüte, Schwerter, Masken. Schminke, Perücken, falsche Nasen, große Ohren. Mit

Sicherheit ließe sich aus den ganzen Sachen etwas geeignetes herausbasteln. Doch ich war nicht zufrieden. Gar nicht zufrieden. Bis zu dem Punkt, an dem zwischen Bienenflügeln und Froschaugen etwas hervorblickte. Mein Kostüm für den Abend. Es war perfekt.

Ich bezahlte, packte mein Kostüm ein und radelte wieder zurück in die Stadt. Ich kam an einem Plattenladen vorbei. An einem ehemaligen Plattenladen, um genau zu sein. Zugegeben, zu meiner Zeit belief sich das hauptsächliche Geschäft dort auch schon auf CDs. Aber nun konnte man dort Gummibärchen kaufen. In allen Formen und Farben, in allen Geschmäckern und Gerüchen. Schlangen, Würstchen, Bärchen. Sauer, süß, klebrig. Plompenzieher und Apfelringe.

Keine zehn Meter weiter trat eine Frau auf den Radweg, ohne sich einen Dreck zu kümmern, wer hier gerade bei einer Scheißkälte und glatter Bahn daherkommt. Ich bremste zusammen, die Frau starrte nur aus ihrem operierten Gesicht heraus und ließ die Situation unkommentiert. Gruzifix. Selbst plastische Chirurgen fanden mittlerweile Arbeit im ländlichen Rosenheim. Ich musste hier weg.

An dem Platz, an dem ich eine Weile weiter vorbeikam, hatte ich das Radfahren gelernt. Da war jetzt zur Abwechslung ein Café. Eines derjenigen, die auf den modernen Industrielook setzten. Offene Lüftungsleitungen, zerkratzte Edelstahlstühle und Bedienungen, deren Laune auch oft kalt wie Stahl war.

Ich musste weg.

Zurück in meiner Wohnung, zog ich mein Matrosenoutfit an und betrachtete mich im Spiegel. Ein Schuss Motivation zog mir durch den Körper. Ich hatte sie, die erste kleine Veränderung. Die Bereitschaft, gegen den eigenen Willen etwas für jemand anderes zu tun. Und an die musste ich anknüpfen. Kostümtechnisch fehlte etwas, was ich merkte, als ich mich weiter im Spiegel selbst beäugte.

Ich nahm meinen elektrischen Rasierer aus dem Regal neben dem Waschbecken, schob den Schalter nach vorne und schor mein Gesicht. Was übrig blieb, war ein altmodischer, gut aussehender und unwiderstehlicher Schnurrbart. Eine Popelbremse feinster Güte. Holztennisschläger, Polohemd, Eierzwickerhosen und Socken bis zu den Knien und ich wäre wieder ein wunschlos glücklicher junger Mann gewesen. Aber ich hatte eben nur diesen Matrosenanzug. Und nun eben den Schnauzer. Aber ich war stolz drauf. In der Hipster- und Motorradcopszene war der Schnurrbart schon lange wieder ein Hit, wieso dann nicht auch bei mir? Machte mich der Schnauzer zu einem besseren Menschen? Keine Ahnung. Machte er mich reich? Nicht die Bohne. Sah ich aus wie ein degenerierter Dorftrottel? Teilweise. Und war es mir scheißegal? Jawohl, Sir. Wenn Kleider Leute machten, machte ein Schnauzbart Legenden.

Zum ersten Mal in meinem Leben trug ich einen

Respektbalken. Und es fühlte sich gut an. Wie eine Wiedergeburt. Wie ein weiterführendes Gadget für meinen Körper. Ich richtete mich her, zog die Tür hinter mir zu und ging noch zu einem Supermarkt beim Busbahnhof. Irgendetwas musste ich ja mitbringen.

Ich schlenderte durch den kleinen Laden bis ganz hinter zum Weinregal. Mal sehen, was wir da finden, dachte ich. Die klassische Flasche Wein löste in meinem Alter nun den Discounter-Wodka und die No-Name-Paprika-Chips als Mitbringsel zu Feiern aller Art ab. Also ging ich hinter und nahm Flasche für Flasche in die Hand und tat so, als würde mir das Etikett irgendetwas mitteilen.

„Schickes Outfit!", klang es neben mir auf einmal hervor. Eine Gruppe junger Kids in den gewöhnlich bescheuerten Klamotten der Zeit lungerten neben mir herum und schauten sich ihrerseits nach einem bevorzugten Drink für den Abend um.

„Danke.", war meine knappe Antwort, nachdem ich meinen Blick zurück auf das Weinsortiment des kleinen Eckladens gerichtet hatte. Südafrikaner, Frankenwein, Spätburgunder, Chardonnay, Neuseeländer, Pfälzer. Beim Teutates. Wie soll man da was finden?

„Ist das dein Hochzeitskostüm?", fuhr einer aus der vier bis fünf Mann starken Gruppe fort, „Was sagt dein Bräutigam dazu?"

Alles klar, dachte ich. Der ist der Boss in der Gruppe. Das

Sprachrohr. Die anderen um ihn rum lachten laut in ihren weiten Klamotten und unter ihren in die Gesichter gezogenen Caps. Gott, hoffte ich schon wieder, nochmal ein Kind zu sein. Dann hätte ich dem Knirps eine auf die Fresse hauen können, ohne jegliche schwerwiegende Strafverfolgung. Das konnte ich nun nicht mehr. Wie sähe das denn aus, wenn ein erwachsener Mann mit Schnauzbart in einem Matrosenkostüm in einem kleinen Supermarkt Kinder vermöbelt? Ja, genau. Ich dachte das gleiche, wie Sie jetzt.

Ich ignorierte den Haufen Kleingewachsener, suchte eine Flasche aus und machte mich auf den Weg zur Kasse. Außerdem war der Spruch des Kleinen gar nicht so schlecht. Etwas Ansehen hatte er schon gewonnen damit. Dennoch bestätigte mich das Ganze noch in meiner Sache. Ich musste hier weg. An der Kasse schloss ich erneut die Augen und dachte nach. Ich ließ die Gerüche durch meine Nase ziehen, das alte Obst und das übriggebliebene Gemüse. Und ich versuchte zu entspannen.

Ich war an der Reihe. Die Dame hinter mir legte noch einen Trenner zwischen ihren Wocheneinkauf und meine hin und her rollende Flasche Weißwein, um ja kein Missverständnis zu erzeugen. Die Kassiererin lächelte mich an und zog die Flasche über den Scanner.

„Schönes Kostüm.", sagte sie. Das zweite Kompliment innerhalb weniger Minuten.

„Danke."

„Sind Sie ein Bäcker?", fragte die Kassiererin und lächelte wieder, nachdem sie mir den Preis mitgeteilt hatte.

„Ja, ganz genau. Hundert Prozent.", sagte ich etwas monoton und lakonisch und gab ihr die Münzen rüber.

„Dachte ich mir. Sehr nett." Die Dame gehörte, glaube ich meiner hobbypsychologischen Analyse, zu denen, die immer positiv waren. Optimisten von Geburt an. Ich bedankte mich nochmal und ging hinaus.

Es war noch kälter geworden und der Wind war noch ungemütlicher. Und das Matrosenkostüm alleine hielt dieser Kälte einfach nicht stand. Aber ich zog mit Sicherheit keine Jacke darüber und zerstörte somit mein Kostüm. Das einzige, was ich noch lächerlicher finde, wie Leute, die einen Selfie-Stick benutzten, waren Leute, die über ihr Faschingskostüm noch eine Jacke zogen. Ich war nun selbst kein begnadeter Faschingsfreund, aber wenn man sich für ein Kostüm entscheidet, dann hat man verdammt nochmal auch dazu zu stehen.

Ich schlenderte mehr als ich ging und ich flanierte mehr in Richtung Svens Hausparty, als ich denn eilte. Meine Gedanken leiteten mich wieder, ich wurde sie einfach nicht los. Nicht für ein paar Stunden mal konnte ich abschalten und mir einreden, dass sich schon alles regeln lassen würde. Dauernd dachte ich daran, wie es nun in Zukunft weitergehen würde.

Als ich bei Svens Adresse ankam, stand plötzlich Pippo vor

dem Haus und rauchte eine Zigarette. Ja, Herrschaftszeiten.
Pippo war einer meiner besten Freunde im Studium und wir
freuten uns beide gleichermaßen, dass der jeweilig andere auf
einmal da stand. Er kam als Schifffahrtskapitän. Auch gut.

„Pippo, scho fertig mit dem Leute bescheißen heute?", fragte
ich in lautem Ton, als ich ihm die Hand reichte.

„Ha! Netter Pornobalken, Magnum! Studierst immer no auf
Kosten vom Staat?", war seine provokative Antwort. Pippo
meinte, er wurde auch noch eingeladen, obwohl er anderthalb
Jahre vor uns bereits fertig war. Wir ratschten kurz weiter und
gingen rein.

Drinnen waren ein paar andere Matrosen, ein Käpt'n Iglo, ein
Käpt'n Blaubär und unzählige Unverkleidete. Na toll. Geradewegs ging es für uns zur Bar. Wir bestellten zwei Gin Tonic
und besprachen die letzten Monate, in denen wir uns kaum sahen. Pippo war erfolgreich als Ingenieur in einem Bauträger-
büro eingestiegen. Bei der Frage nach mir fehlten mir mehr
und mehr die Worte. Was ich machen würde? Weiß ich doch
nicht. Ich meinte nur, dass ich Rosenheim wohl verlassen
würde. Pippo verstand nicht, versuchte mir das auszureden.
Was gäbe es denn schöneres, als daheim zu sein? Das war
seine Devise.

„Bist dir sicher? Wos is mit deine Freund'?"

„Mann", sagte ich streng, „I muss einfach raus hier. Wos wartet denn hier auf mi no? Heiraten, Kinder, Alimente zahlen und

sterben?"

„Toni", mahnte er in ruhigem Ton, „Du warst scho im Studium a kompletter Zyniker. Außerdem wartet des woanders a auf di."

Ich erklärte ihm, was mich alles nervte. Die Leute mittlerweile. Die Stadt. Es war seit beinahe einem Vierteljahrhundert das gleiche. Jeden Tag. Wir plauderten noch zwei Stunden so weiter. Rauchten zwischendrin, gingen wieder zur Bar. Trafen kurzzeitig jemanden flüchtig bekanntes. Auf einmal kniff er mir in die Schulter und schaute über mich hinweg zum Eingang.

„Toni, is des ned die Sandra?" Ich drehte mich um.

„Ach ja. Die im fünften rausgeflogen is.", erinnerte ich mich, nachdem ich mich umgedreht hatte.

„Hast du ned was mit der gehabt?"

„Ned dass i wüsste. Da Sven aber. Glaub i."

Wir glotzten wie zwei Bescheuerte weiter zu Sandra hinüber, immer wieder mal für die nächste Stunde. Mit der Zeit erhöhte sich auch der Pegel. Das Bild wurde schwummriger, die Witze schlechter. Die Zeit verging schneller und die Toilettenbesuche wurden häufiger. Kurz nachdem wir wieder durch die Bagage schauten und ein paar Momente bei Sandra stehenblieben, tippte mir jemand auf die Schulter.

„Hast du mein Mädel angeglotzt?", fragte der Begleiter von Sandra, der mir am Anfang schon auffiel, und bäumte sich auf.

Der war auch unverkleidet. Amateur. So ein Typ in Loafer und mit akkurat frisiertem Haar. Bitte ned, dachte ich mir nur. Der Halunke war so unauthentisch wie House-Musik im Jahr 2011. Ich rollte genervt mit den Augen, was er so verstanden haben muss, dass ich ihn näher an mir haben wollte. Er kam weiter auf mich zu.

„Sag mal, hast du n' Problem?" Er stupste mit seinem Finger gegen meine Brust. Ich ließ es mir gefallen. Ich schloss die Augen und dachte an Worte wie „Ruhe" und „Wald".

„Hörst du schlecht?" Er führte einen Monolog, ich reagierte nicht. Wieder stupste er gegen meine Brust. Ich scheute mich nicht vor der Konfrontation, aber ich wusste, wenn ich was tat, würde am nächsten Tag sein Daddy mit dessen Anwalt vor meiner Zimmertür stehen, was mir nicht zwingend lieber als die Haftpflicht oder die Krankenkasse gewesen wäre. Er holte wieder mit dem Finger aus und stupste im Gleichtakt mit den Silben gegen meine Brust.

„Hörst. Du. Schlecht. Du...." Ich nahm seinen Finger und bog ihn nach hinten. Er ging in die Knie und schrie, die Leute drehten sich zu uns um. Ich ließ ihn wieder los, er fiel nach hinten auf den Boden. Erschrocken schaute er auf zu mir. Pippo zog mich weg und wir gingen durch den Kreis der Schaulustigen hinaus auf die Terrasse.

Pippo meinte nur: „Langsam versteh i, warum du weg willst." Wir standen da und ich war immer noch energisch. Mit der Zeit beruhigte ich mich und bedankte mich bei Pippo, dass er dazwischen gegangen ist. Ich wollte nichts mehr hören und sehen. Kleingeister blieben Kleingeister, dachte ich. Heimgehen wollte ich aber auch nicht. Rauchen, trinken, feiern. Alles auf Svens Kosten. Bis auf das Rauchen natürlich. Aber wenn mich etwas ablenken konnte, dann das.

Der Typ, dem ich den Finger umgebogen hatte, tapste vorsichtig auf den Balkon heraus und wollte sich für das Missverständnis, das ihm von Sandra nun anscheinend zugetragen wurde, entschuldigen. Pippo lauerte schon auf einen falschen Ton. Wohl um die Wogen etwas zu glätten, fragte er nach einer Zigarette.

„I hab aufgehört…", sagte ich und zündete mir noch eine an.

„Aber du hast doch gerade…"

„… mit dem Herschenken. Und jetzt schwing di." Ich wurde nicht oft pampig, aber wenn, dann richtig. Er drehte um und ging zurück auf den provisorischen Dancefloor zwischen Couchecke und Fernseher. Wir sahen ihm nach, rauchten fertig, gingen rein und bestellten noch ein paar Gin Tonic. Wir redeten weiter, aber über weniger deprimierende Themen. Die Bundesliga, E-Bikes, Michael Jordan und Ed von Schleck.

Die Feier ging noch ein paar Minuten, als plötzlich, um etwa kurz vor elf, die Musik ausging. Wir schauten zunächst alle überrascht durch den Raum und wussten nicht recht, was vor sich ging. An der Tür standen drei Nachbarn und beschwerten

sich – laut ihrer Aussage zum fünften Mal – über die Lautstärke. Das sei hier keine Diskothek und alle hätten sie Kinder
und so weiter. Pippo und ich sahen uns an und ich dachte an
unsere Gespräche über den Abend.

„Schau her, Mann. I muss einfach weg.", sagte ich und trank
aus.

Frühshoppen

Es gehört zur altbayerischen Lebenskultur, wie die Tracht, das Bier, der Anstand und der unbändige Glaube an JC, seinen Schöpfer und den Heiligen Geist: das Frühshoppen. Damit ist allerdings nicht der sonntägliche Flohmarktbesuch, das verkaufsoffene Wochenende, Night Shopping oder das Durchzechen vor den digitalen Online-Königreichen der Bekleidungsindustrie gemeint, sondern das altbewährte, legere Weißwurstfrühstück, das es jedem bedingungslos erlaubt, am Vormittag Weißbier in allen Maßen und Formen zu konsumieren, ohne sich umgehend zu einem gesellschaftlich Geächteten zu entwickeln. Weißbier und Weißwürst: das Frühstück der Champions. #healthyfood #startyourdayright.

Mein Freund Michi hatte gerade eine neue Terrasse vor seinem Wohnhaus errichtet und lud mich zu einem jener Weißwurstfrühstücke ein. Freier Blick auf die Chiemgauer Alpen, eine neuerdings öfter lachende Sonne und mein baldiger Abschied aus dem Voralpenland waren Grund genug, uns zu treffen.

Wie zumeist, lag es an mir, Michi in die Welt der wachen Menschen zu befördern. Eine handelsübliche Hausklingel eignet sich bei unregelmäßiger und schneller Betätigung von außen hervorragend dafür. Er machte mir nach wenigen Augenblicken auf und legte sich seine Haare zurecht, als er mich ins Haus hereinführte.

Er meinte, er richte sich noch kurz her und ich solle schon mal die Würstl in die Küche legen. Und wenn ich Zeit hätte, noch den Tisch auf der Terrasse decken. Freilich.

Ich durchkämmte jeden Küchenschrank nach ordentlichem Besteck und wurde auch irgendwann fündig. Ich nahm Teller, Besteck, Senf und Weißbiergläser mit nach draußen und setzte mich. Michi kam nach ein paar Minuten heraus und setzte sich dazu. Die Sonne lockte uns förmlich nach draußen.

„Hast du as Wasser schon aufgesetzt?", fragte Michi, noch immer in recht verschlafenem Ton.

„Na.", sagte ich.

„Okay, mach i dann."

Wie in jeder ehrlichen Konversation des 21. Jahrhunderts saßen wir am Handy, während wir uns nebensächlich unterhielten. Dennoch bestand zwischen uns ein grundsätzlicher Unterschied in der Herangehensweise am Smartphone. Michi entnahm seiner bevorzugten Social-Media-Plattform den Inhalt seines Feeds. Wenn man den Feed wirklich mit „füttern" übersetzt, dann bekommt die ganze Geschichte einen viel intensiveren Schlag, dachte ich.

Ich dagegen las zunächst, warum man der Regierung nicht glauben sollte und dass die Erde in Wirklichkeit flach wäre. Sie ist keine Kugel, sondern flach, mit einem Eiskranz rundherum, damit man nicht runterfällt, wenn man an den Rand segelt. Ich las mir sorgfältig die Argumente durch, doch verstand nicht ganz, wer denn davon profitieren würde, wenn alle

Menschen glaubten, die Erde wäre eine Kugel. Doch auch dafür bekam ich recht schnell – zumindest teilweise – eine Antwort. Die Reptiloiden profitierten davon. Echsenmenschen, die sich als Abgeordnete und Prominente tarnen und uns unterwandern. Wo genau jetzt der Profit lag, verstand ich immer noch nicht. Ich war in Gedanken voll und ganz verschwunden, bis Michi aufblickte und mir Neuigkeiten zutrug.

„Die Lisa hat heut Geburtstag.", sagte er.

„Welche Lisa?", gab ich mich unbewusst blöd.

„Wie viele kennst denn?"

„Okay.", gab ich nach, „Und woher weißt du des?"

„Hat sie gepostet." Er drehte das Handy zu mir und zeigte mir den Post. Ja, liebe Leser des prä-sozial-medialen Zeitalters, das gibt es. Leute, die ihren eigenen Geburtstag posten. #happybirthdaytome. Das erinnert mich immer an den jungen Klaus in unserer Realschulklasse, der auch Geburtstag hatte und der, als ihm aus Unwissenheit niemand gratulierte, seinen Geburtstag in kleinen und leise betonten Nebensätzen in Konversationen einzubauen versuchte. „Schon wieder ein Jahr älter.", sagte er dann. Oder: „Die Zeit vergeht so schnell." Mit einem starken, seufzenden Ausatmen hinterher, damit irgendjemand irgendwann ja merken musste, dass er irgendetwas mitteilen wollte.

Michi legte sein Handy weg und meinte: „I mach mal die Weißwürst warm. Wie viel magst du?"

„Drei. Und pass auf, dass sie ned platzen.", sagte ich und hörte nur ein abwesendes „Ja, ja", als Michi zur Tür hinein verschwand. Ich saß beruhigt da und blickte geradewegs von Michis Terrasse rein in die Chiemgauer Alpen und sah, wie die Sonne hinter der Siedlung weiterstieg. Und irgendwo zwischen hier und da, sagte ich mir, sind sie auch, die Reptiloiden. Michi kam wieder heraus und die Konversation wurde nahtlos fortgeführt.

„I glaub's ja ned, dass der Seppi der an Antrag gemacht hat.", sagte Michi, wieder in sein Smartphone glotzend. Ja, immerhin bin ich nicht der einzige, der weit weg ist vom Heiraten, dachte ich.

„Und woher weißt du des scho wieder?", kam es mir plötzlich.

„Er hat a Foto dazu gepostet." Was sonst? Michi drehte das Display erneut zu mir und ich sah das Foto von Seppi, Lisa und dem Ring, irgendwo auf einer Berghütte, umringt von Schnee.

„Der hat a Sonnenbrille im Winter auf. Jetzt dreht er total ab.", sagte ich zynisch. Ich war der jüngste alte Mann der Welt.

„Ja, und?", fragte Michi.

„Des is wie die Leute, die beim Joggen Sonnenbrillen tragen. Dafür gibt's verdammt nochmal an Ort und a Zeit."

„Wie du meinst. Aber des war ned im Winter, die waren nur auf na Hütte. Jetzt is Anfang März. Da hats halt no Schnee. Und vielleicht verträgt er des Licht ned da oben. Außerdem:

was is so schlimm dran?", ging Michi auf mich ein.

„Der hat nix mit de Augen, i kenn den seit der Schule."

„Vielleicht is er kurzfristig erblindet.", meinte Michi scherzhaft.

„Des würd erklären, warum er die Lisa heiratet." Beide lachten wir. Ja, manchmal war ich für einen gut.

„Wie lange brauchen die Würst eigentlich no?", fragte ich zwischendurch.

„I schau nach." Michi ging ins Haus, ließ mich mit meinen Gedanken alleine und meinte, als er wieder rauskam, die Würst wären immer noch kalt.

„Weißt, was i vorhin gelesen hab?", fragte Michi, als er zur Abwechslung mal wieder in sein Handy schaute. Er tappte ein paar Mal darauf rum und las mir vor. „Landkreis Landshut. Bla bla bla. …Musste das Tier eingeschläfert werden, nachdem der Mann mit der Befriedigung fertig war."

„Hm?", fragte ich recht wortkarg. Ich hatte keine Ahnung, was er wollte und war mir nicht sicher, ob das nicht sogar gut war.

„Da hat einer an Hund gevögelt.", belehrte mich Michi, fast schon wiederholend. Netter tierischer Ausdruck. Einen Hund gevögelt. Ich schaute nur unbekümmert drein. Er drehte mir das Display wieder hin, um mir die Sache ernsthafter anzupreisen.

„Is doch nimmer so schlimm heutzutage.", kommentierte ich lakonisch, zuckte mit den Schultern und nahm einen Schluck von meinem Weißbier.

„Wos meinst du?", fragte Michi, erschrocken von meiner monotonen Unvernunft.

„Naja. Selbst wenn des furchtbar is. Der Typ googelt einfach, wer sonst noch so Hunde vögelt da draußen, wird Teil von na Community, trifft sich auf Hundeficker-Meetings. Die haben dann Aktionen, machen Spielenachmittage untereinander. Des is halb so schlimm in Zeiten vom Internet. Und außerdem drehen sowieso alle durch."

„Du bist echt a Miesmacher manchmal, Toni."

„Wieso? Nur weil i Sachen aussprech, die jeder denkt?"

„I denk ned, dass Hunde bumsen normal is.", gab sich Michi anständig.

„Mann. I sag ja ned, dass es normal is. Aber für manche Menschen is es nichts unnormales mehr."

„So, wie wenn man a Sonnenbrille im Winter trägt?", provozierte Michi.

„Leck mich.", kappte ich ihn ab, „Es is wie mit Religion."

„Wos is damit jetzt wieder?"

„Früher war des undenkbar, dass jemand ned an Gott glaubt. Heut is de Kirche am Sonntag so leer wie a Studentengeldbeutel."

„Wie kommst du jetzt vom Hunde bumsen auf Religion?"

„I wollt so schnell wies geht des Thema wechseln."

„Okay.", nickte mir Michi rechtgebend entgegen und legte

sein Smartphone endgültig beiseite, „Bist du religiös?"

„Hm?", fragte ich erneut. Mit einem angesetzten Weißbier bringt man nicht mehr allzu viel heraus.

„Glaubst du an Gott?"

„I glaub eher an Aliens.", sagte ich und kratzte mit dem Finger auf dem Holztisch herum.

„An Aliens?"

„Ja."

„I hab no nie welche gesehen.", meinte Michi und lehnte sich zurück.

„I hab a no keinen Gott gesehen. Aber Alien a keinen, da hast du recht. Werd i a nie. Wer will uns denn scho besuchen?"

„Es gibt doch schöne Orte bei uns. Und mit Sicherheit Technologien und sowas, des die ned kennen."

„Um zu uns zu kommen, brauchen die scho mal a Technologie, die viel weiterentwickelt is, als alles bei uns kaufbare.", erklärte ich meine neueste Theorie, „Und außerdem: sagen wir mal, du kommst zur Erde und siehst, wie junge Leute in affigem Gewand sich a Smartphone vor die Linse heben und zu irgend na Kack-Musik tanzen und des filmen, würdest du dann ned umgehend wieder in dei Raumschiff steigen, dir fünfhundert Gramm Koks reiziehen und ohne Abschiedsbrief einfach abdanken?"

„Jetzt geht des wieder los. Du und deine Theorien immer. Du hörst di an, wie a Rentner. So is halt mal die Zeit, die Jugend.

Des ändert si halt. Sollens alle im Wald rumlaufen wie da Tom Sawyer, oder wos?"

„Wos heißt da: i und meine Theorien? Deine Theorie is ja mal völlig wahnsinnig!", verteidigte ich mich.

„Welche? Dass jemand, der mit juckendem Arsch ins Bett geht, mit stinkendem Finger aufwacht?"

„Ja genau.", antwortete ich, verschränkte die Arme vor der Brust und lehnte mich zurück.

„Des is ja so."

„I glaub es is gescheiter, wenn du mal nach de Würstl schaust.", warf ich in die Debatte, um eine mögliche Eskalation zu vermeiden. Eigentlich wollte ich vor dem Essen keine rauchen, aber die Diskussion trieb mich wieder zum Griff in die Schachtel. Michi kam relativ schnell zurück auf die Terrasse.

„Also, die sind immer no kalt. Du warst doch mal beim Heizungsbauer, kannst du dir des mal anschauen?"

„Erstens war i da gerade mal zwei Sommer lang. Und zweitens: wos hat des überhaupt mit dem zu tun?"

Ich ging rein, um mir das Problem anzuschauen. Ich weiß nicht, ob ich ihn mit Verschwörungstheorien und Gesprächen über Sodomie abgelenkt hatte, doch ich hatte Michis Problem recht schnell entdeckt.

„Michi, du hast die falsche Herdplatte angeschaltet."

„Oh.", sagte Michi verdutzt, „Naja, wenigstens sind sie ned

geplatzt.“

Der Dicke und sein Japaner

Ich brüllte zum gefühlt vierundsiebzigsten Mal auf meiner Autofahrt den Vordermann an. Dann zog ich links vorbei, schaute rüber und sah einen alten Tattergreis mit einer dieser braun getönten Brillen, wie er mit akkuratem Kurzhaarschnitt und Zehn-vor-Zwei-Lenkung die Spur hielt und sein Tempo achtzig gemütlich durchzog. A-Klasse, Wackeldackel und Gamsbart auf der hinteren Ablage ließen mich schon vermuten, wen ich da vor mir hatte. Und nach einer Viertelstunde hatte ich es nun auch geschafft, ihn zu überholen.

Ich war auf der A96 unterwegs, in Richtung Baden-Württemberg. Genauer gesagt: in den Schwarzwald. Das sollte ich noch lernen, dass diese Spezifikation unvermeidlich ist, um mit einigen Personen auf der Westseite der Republik ein gutes Verhältnis zu pflegen. Mei o Mei, wo war ich da wieder gelandet? Ja, das dachte ich zu diesem Zeitpunkt. Bis mir einfiel, dass bei uns drüben auf bajuwarischer Seite der gleiche Blödsinn abgeht. Da kann es einem schon zum Verhängnis werden, wenn man im falschen Ortsteil wohnt. Du wohnst bei den zweiunddreißig Typen hundert Meter hinter dem Sportplatz? Schau ja nicht meine Tochter an.

Nach meinem Bachelorstudium in Rosenheim hatte ich keinen Plan, wie es denn weitergehen sollte, und ich fand eine Hochschule im Schwarzwald, die sich bereiterklärte, mich unter ihre Fittiche in ihrem Angebot von Masterstudiengängen zu nehmen. Betrachtet man den linearen zeitlichen Fortschritt in der Sache, so stimmt der Satz, dass, wenn sich eine Tür schließt, eine andere aufgeht.

Die Hochschule lag in einem beschaulichen Siebentausend-Seelen-Ort und ich fand in der Nähe eine kleine, nette Wohnung auf dem Land. Bei meiner kurzweiligen Recherche zu meinem künftigen Lebensabschnitt, mit der ich mir die Werbepause in einer dieser Amateur-Sänger-Shows beschäftigt hatte, fand ich bei der Betrachtung einiger Online-Foren und anderweitigen Internetquellen heraus, dass meine neue Heimat anscheinend der Ort in Deutschland mit der höchsten Selbstmordrate unter Studenten sei. Das konnte ja lustig werden. Eine Randnotiz vorweg: ich fand nie heraus, ob dieser Mythos der Wahrheit angehörte oder nicht.

Und nun saß ich halt da, im geliehenen Auto meiner Eltern und bog ab in eine Zukunft voller Ungewissheit, wo ich niemanden kannte, wo niemand meinen Dialekt sprach und wo höchstwahrscheinlich keiner Bock auf meine Geschichten über Komparserie, Dorfrangeleien und gestörte Nachbarn hören wollte. Klasse.

Es ging weiter auf der Autobahn monoton voran. Auto für Auto, Lastwagen für Lastwagen, Traktor für… Moment. Traktor? Ja, da war einer. Ein Traktor auf der Autobahn. Wo war ich denn da gelandet? Alle Autos schossen in dieselbe Richtung und ich fragte mich, wo die alle hinwollten. Ich war umringt von Pendlern, Vertretern und Touristen. Und umringt von Zweifeln, ob das denn alles Sinn ergab, was ich da lostrat. Mit zunehmender Entfernung von der Heimat wurde die Landschaft flacher. Die Berge zogen sich weit in den Horizont zurück. Und weiter und weiter. Bis sie irgendwann nur noch schattenartige Silhouetten waren, die nur unter klarem Himmel zu sehen waren.

Bis nach Memmingen konnte ich die grenzenlosen Vorteile der German Autobahn und seinen zum Teil frei wählbaren Geschwindigkeiten auskosten, danach ging es runter auf die Landstraße.

Es war ein recht heißer Tag für das Frühjahr. Zumindest was die blau-weiße Heimat und den größten Teil der Autobahn anging. Je weiter ich dann in den Schwarzwald vordrang, desto mehr wurden meine bereits aufgezogenen Sommerreifen zu einem Untersuchungsfall für die Versicherung.

In einer Ortschaft namens Ochsenhausen fuhr ich dann kurz in den Boxenstopp. Tankdeckel auf und ab geht's. Man kennt das ja. Ich schaute auf die riesige Anzeige an der Straße mit den 1,29 Euro für den Liter Benzin und dachte zurück an meine Lehrerin in der Grundschule, die meinte, sobald der Benzinliterpreis die Eine-Mark-Hürde überklettert, breche breites Chaos in der Welt aus. Ja, so war das zu meiner Zeit in der Grundschule. Da wurde man noch mit der Angst in den Beinen nach Hause geschickt. Oh Gott, ich hör mich schon wieder an, als würde ich vierzig Jahre älter sein, als ich denn bin. Jetzt brauchte ich nur noch Camp-David-Klamotten, Pulled-Pork-Burger und Tourenski und ich war im wohl unterbewusst ersehnten Mittfünfzigerdasein angekommen.

Als ich dastand und auf das Schnackeln des Schlauches wartete, trödelte sich ein japanischer Kleinwagen mit Biberacher Kennzeichen hinter mich in die Spur der Tankstelle. An den Wagen konnte ich mich noch erinnern, den überholte ich außerorts vor einer Ortschaft namens Erlenmoos. Der nervte mich schon ab der Autobahnausfahrt. So ein Experte, der sich an jede rote Ampel hin rollen ließ, in der Hoffnung, sie schalte wieder auf Grün und er müsse nicht schalten. Dann noch der „Leider Geil"-Aufkleber auf der Heckstoßstange, den ich die ganze Zeit sehen musste. Dann wurde er halt überholt, der Golf meiner Eltern schaffte das ja. Mein 98er Polo hätte da mehr Schwierigkeiten gehabt. Zwar wurde es ein wenig eng, aber ich konnte die nächsten zwei Kilometer beruhigt weiterfahren. Bis jetzt.

Aus dem Japaner stieg ein unmöglich fetter Kerl aus, drückte vorsichtshalber seine Zigarette vor dem Betätigen der Zapfsäule aus und schaute mich grimmig an. Seine Wurstfinger griffen nach dem Tankschlauch und er lud den Tank seines Kleinwagens auf.

„Du hast mich geschnitten, Arschloch.", schrie er rüber zu mir in bayerisch-schwäbischen Dialekt. Das war dann wohl

Allgäuer Dialekt, vermutete ich.

„Wos?", fragte ich zurück.

„Wenn du nicht Autofahren kannst, verpiss dich zurück nach Rostock!"

„RO steht für Rom, du Mongo!", sagte ich, grinste für mich selbst und steckte den Schlauch zurück.

Ich ging in die Tankstelle, um zu bezahlen. Die Schlange vor der Kasse war in Kürze nicht zu schlagen, weshalb ich noch einen Ausflug durch die Chips- und Schokoladenregale unternahm. Schokolade gab es mittlerweile auch in jeder Form und Farbe. Als Kugeln, am Stiel, in Tafeln. Die Chips waren immer noch Chips, allerdings fiel es mir schwer, mich für einen Geschmack zu entscheiden. Ungarisch, Afrikanisch, Chili, Sour Creme, salzig, Zwiebel oder doch Paprika? Und das an einer Tankstelle. Erstaunt wandte ich mich ab. Ich nahm mir ein paar saure Schlangen und ein paar Dosenerdnüsse mit und strolchte langsam wieder zurück in Richtung Kasse.

Als ich die Boulevardzeitschriften mit den neuesten Skandalschlagzeilen zu den Royals in Europa passierte, stand sie da. Hinter der Glastür neben der Kasse stand sie und lachte mich an. Aufgeregt leckte ich mir die Lippen und konnte meinen Blick nicht abwenden. Draußen war es warm, doch hier drinnen wurde es heiß. Ich schob mir die Sonnenbrille auf die Nase herunter und schenkte der lieben Dame einen klaren Blick. Sie schien zu schwitzen und gönnte sich eine genüssliche

Abkühlung, was mir umso mehr zusagte. Ihr schwarzer Körper war gefangen in einer plastischen Haut und dennoch schien es nicht so, als hätten wir uns über zwölf Jahre nicht gesehen. Ihr Geschmack erinnerte mich früher immer an Freiheit und Grenzenlosigkeit. Ich ging an der Schlange vor der Kasse vorbei und stellte mich vor sie. Wir starrten uns noch ein paar Sekunden an, ehe ich die Glastür öffnete und sie in meinen Arm nahm. Jahrelang war sie weg, dachte ich. Jahrelang musste ich mich mit ihren geschmacklosen Schwestern umgeben. Doch nun war sie wieder bei mir. Ich nahm sie in den Arm und stellte mich mit ihr zurück in die Schlange.

Als ich da in der Schlange wartete, sah ich, es gäbe auch Leberkässemmeln. Hier hießen die allerdings Fleischkäsweckle. Bei der Macht von Grayskull, dachte ich. Wo war ich denn hier wieder gelandet? Als ich dann letztendlich dran war, zog ich meine Kreditkarte, mit der ich den geringen Betrag bezahlen wollte, und hob sie dem Kassierer hin.

„Kreditkarte nehmen wir nicht.", sagte er, „Wir nehmen nur Girokarte oder Bargeld. Alternativ können sie auch mit dem Handy bezahlen."

„Mit dem Handy?", fragte ich, als ich meine Girokarte aus dem Geldbeutel lupfte.

„Ja.", meinte der Kassierer, der nicht älter war als ich mit siebzehn, „Kontaktloses Zahlen." Ich schob einfach meine Karte in den Schlitz und schüttelte innerlich mit dem Kopf.

Kontaktloses Zahlen. Wo war ich denn hier – verdammt nochmal – gelandet?

Ich bekam den Kassenbon und sah, dass ich die Schlangen, die Nüsse und dieses Heiligtum einer Vanilla Coke bezahlte und marschierte zurück zum Auto. Der Groschen war da noch nicht gefallen. Ich nahm einen großen Schluck und ließ den Geschmack genüsslich auf meiner Zunge wirken. Die Kohlensäure verursachte ein Knistern um den Gaumen.

Draußen stand immer noch der fette Kerl. Keine Ahnung, wie sich der die Zeit so an einer Zapfsäule vertreiben konnte. Ich warf ihm einen Luftkuss zu und er zeigte mir den Stinkefinger. Ein mieser Tausch.

Ich fuhr weiter und betrachtete weiter die Landschaft um mich rum. Die Berge waren weiterhin in weiter Ferne. Der Frühling ließ die Natur wieder sprießen, das Grün vertrieb unter dem Lachen der Sonne das monatelange Grau von den Wiesen. Bis zum Schwarzwald zumindest, was ich später erfahren sollte. Da war das Weiß noch lange nicht weg. Da ging es erst richtig los mit dem Schnee.

Es war eine schöne Fahrt, ich genoss sie. Natürlich war der neue Golf meiner Eltern auch etwas ausgestatteter als mein 98er Polo, von dem ich durch den TÜV geschieden worden war. Ich hatte eine Klimaanlage, konnte mein Handy per Bluetooth mit dem Radio verbinden, war in der Lage, sämtliche Funktionen vom Lenkrad aus zu steuern und hatte eine nette, digitale Dame an der Seite, dir mir sagte, wo es lang ging. Wenn auch nicht immer rechtzeitig.

Aus der Stadt Biberach raus führte mich eine lange Bundesstraße in Richtung Riedlingen. Bis dorthin sah ich weiter Ortschaft für Ortschaft, zwischendrin große Industriecontainer, in denen gerade die Arbeiter ihre Mittagspause antreten würden, dachte ich mir, als ich auf die Uhr am Armaturenbrett sah.

Angekommen in der Stadt Riedlingen, etwa fünfzig Kilometer nach meinem Tankstopp, stand ich erneut an einer Ampel und summte zu den Melodien aus den Boxen. Ich schaute nach links hinüber, wo an der Kreuzung eine große Tankstelle war. 1,27 Euro war hier der Preis für den Liter. Da hätte ich mir doch glatt ein bisschen was sparen können, wenn ich denn…

Verdammte Scheiße. Der Schock setzte sich auf meinem Nasenbein fest und drückte mir über das ganze Gesicht. Wieder hatte ich etwas vergessen. Ach, zefix. Ja, das ist das halt, dachte ich mir. Dauernd war ich unkonzentriert. Das ist dieses „Hier ein Bierchen, da ein Bierchen".

Ich schaute nochmals auf den Kassenbon. Die Nüsse und die Schlangen hatte ich bezahlt. Ebenso die Vanilla Coke, die mittlerweile leer war – Gott hab sie selig. Die für den Tank fälligen Scheinchen steckten allerdings noch in meinem Geldbeutel. Und meine gutgelaunte Stimmung schwenkte wieder um.

Il bavarese

Ich wachte auf und tapste mich auf meinen Zehenspitzen durch die am Boden liegende Kleidung und die noch nicht ausgepackten Umzugskartons, in denen sich nicht mehr befand als Vasen, Backpapier und weitere Gebrauchs- und bürgerlichen Wohlfühlgegenstände. In großen und versetzten Schritten schaffte ich es zum Balkon und dachte darüber nach, die Kartons gar nicht erst auszupacken, im Falle, dass es mich nach kurzer Zeit wieder zurück ins Chiemgau verschlagen würde.

Ich rauchte eine auf dem Balkon und blickte zum ersten Mal bewusst hinab in die Schwarzwälder Landschaft. Es lag immer noch etwas Schnee umher und ich fragte mich, wie gefährlich die Fahrt zur Hochschule sein würde.

Ich stieg in den Golf und machte mich mit einer wunderschönen Fahrt durch Wälder und die sehenswerten Ausblicke auf den Weg zur Hochschule. Ich dachte die Fahrt über nach. Es war der erste Tag des neuen Semesters, für manche der erste Tag ihres Studentenlebens, das sie spätestens nach drei Semestern in emotionslose und faule Taugenichtse verwandeln würde. Für mich war es der selbe Trott, wie in den letzten fünf Jahren, mit dem Unterschied, dass ich den Ort der Handlung veränderte.

Jedenfalls sah ich vor der Hochschule, welche ein ähnlich diffiziles Parkplatzproblem wie die Rosenheimer Hochschule aufwies, all die Gesichter und versuchte zu lesen, für wen es erst richtig losging und wer denn einfach in ein neues Semester eintauchte.

In einem Brief, den ich wenige Wochen vor Studienbeginn erhalten hatte, wurde mir mitgeteilt, dass ich vor dem Vorlesungsbeginn noch im Studierendenamt meine Anmeldung vorzunehmen hatte, um mich im System zu registrieren oder sowas. Ich ging also in die Hochschule und fragte mich durch die Studentenlandschaft, wo denn das besagte Amt zu finden sei, worauf ich nur passierende Blicke und abwendende Körper zurückbekam. Ja, Herrschaftszeiten. Wo war ich denn hier gelandet?

Irgendein Typ, netter Kerl, kam plötzlich auf mich zu und half mir aus. Ich dankte ihm und ging wieder zwei Stockwerke nach unten, um zum gesuchten Ort zu kommen. Zwei Treppen weiter unten trennte mich nur noch eine große Brandschutztür von der Tür zum Amt. Hinter mir bemerkte ich eine junge Dame mit Umhängetasche und dunkler Kleidung. Ich öffnete die Tür und hielt sie auf, um dem Mädel hinter mir Durchlass zu gewähren. Doch sie blieb einfach stehen.

„Nach dir.", sagte ich und geleitete ihr den unsichtbaren Weg mit meiner zum Amt winkenden Hand.

„Geh zu.", sagte sie mit steifer Mimik. Ich schaute nur verunsichert und verstand nicht. Sie fuhr fort: „Ich brauch keinen Mann, der mir die Tür aufhält." Ich ging selber durch und knallte ihr die Tür vor der Nase zu. Und ich fragte mich erneut, wo ich denn gelandet war.

Ich klopfte an der Tür des Studierendenamtes und hoffte, schnell Einlass zu bekommen, um einem peinlichen Anstarr-Wettbewerb mit dem Mädel hinter mir, das sich mittlerweile selbst in den Gang gelassen hatte, aus dem Weg zu gehen. Nach einem Augenblick wurde ich mit einem „Ja!" hereinge-beten.

Hinter dem hohen, weiß lackierten Tresen versteckte sich eine Frau mittleren Alters in geblümter Rock-Blusen-Kombination mit finsterem Blick. Sie war etwa um die fünfundfünfzig Jahre alt, am Pferdeschwanz wich der Haargummi mittlerweile einer großen Haarklammer. „Frau Gartner", hieß es auf dem drei-eckförmigen Schild am Schalter vor ihr. Sie war sehr nett und händigte mir alle benötigten organisatorischen Unterlagen aus. Eine neue Student-ID-Card, eine Immatrikulationsbe-scheinigung, den Mensaspeiseplan und ein paar Willkom-mensgeschenke von der Hochschule.

„Sind Sie aus Österreich?", fragte sie und schmunzelte freund-lich, „Wegen dem Akzent?"

„Fast. Aus Bayern.", antwortete ich und lächelte zurück.

„Mein Neffe kommt auch aus Bayern." Ich zog die Oberlippe nach hinten und versuchte, einen weiterhin freundlichen Ein-druck zu vermitteln. Smalltalk war nicht gerade meine Stärke. Genauso wie die meisten anderen Sachen. Wir waren fertig und ich verließ das Büro der Frau. Davor hockte das Mädel und wollte wohl auch zu Frau Gartner. Ich schloss vorsichtshalber die Tür.

Danach stand die erste Vorlesung an. Ich fragte mich die ganze Zeit, was mich denn nun erwarten würde. Ich stand vor Raum H1.01, einem evangelischen Pfarrhaus, das die Hochschule mitbenutzte, und schloss noch einmal die Augen, bevor ich reingehen sollte. Noch kannst du abhauen, dachte ich. Ich glaube, das war das erste Mal, dass ich meinen Herzschlag akustisch hören konnte. Was, wenn mich keiner mochte? Was, wenn sie über meinen Akzent lachten? People are strange when you're a stranger. Und was war das Schlimmste, was passieren konnte? Ich öffnete die Tür und wurde mit weiten Augen begrüßt.

Ich setzte mich in die letzte Reihe, wie schon zu Rosenheimer Zeiten und beäugte den Rest der Runde. Wir waren zirka zwanzig Leute, die den Masterkurs in diesem Semester zu bewältigen hatten. Ich schaute mich um und schaute mich um. Die Hemdknöpfe oberhalb der Brustwarzen waren selten offen. Hemdknöpfe, ja Herkules. Mit ausgewaschenem T-Shirt und zerrissener Jeans konnte ich da wenig mithalten. Dann lauschte ich mehr und mehr den Gesprächen der anderen und meine aktivierte Hobbypsychologie erkannte die Charaktertypen im Raum.

Da war der Coole, der die meisten Bräute abschleppte und am

meisten trinken konnte. Dann gab's natürlich den Streber, der sich überall einmischte und alle schulmeisterte. Dann gab's den Experten, der eigentlich in der Folge nie da war, aber alles wusste. Passenderweise setzte sich neben mich der Typ, der immer da war und nichts wusste. Das war charakteristisch für die letzte Reihe. Auch sämtliche andere Randgruppen, die man seit den Pausenhofzeiten kannte, waren vertreten. Der Sportler, der Öko, der Klassenclown. Und dann gab's mich, den Neuen. Das war mir im Prinzip egal. Ich hoffte weiterhin einfach nur, dass mir keiner mein Milchgeld klaute und mich der Captain vom Footballteam nicht in den Spind steckte.

Ich fand nicht so recht in die Gespräche, obwohl ich hier und da nett begrüßt und angequatscht wurde, und kapselte mich die letzten fünf Minuten bis zur Vorlesung ab. Ich las Online-artikel auf dem Handy und tat so, als würde mich das Impeach-ment-Verfahren und der Abgasskandal interessieren. Die an-deren schienen sich aus dem vorherigen Bachelorkurs bereits eine Zeitlang zu kennen.

Dann ging es auch schon los. Der Prof kam mit einer frischen Motivation und einem euphorischen Enthusiasmus in die Vor-lesung, passierte die Reihen mit Studenten und baute am Pult seinen Platz auf. Er beäugte die Runde, überflog mich und meinte: „Ah, ein paar neue Gesichter sind auch dabei."

Nun hatte er meine Aufmerksamkeit. Ich packte mein Handy zur Seite und lauschte der Vorlesung. Als es richtig losging, platzten zwei Typen verspätet in die Vorlesung, entschuldigten sich und setzten sich am anderen Ende des Raumes. An ihren Entschuldigungen zum Professor erkannte ich, dass die beiden auch aus Bayern waren. Jackpot.

Es ging in der Vorlesung um Brandschutz, mehr oder weniger. Den Großteil der neunzig Minuten verbrachten wir mit Begrüßungen, der Orga, der Agenda, dem Seminar, den Wochensemesterstunden, der Eigenarbeit und den ECTS.

In der Zwischenstunde kam einer aus der ersten Reihe auf mich zu, einer der Studenten aus dem Raum. Er war derjenige, den ich in meiner Psychoanalyse als den Streber ausgemacht hatte. Er trug einen strengen Scheitel und saubere Kleidung. Ein schlaksiger Kerl. Dünne Ärmchen hingen ihm aus dem kurzärmligen Busfahrerhemd. An ihm war weniger dran, als an einer Pizza Margherita.

„Du bist der Neue, oder?", fragte er und schaute mich mit einem aufgesetzt lässigen Blick an, während er sich zeitgleich neben mich in die letzte Reihe setzte, „Der Bayer?" Ich liebte es, wenn jemand in der dritten Person von mir sprach.

„Il bavarese", sagte ich lakonisch und ohne diesen Herren eines Blickes zu würdigen, „Wenn ich bitten darf."

„Okay.", sagte er mit langgezogenem Vokal, so als würde er auf den Witz eingehen, „Aber du bist doch aus Bayern?"

„Wos hat mi verraten?", fragte ich und drehte mich zu ihm, „Mei Gamsbart, die Lederhosn und der Fakt, dass i den ganzen

Tag scho vom Feldberg runterjodel?"

„Ne, wir wussten nur, dass jemand neues anfängt, der aus Bayern kommt. Ich bin Studentenvertretung an der Hochschule, ich bekomm sowas mit."

„Fantastisch."

„Hey.", fuhr er fort, als er aufstand und eigentlich wieder aufbrechen wollte, „Stimmt es, dass es bei euch in Bayern noch die Todesstrafe gibt?"

„I hoff's.", sagte ich und swipte mein gesperrtes Handy wieder in das Menü voller Apps. Aber er ließ nicht recht locker. Er fragte mich weiterhin, wie ich mich eingelebt hätte und ob alles funktionieren würde. Ich legte das Smartphone weg und antwortete ihm nett, jedoch mit dem Hintergedanken, dass ich womöglich nicht mal lange genug hier sein würde, damit man sich meinen Namen merkt. No one remembers you're name, when you're strange. Und sein Name war Rudi. Und Rudi kam nun auf den Punkt.

„Hör zu, es wär klasse, wenn du mitmachen würdest hier. Du könntest deine Erfahrungen teilen, wie es hier ist, sich neu einzuleben. In der Studentenvertretung bräuchten wir einen, um auf dieses Problem für die Zukunft aufmerksam zu machen. Wir haben ja viele Austauschstudenten und so weiter." Ich fragte mich, ob es auf seinem Heimatplaneten auch Schnürsenkel gab.

„ I weiß a ned.", sagte ich. Ich wollte mit nichts kommen und mit nichts hier wieder rausgehen. Nur weiter studieren.

„Komm schon, du würdest uns helfen."

„Hör zu.", sagte ich mit unbewegtem Blick, „Is ja nett, dass du mi da für deine Sache gewinnen willst. Aber i will eigentlich nix mit dem Ganzen zu tun haben."

„Es geht ja nicht nur um dich.", antwortete er, „Sondern um die Studentenschaft ganz allgemein."

„I mag Studenten ned besonders.", antwortete ich knapp. Rudi schien nicht zu verstehen.

„Was meinst du?", hakte er nach.

„Die haben meistens blöde Frisuren. Nix für ungut. Und vorhin erst hab i einer die Tür aufgehalten und die hat des gleich als Sexismus oder sonst was definiert. Studenten nehmen alles immer ernst. Vor allem wenn's ums Geld geht."

„Verstehe.", meinte Rudi und presste kopfnickend die Lippen zusammen, „Überleg's dir."

Danach ging ich zu den beiden aus Bayern hin und startete nun doch noch ein Gespräch.

„Ach, du bist der Neue aus Bayern.", fragte der eine in fränkischem Dialekt. Ich nickte.

„Wo bist du her?", fragte der andere.

„Rosenheim."

Wir quatschten weiter und verstanden uns auf Anhieb gut. Beide zeigten ähnliches Interesse an der Bundesliga, Verschwörungstheorien, Hundefriseure und Absurditäten jeglicher Art wie ich. Das sind sehr viele übereinstimmende Interessen, weswegen einer von beiden, Xaver, mich am Abend zu einem Bier einlud, was ich gerne annahm.

„Ich bin übrigens Simmerl. Kurz für Simon.", sagte der Franke und streckte mir die Hand entgegen.

„Kurz?", fragte ich mit einem schmitzenden Lächeln und reichte ebenfalls die Hand.

„Mia könne au morge bissl was vespern.", ertönte eine dritte Stimme. Das war Patrick, ein Schwabe, dessen Dialekt ich mir noch aneignen musste, fehlerfrei zu verstehen. Aber ich war ja hier mehr in seiner Hood, was die Pflicht selbstverständlich auf meine Seite schob.

„Wos is des? Vespern?", fragte ich.

„Brotzeit.", belehrte mich Simmerl.

„Oh.", sagte ich und startete einen weiteren Versuch, mit Smalltalk Sympathien zu verstreuen, „Wie sagt ma bei euch oben zu Brotzeit?"

„Brotzeit.", antwortete Simmerl knapp bemessen, gähnte und lehnte sich zurück.

„Könne uns au an Yufka beim Ömer hole.", meinte Patrick wieder. Auch hier gab es wieder Nachfragen meinerseits. Ein Yufka war ein Dürüm. Wo war ich denn hier wieder gelandet? Aber das war nicht das einzige, an das ich mich zu gewöhnen hatte. Das Vespern und das Fleischkäsweckle hatten wir schon. Statt Hellem gab es Pils, in jeder Ortschaft stand ein

Blitzer, statt vier Monaten Winter waren es hier acht Monate und statt dem Krampus kam der Knecht Ruprecht.

Ich sagte für das Essen ab und meinte, bei einem Bier wäre ich dabei. Der Schultag für diesen Tag war vorbei. Einen konnte ich abhaken. Waren nur noch gute fünfhundert übrig. Ich musste noch einmal ins Studierendenamt, etwas mit meiner ID-Card schien nicht zu stimmen, worauf mich Simmerl aufmerksam machte, als er sie in meiner Hand sah, als ich mit ihm sprach.

Ich ging zurück ins Hauptgebäude, erledigte die Problematik im Büro von Frau Gartner und ging wieder zurück Richtung Parkplatz, blieb jedoch am Eingang der Hochschule kurz stehen und dachte nach. Auch wenn ich potentielle neue Leute fand und die Chance auf einen Masterabschluss nun näher war als je zuvor, bewegte ich mich wieder in meinem zweifelnden, melancholischen Muster. Ich hielt einer Frau die Tür auf, sie lächelte und bedankte sich. Ich trat neben die Tür, zog die Schachtel Zigaretten aus der Tasche, klopfte auf die Rückseite und nahm eine heraus. Come on Baby light my fire. Ich steckte sie mir an, blickte über den Campus und dachte an die nächsten zwei Jahre, die ich hier verbringen durfte. Ich sah Leute, die sich kannten und die lachten. Ich sah Gelassenheit und Freude. Unbekümmertheit. Sorglosigkeit. Und dann sah ich wieder mich. Ich nahm einen schweren Zug. Meine Gedanken waren unsicher und ängstlich und das einzige, was mir einfiel, war… Fuck.

Onkel Franz

Ich hatte mir für meine freien Zeiten im Schwarzwald während der kalten und dunklen Monate ein neues Hobby zugelegt. Ich sah mir Online-Rezensionen von Justizvollzugsanstalten in der gesamten Bundesrepublik an. Mühldorf schien angenehm zu sein, dreieinhalb Sterne. Landshut hatte ganze vier. Auch weiter im Norden war ich positiv überrascht. Bielefeld-Senne 3,0. Hövelhof 3,3. Fuhlsbüttel ebenfalls 3,0 und Billwerder 3,2.

Ich war nun im zweiten Semester und als ich eines nachmittags zwischen zwei Vorlesungen wieder in der Cafete dasaß und mir Kommentare von Usern durchlas, die ihre Ein-Sterne-Bewertung mit dem unfreundlichen Umgang der Wärter oder dem knastuntauglichen Essen begründeten, schellte mein Smartphone in der Hosentasche.

Ein Roboter meldete sich und meinte mit verzehrter Stimme: „Herzlichen Glückwunsch! Sie sind einer unserer Gewinner! Wenn Sie Ihren Gewinn von bis zu 10.000 Euro abholen möchten, drücken Sie die 1."

Nun war ich endlich Teil der bürgerlichen Mitte. Das war die Woche bereits der zweite Anruf dieser Art. Der erste Anruf die Woche war gekennzeichnet durch eine Frau mit stark asiatischem Akzent, die mir weismachen wollte, sie wäre von einer Anti-Virus-Company und könnte das Virusproblem auf meinem Computer lösen, wenn ich denn meine Kontonummer, meine E-Mail-Adresse, meine Blutgruppe, meine Sozialversicherungsnummer, meinen Hauttyp und zigtausend andere Daten rausgäbe. Klar. Und am Ende findet man mich ohne Zähne und Fingerkuppen am Inn-Ufer in der Wasserburger Altstadt. Die Woche zuvor rief schon ein Osteuropäer an und beriet mich unaufgefordert in Marketing- und Investmentstrategien. Kryptowährung. B2B. Der Negativzins und die einmalige Chance, die nur mir exklusiv angeboten wurde.

Meine Antwort an den Roboter war ein konstant hörbarer Piepton, den man nach dem Auflegen hört. Dann konzentrierte ich mich auf die JVA Bernau. Unweit des wunderschönen Chiemsees und trotzdem nur zweieinhalb Sterne. Ungemütliche Betten, hieß es dort. Auch mit dem Frühstücksbuffet waren einige der User recht unzufrieden. Mein Handy läutete erneut. Ich hob ab, ohne auf die Nummer zu schauen und ahnte schon, wer erneut anruft.

„Belästigen's mal wen anders! I geb Ihnen zur Not a paar Nummern."

„Toni?", fragte eine unsichere Stimme. Ich schaute aufs Display. Rudi aus dem Studium. Oh, Mann. Da wünschte ich mir gleich den B2B-Typen zurück.

„Hör zu, du bist doch aus Bayern." Woran er das wohl schon wieder erkannte. Er fuhr fort: „Wir suchen dieses Semester für die Studentenzeitung wieder ein paar Einträge von Studenten außerhalb Baden-Württembergs. Wie sie sich einleben, was schwer fällt. So Sachen halt. Eine Art Blog." Da wusste jemand, auf was ich absolut Bock hatte.

„Rudi, i weiß a ned.", sagte ich genervt zurück. Außerdem war ich nun schon ein halbes Jahr hier.

„Komm schon, ne halbe Seite maximal. Schaffst du's bis Montag?"

Und da kam sie mir wieder in den Kopf: die Geburtstagsfeier von Onkel Franz.

Onkel Franz war ein von mir etabliertes und gerne verwendetes Safe-Wort. Nur schützte es mich nicht vor kerzenwachsbehafteten Sadomaso-Praktiken oder Peitschenhieben mit siebenknöpfigen Knuten. Onkel Franz half mir bei Hochzeiten, Geburtstagen, Jubiläumsfeiern, gegebenenfalls auch Hinrichtungen. Wo man halt so eingeladen wird. Selbst bei einer Hausarbeit oder so einem Blog fand Onkel Franz Anwendung. Dabei hatte ich nicht einmal einen Onkel namens Franz.

Die Not macht bekannterweise erfinderisch. Bei mir stimmte das sogar. Bei den meisten Menschen machte die Not so erfinderisch, wie die Milch müde Männer munter machte. Jeder in meinem Umfeld meckerte und beschwerte sich über ungewollte Termine auf eben besagten beispielhaften Veranstaltungen. Keiner wollte hin, doch der Anstand verleitete einen ja dazu. Man kann auf eine Hochzeitseinladung nicht damit antworten, dass man keinen Bock hatte und lieber mit den Fingern in einer Schale Chips in Unterhosen vor dem Fernseher schlafen würde. Man kann nicht sagen, dass man auf einen Geburtstag nicht kommen kann, weil man lieber in selbstverschriebener Quarantäne das Wochenende in Onlineforen für Ego-Shooter verbringen möchte. Die Wahrheit birgt viele Gefahren und kann eine Reihe Freunde und Sympathien kosten. Dennoch werden unverständlicher Weise ehrliche Menschen immer gelobt. Was paradox ist, schließlich ist – wie eben beschrieben – totale Ehrlichkeit absolut undiplomatisch. Man riskiert Freundschaften, teils sogar Feindschaften. Und wenn es ganz blöd läuft, verbringt man die letzten fünfzig Jahre seines Lebens alleine in einem alten, herunter gekommenen Herrenhaus, umringt von Katzen.

Genau aus diesem Grund gab es Onkel Franz. Wurde ich auf eine Hochzeit eingeladen, auf die ich nur halbwegs Lust hatte zu gehen, dann hatte mein Onkel Franz seinen sechzigsten Geburtstag, für den ich schon vor Monaten zugesagt und zudem eine Einlage einstudiert hatte. Wurde ich auf einen Geburtstag in einem dreißig Kilometer entfernten Ort eingeladen und es gab keine Übernachtungsmöglichkeit, was zwangläufig bedeutete, ich musste den Fahrer machen musste und wenig bis nichts trinken durfte, so lag Onkel Franz im Krankenhaus. Im selben Atemzug teilte ich natürlich mit, dass er wohlauf ist und man müsste sich keine Sorgen machen. Mitleid für einen maskierten Vorfall war das Letzte, was ich wollte. Also, das Vorletzte. Das Letzte war zuzusagen. Im Prinzip war Onkel Franz der Eichel Ober der Ausreden.

Es gab nicht wirklich einen Onkel Franz. Franz war der Cousin zweiten Grades meiner Mutter, der uns, als ich noch ein Kind war, hier und da besuchte, wenn er denn Geld brauchte oder den neuesten Tratsch aus den Vorstädten aufschnappen wollte. Er war so etwas wie ein Antiheld, ein sympathischer Lebemann, mit dem man dann doch nicht zu viel Leben teilen wollte. Er trug stets teure Klamotten, eine goldene Uhr, Espadrilles. Nicht die billigen, wo die Stoffsohle sich nach zwei Wochen verabschiedet. Die hochwertigen, für die man außerhalb von Badeurlauben und Wohnzimmeraufenthalten auch noch andere Verwendungsmöglichkeiten zu finden wusste. Er fuhr einen BMW, M Modell. Klar. Und dennoch wusste er, seinen eigenen Schein zu trügen, indem er stets nach billigen Baugrundstücken, Steuertricks oder alten, im Ort bekannten Damen auf der Suche nach einem potentiell zu adoptierenden Schwiegersohn sind, fragte. Ich fand ihn stets lustig. Einer, der das Leben nicht zu ernst nahm. Einer, der gegen die gesellschaftlichen Regelkurse aus Ausbildung, Job, Familie und Tod spielte. Aber am Ende des Tages auch einer, der sich zu beschweren versuchte.

Jedenfalls hatte es recht einfach begonnen: ein paar Jahre zuvor hatte man mich zu einem Brunch eingeladen. Einem Brunch. Man hat Frühstück, man hat Mittagessen. Wofür brauchte man einen Brunch? Es gibt eine Zeit und einen Ort.

Aber egal. Damals brachte ich zum ersten Mal die Nummer mit Onkel Franz' sechzigsten Geburtstag. Ich hing an der Telefonleitung, war kurz davor, panisch zuzusagen, obwohl ich lieber zur Bundeswehr gegangen wäre, als zu diesem Brunch, und sah ein altes Familienfoto am Kühlschrank gepinnt, wo Onkel Franz seine Hände fest an den Trägern seiner hirschledernen Lederhose platzierte und breit ins Bild grinste. Onkel Franz war geboren.

„Du, Rudi. Mein Onkel, da Franz. Der hat am Wochenende Geburtstag. I weiß ned, ob i des schaff."

„Was?", fragte Rudi in erschrockenem Ton.

„Da Franz.", wiederholte ich, etwas lauter, „Der hat Geburtstag des Wochenende."

„Der hatte doch schon Geburtstag, als die Ersti-Party war." Beim Teutates. Die hatte ich ganz vergessen. Wer will denn schon alleine zu einer Studentenparty gehen, wo jeder traurig und schüchtern in der Ecke steht und prüde schlecht gemischten Wodka Bull aus seinem Strohhalm zieht. Da musste halt auch wieder der Franz herhalten. Und wieso merkte sich der Rudi das?

„Hab i Geburtstag gesagt?", versuchte ich mich abgehakt aus der Situation zu befreien, „I hab gemeint Namenstag."

„Du kannst in fünf Tagen keine halbe Seite schreiben, weil dein Onkel am Wochenende Namenstag hat?"

„Hört sich blöd an, oder?"

Ich gab nach und entschied mich, Rudis beschissenen Blog zu schreiben. Wobei ein Blog eigentlich was regelmäßiges ist. Nicht, dass der meint, ich mache da jede Woche jetzt irgendwas, dachte ich. Verdammt noch eins.

Ich schüttelte den Kopf und schaute weiter nach Straubing. 3,2 von 5. Wow. Stadelheim sogar 3,6. Die Pause war irgendwann vorbei und ich musste wieder in eine Vorlesung. Ich setzte mich zwischen Simmerl und Xaver und wir hörten uns Variablen über Variablen an. Funktionale Sicherheit. E-Funktion. Taylor-Reihen. Markoff-Ketten. Mein Kopf wurde langsam schwerer als meine Augen.

Die Vorlesung wurde beendet durch das obligatorische Klopfen auf den Klapptisch vor einem und wir gingen hinaus. Hinaus in die Welt. Simmerl und ich fragten uns, wie der Rest des Tages aussehen könnte, schließlich war es erst elf Uhr vormittags.

„Trink ma a Bier in da Cafete?", fragte Simmerl. Mein Blick, der aussagen sollte, dass es erst elf Uhr war, wurde gekonnt ignoriert und ehe ich mich versah, stand vor mir ein frisches Pils.

„Wieso hast du dir eigentlich deinen Bart abrasiert?", fragte Simmerl, nachdem er mein Gesicht begutachtete, so als würde irgendetwas anders sein und er wisse nur noch nicht, was genau.

„I hab gestern a Doku über die Römer gesehen. Die hatten alle keine Bärte.", sagte ich und nahm einen Schluck.

„Hoffentlich schaust du ned bald mal a Hitler-Doku an.", meinte Simmerl, ohne den Sinn der Sache zu verstehen. Punkt für ihn.

„Musst du auch einen Blog schreiben?", fragte er weiter.

„Ja.", sagte ich, „Obwohl mein Onkel Franz Geburtstag hat."

„Ach, der schon wieder. Fühlst du dich nicht schlecht, wenn du dauernd lügst mit deinem Onkel Franz? Gibt's den überhaupt?"

„Klar gibt's den. Und warum soll i mi schlecht fühlen? Jeder lügt."

„Is des wieder eine deiner Theorien?"

„Ohne Scheiß. Jeder lügt. Jeden Tag. Überall."

„Wo denn?"

„Zum Beispiel bei Babys."

„Was?", fragte Simmerl erschrocken und verschluckte sich beinahe am Bier.

„Wenn a Baby auf die Welt kommt. Da sagt immer jeder, die schauen süß aus und sind irgendwem aus dem Gesicht geschnitten."

„Ja, und?"

„Die schauen alle gleich aus. Jedes Baby auf der Welt schaut gleich aus.", begründete ich.

„Was ist mit asiatische Babys?"

„Natürlich gibt's Unterschiede in der Hinsicht. Aber du weißt doch, was i mein. Oder von mir aus: wenn man hustet und jemand sagt fälschlicherweise ‚Gesundheit'. Da berichtigt man doch auch keinen und bedankt sich einfach."

„Toni, du bist einfach ein Zyniker. I würd vorschlagen, du suchst dir mal a Hobby. Und damit mein i ned JVA-Bewertungen anschauen."

„Des hab i scho irgendwo mal gehört."

Ich machte mich auf den Weg nach Hause. So nannte ich meine Studentenwohnung bereits. Zuhause. Ich warf Schlüssel und Geldbeutel auf die kleine Kommode und ließ mich tagsüber von den schillernden Fernsehfiguren beschallen bis ich einschlief.

Als ich aufwachte, war es bereits später Nachmittag, der Tag war mit seiner Schicht schon fast fertig. Und wieder läutete mein Handy. Ich glaubte an gar nichts mehr. Meine Mutter rief an. Zum Glück. Was komisch war. Denn meine Mutter rief nie an. Okay, das war nun wirklich gelogen. Ich wurde ständig von zuhause aus angerufen. Wenn der Rosenheimer Postbote neue Schnürsenkel in den Turnschuhen hatte, wurde es mir umgehend mitgeteilt.

„Frau Zaunmüller?", begann ich die Telefonkonversation mit ironischem Unterton.

„Kommst du jetzt am Wochenende heim?", fragte sie. Eigentlich hatte ich vor, einen Blog für den strammstehenden Rudi zu schreiben, dachte ich. Dennoch fragte ich: „Wieso?"

„Der Franz hat Geburtstag." Der war nicht schlecht. Und er war wirklich. Er hatte in der Tat Geburtstag. Verdammt, ging es mir durch den Kopf. Hätte ich das mal ein paar Stunden früher gewusst. Ich ließ meinen Kopf in meine Hände fallen und dachte darüber nach, wieso ich denn dauernd eins vor den Latz gehauen bekomme. Nicht nur, dass ich der Ausrede entgangen bin. Jetzt konnte ich auch noch auf diesen Geburtstag und mich von allen Seiten zuschwallen lassen, dass früher alles besser war. Ich sagte recht wortlos zu und legte auf.

Ich klappte meinen Laptop auf und legte los. Blog Nummer 1. Für Rudi. Ein Lennister begleicht immer seine Schuld. Ich goss mir ein Glas Wein ein und begann mit der Tastatur Zeichen auf den Bildschirm zu hauen, während sich um mich herum langsam die dunkelblaue Nacht zeigte.

Blog #1

Nun bin ich also hier. Toni ist gekommen. Alleine. Mir ist es in der Regel lieber, zusammen zu kommen, was sich in der Regel allerdings mehr als eine hypothetische Filmromanze als eine reelle Situation herauskristallisiert. Und außerdem: wen hätte ich denn, um mit dieser Person zusammen zu kommen? Technische Studiengänge weisen neben dem Verzicht von Deodorantprodukten und dem restlosen Zuknöpfen von Karohemden eines auf: eine geringe Frauenquote. Und das Studentenleben hat neben dem Mangel am besseren Geschlecht und billigem

Discounterfusel noch etwas parat: das Pseudo-Politisieren von allem und jedem. Demonstration hier, Statements da. Alles schön und gut. Aber ich bitte, liebe Studentenschaft. Lasst die verbliebenden Überlebenden der politischen Uninteressiertheit aus der Mitte bitte in Ruhe. Uns ist es egal, ob die Satzung von Studenten oder Studierenden spricht. Uns ist es egal, ob die Cafeteria zu wenig vegane Produkte ausstellt. Wir rauchen gerne auf dem Campus. Spielt einfach weiterhin Gitarre am Lagerfeuer und teilt euch eine Flasche Weißwein. Erzählt euch Schwabenwitze. Kauft euch Ballonhosen und schneidet eure Haare selbst. Lacht uns nicht aus, wir sind die sterbende Generation. Peace.

Jingle Hells

Christmas Special

Es war Weihnachtszeit. Im Schwarzwald erkennt man das überwiegend daran, dass seit nunmehr drei Monaten die Landschaften mit Schneemassen bedeckt sind. Wenn ich eines am Schwarzwald irgendwann vermissen würde, dann waren es die Winter. In Rosenheim war der letzte Winter wohl der, in dem ich auf Sommerreifen den Gartenzaun des Nachbarn touchiert hatte. Aber hier, da waren die Schneedecken dick und kalt. Für einen, dessen begrenzter Schuhschrank nur Sportschuhe vorweisen konnte, war das ein schmaler Grat. Jedes Mal, wenn ich die Talstraßen durchquerte und die Wälder passierte, fühlte ich mich wohl. Mystischere Orte findet man vielleicht im Fernsehen. Und zur Adventszeit begann diese Mystik erst richtig. Wenn die Bäume ihre nackten Arme mit Schneedecken bekleideten. Wenn die Schneefräsen eines jeden Nachbarn wieder auf Hochtouren liefen. Wenn die Angestellten der Cafete an der Hochschule wieder Gedecke auf jeden der Tische stellten. Darüber hinaus kann man die Dekorationen an den Häusern, insbesondere in den Baumärkten, die Dauerschleifen von Weihnachtshits im öffentlichen Radio und die zugemüllten Briefkästen mit Rabattaktionen als Hinweise zum Fest der Liebe deuten.

Ich für meinen Teil sah Weihnachten immer problematisch, da zu dieser Zeit gerne die Zügel an den Hochschulen angezogen wurden. Die andauernde Zeit aus Hausarbeiten, Prüfungsphase, Exposéabgaben. Alles Böse schien nun hinter den Pforten der Adventszeit zu lauern.

Auch in diesem Jahr wurde uns die Aufgabe auferlegt, eine Hausarbeit bis zwei Tage vor Heilig Abend abzugeben. Und es war nun schon drei Tage vor Heilig Abend. Generell gilt: um besser lernen zu können, bildet man im Studium sogenannte Lerngruppen. Das war in etwa die größte Lüge seit der immer und immer wieder betonten Praktikabilität von Selfie-Sticks. Selfie-Sticks waren so praktisch wie Viagra in einem Kloster. Der Zeitpunkt für solche Lerngruppen ist dann gekommen, wenn man die gespeicherten Bilder auf dem Handy in der Galerie betrachtet und ausschließlich DIN A4-Fotografien von irgendwelchen Mitschriften aus verschiedenen Vorlesungen findet. Und für dieses Prozedere war es nun allerhöchste Eisenbahn.

Xaver, Simmerl und ich, wir trafen uns in der Cafeteria, schleckten ein, zwei Cappuccino und machten uns an das Werk. Auch die Cafete war wieder geschmückt wie eine Stripperin im Ruhestand. An jedem Tisch ein Gesteck, das den Geist der Weihnacht in die Herzen der Studierenden treiben sollte.

Es blieben noch gut dreiundzwanzig Stunden Zeit zur Abgabe. Easy Peasy Lemon Squeezy. Wir klappten die Laptops auf und saßen da und hackten die Hausarbeit in unser

Schreibprogramm, Wort für Wort, Zeile für Zeile, Seite für Seite. Nach etwa drei Stunden jedoch war die Luft raus. Ich war an dem Punkt, wo kein Satz mehr Sinn machte, wo jedes Wort mit roter Krakelei unterlegt wurde. Druck baute sich auf meinen Schläfen auf und ich wurde müde und genervt. Ich benötigte eine Pause. Xaver stimmte mir zu. Simmerl dagegen war fertig. War ja klar. Der war immer vor uns anderen fertig. Wir konnten einen Hundertmeterlauf veranstalten, mit sehr beinfreien Hosen und einem Hemd, das unseren Bauchnabel betont und allem Drum und Dran, da wäre Simmerl schon im Ziel und würde großgebrüsteten Brasilianerinnen Schampus über die Leiber gießen, während Xaver und ich uns noch die Schuhe zubanden. Erst die Arbeit, dann das Vergnügen, war eine seiner Devisen, denen ich nicht immer folgen konnte. Simmerl verschwand in die Freiheit in Form seiner Freizeit und Xaver schlug vor, wir gingen zu ihm, er müsse mir was zeigen.

Wir packten also unseren Kram zusammen und latschten zu Xavers Wohnung. Ich trat ein und er suchte irgendetwas in seiner Kommode. Als er es fand, hielt er es in die Luft wie ein Goldschürfer am Fluss ein Stück Edelmetall in die Sonne, um es zu betrachten.

Ich konnte es nicht fassen. Es war der perfekteste gedrehte Joint, den ich in meinem Leben gesehen habe. Neun Zentimeter, King-Size-Hanf-Paper mit Wasserzeichen,

Aktivkohlefilter. Faltenfrei. I love you.

„Ist aus Holland.", merkte er an, mit großen Augen und fragte – nein: bettelte –, ob wir uns dieses von Gott auf die Erde gesandte, in Paper gewickelte Weed genehmigen würden. Ich kratzte mich am Kopf, dachte kurz an die Hausarbeit und meinte nur: „Ist der Papst evangelisch?"

„Du meinst katholisch?", berichtigte mich Xaver ordnungsgemäß.

„Mir eigentlich wurscht, was der is."

Wir setzten uns in voller Wintermontur auf den Balkon und blickten über die Stadt. Der Schnee war einerseits etwas wahnsinnig Nerviges, auf der anderen Seite etwas, was ich nie wieder vergessen werde. Wir sahen hinunter auf den Ort und sahen all die Autos, die den Dreck zur Seite wegspritzten und die Fußgänger, die in großen Schritten die Fußstampfen der Vordermänner nutzten, um an den Beinen halbwegs trocken zu bleiben. Wir saßen da, quatschten und rauchten den kleinen Teufel. Xaver holte sein Handy raus.

Er hatte auf seinem Handy eine dieser Dating-Apps installiert. Er hatte seine Freundin über selbige kennengelernt und meinte nun, mir auch jemanden finden zu müssen. Dann würde ich nicht so pessimistisch und misanthropisch durch die Welt laufen, meinte er. Ich kannte die Prozedur, seitdem ich sechzehn war. Dauernd meinte jemand, mir irgendwen aufschwatzen oder in einer Bar mich mit jemanden verkuppeln zu müssen. Ich zog lieber an dieser selbstgedrehten Krautpfeife, winkte ab und ließ es über mich ergehen.

Die App ist eigentlich ganz simpel: man bekommt nacheinander Leute aus einem festgelegten Radius um einen rum vorgeschlagen, gibt aufgrund der auf dem Profil hochgeladenen Bilder der Akteure ein „Like" oder „Dislike" und wenn die andere Person einen selber auch liket, entsteht ein sogenannter Match. Relativ einfaches Prinzip, absolut gar nicht oberflächlich und mit Sicherheit eine der großen und prägenden Errungenschaften der Ingenieurskunst. Wir saßen da auf dem Balkon, eingehüllt im blauen Rauch und unseren dicken Winterklamotten und arbeiteten uns durch die Tinder-Landschaft. Oder den Tindergarten. Was haben wir gelacht.

„Die ist hübsch.", meinte Xaver. Er hielt das Display zu mir rüber, ich zog noch einmal geschmeidig an unserem grünen Freund und schaute mir die Profilbilder von Sarah, 27 aus Villingen an.

„Psycho.", antwortete ich kurz und blies den Rauch mit einem dünnen Abzug nach vorne weg.

„Was? Wieso?", gab sich Xaver uneinsichtig und schaute wieder auf sein Handy, um zu checken, ob er sich nicht doch täuschte, „Die ist doch süß."

„Na, Mann. Die is a Psychopathin. Des sieht man an den Augen."

„Bist du schon stoned?", fragte Xaver, weiterhin uneinsichtig.

Immer wieder wechselte sein Blick hektisch zwischen dem Display und mir.

„Die meisten Menschen meinen, es liegt am Charakter oder an den Handlungen von am Menschen. Aber man siehts an den Augen." Xaver swipte weiter.

„Wie is mit der?", fragte er und hielt mir wieder das Handy hin und zeigte mir Lisa, 24 aus Löffingen. Der Wind nahm etwas zu und trieb immer mehr Schneeflocken zu uns auf den Balkon, wo sie sich kurz ausruhten und dann in das Holz schmolzen.

„Psycho.", antwortete ich abermals. Ich zog mir die Jacke etwas mehr zu und rückte meine Haube gerade.

„Wieso? Die hat doch ganz normale Augen."

„Aber die setzt die Latte etwas hoch. Also die Messlatte." Xaver schien nicht zu verstehen. „Schau.", fuhr ich fort, „Die schreibt da: *Keine Anfragen unter 1,85m, kein Mann unter 25, Nichtraucher, keine One-Night-Stands, jemand, der fest im Leben steht. Hundeliebhaber bevorzugt"*

„Na, und?", meinte Xaver.

„Mit anderen Worten: sie sucht an großgewachsenen, durchtrainierten Bodybuilder, der nebenher noch Bauingenieur ist, Hobbyphilosoph, Haufen Asche macht, Kinder möchte, ab und zu auch seinen Gefühlen freien Lauf lässt und bestenfalls in direkter Blutlinie von Zeus abstammt."

„Ich glaub, du studierst des Falsche. Du hättest in Psychologie machen sollen."

„Damit i später die Berechtigung für Tweet-Sakkos und klassische Musik hab?"

„Du bist einfach ein Zyniker, Toni. Aber zurück zu... wie heißt sie? Lisa. Man muss doch Prioritäten setzen. Und zu sagen, was man will, ist doch nicht verkehrt.", meinte Xaver, wohl mehr sarkastisch als ernst.

„Darf man ja. Aber die is maximal eine 4. Maximal. Also muss sie auch bissl an Erwartungen zurückschrauben."

„Träumen wird ja wohl noch erlaubt sein.", fügte Xaver an, „Und außerdem: du bist die von Gott auserkorene 10 oder was?"

Ich zog ein weiteres Mal an, reichte den Dübel zu Xaver rüber und antwortete: „Na. I bin a solide 7. Mei Gesicht find i ganz okay, mei Körper dagegen ist a luftloses Schlauchboot vom Dachboden. Aber i bin 1,88m groß und hab an coolen Bart." Xaver hob die Augenbrauen und beäugte im nächsten Moment das nächste Profil. Claudia, 34 aus Donau, umgangssprachlich für Donaueschingen. Hundeliebhaberin, Physiotherapeutin und ein Piercing an der Oberlippe. Absolut 1999. Er zeigte mir das Profil.

„Die is weder 34, noch aus Donau und wahrscheinlich ned mal eine Frau.", war meine knappe Antwort, während ich mit dem Kopf eher dabei war, zu überlegen, wieso das Gras keinerlei Wirkung zeigte. Xaver nickte zustimmend, nachdem er das

Profil noch einmal durchgesehen hatte. Auch er schien keinerlei zu spüren. Ein bisschen Wirkung wäre okay. Aber gar nichts war gefährlich. Denn entweder war es dann schlechtes Zeug, wo auch nicht mehr kommen würde, oder aber es war ein hinterfotziges Kraut, das sich Zeit nimmt und dann mit Anlauf einen von hinten überrumpelt.

Wir saßen fortan weiter da und warteten bis etwas passierte. Ich faltete die Hände über meinem Bauch zusammen, lehnte mich zurück und schloss die Augen und genoss, wie die Lebkuchen- und Bratwurstdüfte vom Marktplatz zu uns auf den Balkon hochstiegen. Als ich die Augen jedoch wieder öffnete, erwartete mich die Überraschung. Ich schaute zunächst zu Xaver hinüber und sah nur einen apathisch drein schauenden, jungen Mann, der von Schneeflocken nach und nach mehr bedeckt wurde. Mein Blick zerrte sich. Als würde mein Sichtfeld aus lauter Einzelfotografien bestehen, die sich mit verzögerter Zeit erst zu einem gesamten Bild ergaben.

Phase I hatte begonnen. Von da an ging alles recht schnell, paradoxerweise. Innerhalb kürzester Momente wurde ich in eine monotone, sich drehende Welt gesogen, die sich anfangs durch dieses schummrige, optisch fast dröhnende Zerren meines Blickfeldes, das gleichzeitig die Umwelt verlangsamte, auszeichnete. Alles wurde lang… sam. Mir wurde schwindelig. Der Kick kam nun doch. Spät, aber mit Kraft. Wie die Züge der Bahn. Ich blickte runter zum Christkindlmarkt und alles drehte sich halb im Kreis und vervielfältigte sich, so als wäre alles auf einem aufklappbaren Fächer mehrfach aufgedruckt. Ich versuchte, mit dem Entgegendrehen des Kopfes der Zerrung des Bildes entgegenzuwirken, doch es hielt jeweils nur einen Moment. Die heile Welt schien sich abrupt in ein horrendes Szenario verwandeln zu wollen. In Bruchteilen einer Sekunde. Wie wenn man sorglos auf der B15 zurück nach Hause unterwegs ist, gerade hatte man einen zuckerfreien Cappuccino, ein Schlemmerfrühstück und eventuell eine Kugel Stracciatella-Eis in der Wasserburger Altstadt, die Sonne lacht einem durch die Windschutzscheibe, Cat Stevens singt aus den Boxen, friedvollste Stimmung, das orangefarbene Hemd steckt sorgfältig in der Hose, die Haare sind fein frisiert, die Hände auf zehn vor zwei und auf einmal stirbt einem mitten im Verkehr der Karren ab und man nimmt fragend die Hände hoch, starrt auf das Armaturenbrett, lässt sich rechts ran rollen und fragt sich: „Was – verfickte Scheiße nochmal – geht denn jetzt wieder ab?"

Mit Xaver hatte ich zu dem Zeitpunkt schon ein paar Augenblicke nicht mehr gesprochen. Wir saßen einfach da und ließen uns körperlich übermannen von diesem kleinen Stück Natur. Doch im Nu begann ein energetischer Stoß zu wirken. Ich schaute wieder rüber zu Xaver und bemerkte erstmals, dass sein Kopf wie eine Erdnuss geformt war. Ich konnte nicht mehr. Ich kann mich nicht daran erinnern, wann etwas zuletzt derart lustig war. Ladies und Gentlemen, wir sind in Phase II angekommen. Alles war lustig. Xaver lachte unregelmäßig einfach los und bekam teilweise keine Luft mehr. Ich lachte, bis mir der Bauch schmerzte. In einem kurzen stillen Moment fragte schließlich Xaver, ob ich nicht auch wahnsinnige Lust auf Schoko-Bons hätte. #unpaidadvertisement. Ich dachte mich hinein in ein Schoko-Bon. Wie es wohl aussehen würde, wenn man im Inneren einer so deliziösen Süßspeise baden könnte. In dieser knusprig-milchigen Füllung, umhüllt von herzhafter Vollmilchschokoladengarnitur. Oh, Mann. Ich hör mich schon an wie einer dieser Werbetexter, die in den Werbepausen von Nachmittagscartoons dicken Kindern puren Zucker aufschwatzen. Xavers Vorschlag sagte mir zu und wir machten uns auf den Weg.

Ich kannte es aus meiner Zeit auf dem Bau oder von einem meiner grandiosen Versuche in der Vergangenheit, Sport zu treiben, dass einen der Körper vor Erschöpfung nicht aufstehen lässt. Auch hier war dies der Fall. Ich bitte jeden Anwesenden, sich anzuschnallen. Phase III steht soeben in den Startlöchern. Die Motorik hatte mich verlassen. Ich konnte mein Smartphone nicht mehr in meine Hosentasche stecken, meine Schuhe nicht anziehen. Dazu kam einem nun eine Minute wie eine Stunde vor. Mit schnell blinzelndem Blick versuchte ich, die Uhrzeit vom Handy abzulesen. „16:37 Uhr", wurde mir mitgeteilt.

Ich schaffte es, in meine Sneakers zu kommen, welche sich bei dem Wetter wieder als allemal alltagstauglich erwiesen. In großen Schritten weit nach rechts und weit nach links bewegte ich mich gen Ausgang und nahm zuvor eine scharfe Kurve nach rechts, um die Toilette rechts rechtzeitig zu erwischen. Direkt auf Phase III zeigte sich Phase IV erkenntlich: die Wehr des Körpers gegen die zugefügte Substanz. Ich kotzte mir die Seele aus dem Leib und Teile meines Leibes noch mit dazu. Ich wusste nun, dass ich sterben würde. Ein weiterer prägnanter Teil von Phase IV. Ich saß neben der Toilette und verabscheute mich, dass ich mein Leben aufgab. Ich konnte noch so viel machen, noch so viel erreichen. Ich dachte daran, Musiker zu werden. Da gehört sowieso nicht mehr allzu viel dazu. Man bedient sich der Lyrics eines 90er-Jahre-Hits und bastelt einen computergenerierten, monotonen Beat dahinter. Ein paar Wochen später spielen sämtliche Lounge-Bars, wo alle Kellner Dutt tragen und bedeutungslose Symbole vereinzelt auf den Körper tätowiert haben, deinen Song rauf und runter. Die Charts bestehen zur Hälfte aus diesen akustischen Kunstwerken.

Xaver kam herein und fragte, was ich denn mache. Ich solle mir den Mund auswaschen und ihn zum Supermarkt begleiten. Wir gingen vor die Tür und stand nun im Flur des Wohngebäudes, in dem Xaver sein Appartement hatte. Die Tür zum Treppenhaus war etwa zehn Meter entfernt, doch mit jedem

Schritt nach vorne, dachte ich, ich ginge gleichzeitig drei nach hinten. Also fokussierte ich einen Punkt an der Tür und bewegte mich hin zu ihr. Ich war mir weiterhin relativ sicher, dass ich sterben würde. Vorsichtig schleifte ich einen Schuh vor den anderen. Die Nässe des Schnees, den wohl andere Bewohner in den Flur getragen hatten, verband sich mit meinen Sohlen zu einem unangenehmen Quietschen, das in meinem Zustand als weitestgehend störend vernommen wurde.

Xaver tat es mir nach. Eine Schnecke hätte uns überholen und gar überrunden können. Der Schwindel bewegte mich nahezu bei jedem Schritt dazu, nach rechts wegzukippen, und ich musste gegensteuern. Im Treppenhaus angelangt, fasste ich mit beiden Händen um das Geländer und seilte mich mehr nach unten ab, als dass ich denn ging. Xaver wohnte im ersten Stock, weswegen es bei der einen Treppe blieb.

Vor der Tür kniff ich die Augen zusammen. Neben den Hauptphasen zeigten sich kleinere körperliche Nebenwirkungen, wie eine erhöhte Blendempfindlichkeit oder das schon beschriebene schnelle Blinzeln. All der aufgehäufte Schnee an den Bürgersteigen und sogar der an Hängen seitens des Ortes blendete mich. Am Bürgersteig gegenüber war ein Obdachloser, der Pfandflaschen aus einer Mülltonne holte. Er blickte zu uns rüber und erkannte sofort, dass wir high waren. Eine Passantin ging mit ihrem Hund an mir vorbei und blickte mir ins Gesicht. Sie erkannte sofort, dass ich high war. Ein Linienbus fuhr an uns vorbei. Der Busfahrer und alle Insassen sahen uns an und erkannten sofort, dass wir high waren. Jeder wusste es und sie lachten uns hinter unserem Rücken aus. Die ganze Zeit. Für immer. Zu viele Informationen sammelten sich in meinem Gehirn, was uns geradewegs in Phase V leitet: Paranoia. Erst die Aufregung, dass keine Wirkung da ist und dann das anschließende Beschweren, wie es sich für einen Deutschen gehört. Dann der Schwindel und das Zurücksetzen motorischer Fähigkeiten. Dann das Spiel mit dem Geist und die Steigerung der Angst. Ich bekam Panik und dachte, der Zustand würde für immer so anhalten. Ich erinnerte mich an meinen Studienkollegen aus Rosenheim, Daniel, der mal in der Vorlesungspause erzählte, dass sein Cousin in Spanien LSD genommen hatte und sechs Wochen von dem Trip nicht mehr runterkam. Mich ließ die Geschichte zu dem Zeitpunkt nicht los.

Das Schlimme war, ich konnte es nicht kontrollieren. Da sah ich wieder die Vorteile im Alkohol. Du bist zu besoffen? Geh an die frische Luft – oder eben nicht: der eine verträgt es, der andere nicht –, trink Wasser, halte deinen Körper ruhig, schone deinen Magen. Und wenn gar nichts hilft: kotz die Scheiße raus. Hier war ich gefangen in meiner körperlichen und geistigen Misere.

Die Sonne war bereits aus dem Tal entschwunden und der Tag verabschiedete sich bereits mit der Zeit. Das Grau des Tages wandelte sich langsam in ein fast wärmer wirkendes Dunkelblau der Nacht. Vorne am Christkindlmarkt am Marktplatz nahe der Hochschule sah man von Weitem schon die Lichter. Ich atmete schneller und spürte, wie die kalte Luft durch meine Nasenhöhlen ihren Weg in meine Lungen fand und sich zum warmen blauen Rauch von Xavers Premium-Ganja gesellte. An jenem Christkindlmarkt hielten wir auch kurz an, um uns jeweils zwei Hot Dogs, einen XXL-Lebkuchen und ein paar Krapfen zu genehmigen. Somit hatten wir nun auch Phase VI erledigt, den Heißhunger.

Ein paar Häuser hinter dem Christkindlmarkt lag dann auch der Supermarkt, den wir seit mittlerweile drei Stunden – die sich im Endeffekt als drei Minuten herausstellten – versuchten, zu erreichen.

Die automatisch öffnenden Schiebetüren und der Duft der Semmeln des Bäckers im Eingangsbereich hießen uns willkommen. Ich ging voraus und machte mich schnurstracks zu den Süßwaren, um diese herzhaften Schoko-Bons zu ergattern. Vorbei an den Gebäcken, an den Biskuits, an den Prinzenrollen. Oh, ich wusste gar nicht, dass es die noch gab. Und sobald ich in der Schokoladenabteilung war, waren es nur noch ein paar Schritte.

Xaver kam mir hinterher und ich warf ihm die Packung mit 25 Gramm extra zu. Er fing sie mit einer Hand (!) und steckte sie in die Innentasche der Jacke. Verdutzt schaute ich ihn an.

„Hab gemerkt, dass ich kein Geld dabei hab. Hast du was dabei?" Ich hatte selbstverständlich nichts dabei. Wer wollte denn Schoko-Bons? Wir taten so, als wär nichts gewesen und schlichen zum Ausgang. Xaver ging neben mir und wurde plötzlich von einer Hand auf seinen Schultern aufgehalten. Ein Mittdreißiger mit siebenundzwanzig Dioptrien und Namensschild stand neben ihm und meinte in feinstem südbadischen Dialekt: „Ich habs gsehe."

„Was haben Sie gesehen?", gab sich Xaver unwissend. Der blonde Kerl, der sich später als der Marktleiter herausstellte, griff in Xavers Innentasche und nahm die Packung Schoko-Bons heraus. Die Leute vor uns, die an der Kasse anstanden, starrten uns an. Ich gab mich besonders loyal und rannte einfach los, bis sich eine junge Azubine auf Höhe der Kasse mir in den Weg stellte. Grundgütiger. Der – wohl selbsternannte – Marktleiter befahl uns, ihm in sein Büro zu folgen, andernfalls würde er sofort die Polizei rufen.

„Die Polizei?", fragte ich ihn, als ich ihm brav folgte, „Wegen Schoko-Bons? Wos machts ihr bei na Tafelschokolade? Habts ihr dafür die Kurzwahl zum Verfassungsschutz?"

Haha. Schlagfertigkeit. Eine weitere positive Nebenwirkung. Die negativen Wirkungen waren aber trotzdem noch vorhanden. Mit den Fliesenfugen auf dem Boden fühlte ich mich auf dem Gang zum Büro bald wie ein Hamster in einem Rad.

„So, reinsetze!", sagte der Marktleiter in strengem Ton, als er sein Büro aufgesperrt hatte, „Ich bin glei wieda da."

Wir saßen uns auf die beiden Besucherstühle vor dem Schreib-tisch und hörten, wie das Schloss einrastete. Der Mistkerl hatte uns eingesperrt. Xaver war außer sich. Er legte die Beine auf den Schreibtisch des Typen und pulverte los. Das wäre gegen unsere Grundrechte und so weiter, und so fort. Ich dagegen konnte mich nur schwer konzentrieren. Ich fragte Xaver, wie spät es nun sei, ich wollte noch auf den Christkindlmarkt.

„16:22 Uhr.", war seine sture Antwort, nachdem er sein Hand-gelenk einmal zum Gesicht gedreht hatte. 16:22 Uhr, dachte ich. Bei der Macht von Grayskull. Wir waren in der Zeit zu-rückgereist. Verdammt noch eins. Wenn man eines niemals macht, dann sich in das Zeitgefüge einzumischen. Natürlich war mir damals klar – glaube ich heute –, dass wir nicht in der Zeit zurückgereist waren. Aber ich fragte mich, wieso ich vor-hin dann vollends glaubte, es wäre zwanzig vor fünf.

Auf dem Schreibtisch war ein Bild von dem Marktleiter mit einem Kind und ich fragte mich, ob beim Schießen des Fotos alles mit rechten Dingen zuging. Ganz geheuer war mir der Kerl nicht. Am Optischen jetzt gemessen. Dann dachte ich, dass ich diese Beurteilungen nach Optik vielleicht generell ein bisschen zurückfahren sollte. Wieder hörte ich ein Klicken am Schloss, konzentrierte mich jedoch weiter auf das Bild. Der Marktleiter kam herein.

„Hey!", schrie er aufgeschrocken, „Die Schuhe vom Tisch

runter!" Xaver nahm die Füße runter, zog seine Schuhe aus und legte die Füße wieder auf den Tisch. Ein Klasse Move. Nur dachte ich damals schon nicht, dass uns der recht viel schneller aus diesem Hinterzimmer bringen würde. Dem Marktleiter kam Dampf aus den Ohren, als er diese Aktion sah. Oder bildete ich mir das nur ein? Die Bilder setzten sich zu dem Zeitpunkt zwar wieder schneller zusammen, aber gerade verkehrstauglich war ich immer noch nicht. Um keinerlei weitere Umstände zu bereiten, konzentrierte ich mich wieder auf das Bild auf dem Schreibtisch und hielt die Klappe.

„Das ist ein Eingriff in meine Grundrechte.", sagte Xaver, nachdem sich der Marktleiter gegenüber von uns gesetzt hatte. Dann drehte er sich zu mir.

„Toni! Sag ihm, dass das ein Eingriff in meine Grundrechte ist."

„Das ist ein Eingriff in seine Grundrechte.", wiederholte ich monoton, den Blick wieder konzentriert auf das Bild gerichtet.

„Ja, ja. Schon gut.", sagte der Marktleiter, bevor er seinen Blick überlegend boshaft gestaltete, „Seid Ihr aus Bayern? Wegen euerm Akzent."

„Ja.", sagte Xaver.

„Stimmt des, dass es bei euch no die Todesstrafe gibt?" Xaver und ich schauten uns an.

„Also, is au egal.", setzte der Marktleiter seine Unterredung mit uns fort, „Mia habe nun zwei Möglichkeite. Erschtens: wir rufe die Polizei." Ich drehte meinen Blick zu ihm rüber und hoffte nun bloß, dass zweitere nicht eine wäre, wo er seinen Gürtel öffnete und sagte, er wüsste da eine Lösung oder sowas. Ich für meinen Teil hatte schon zwei Mahlzeiten an diesem Tag inne.

„Die zweite wäre:", fuhr der Marktleiter fort und brachte mich zu einem aufmerksamen Zuhören, „Ihr bezahlt die Dinger irgendwie und ich lass euch nochmal davonkomme."

Wir riefen Simmerl an, der umgehend zum Supermarkt eilte und das Zeug bezahlte. Ich bedankte mich beim Marktleiter, dass er seinen Gürtel zuließ. Er schaute daraufhin nur seltsam zurück. Dann begann der Scham, dass wir einen gefühlten halben Nachmittag in irgendeinem Kabuff verbrachten wegen drei Euros. Xaver dagegen stampfte wütend fort. Wir gingen zum Christkindlmarkt und luden Simmerl ein. Solange bis Phase VII hereinkam. Die Müdigkeit. Ich hätte im Stehen einschlafen können, was mich nach kurzem Aufenthalt am Weihnachtsmarkt dazu bewegte, das Weite zu suchen.

Ich nahm für die paar Kilometer ein Taxi zu meiner Wohnung. Als ich ankam und die Tür aufsperrte, merkte ich, dass Phase VII innerhalb von Minuten von Phase VIII – der letzten – abgelöst wurde. Ich wurde wieder nüchtern. Immer noch fertig, aber nüchtern. So schloss sich der Kreis. Ich setzte mich und dachte über diesen Tag nach. Ich war kaputt. Ich sah mich im Spiegel in der Garderobe an. Die Augen rot, der Kopf müde.

Die Haare zerzaust und der Geldbeutel leer. Was sollte denn aus mir werden? Xaver hatte recht, ich musste die App ausprobieren. Ein erster möglicher Schritt. Ich konnte kein alleinstehender, Kreuzwort rätselnder, Enten fütternder Rentner werden, der den ganzen Tag nur Todesanzeigen liest und darauf wartet, selbst in einer angepriesen zu werden. Ich lud mit aller Geschwindigkeit, die mir das Netz zur Verfügung stellte, dieses Softwareprodukt herunter und wischte mich durch die Landschaft. Likes konnte ich nicht gleich ergattern, doch ich versuchte mehr. Lud Fotos hoch, wo ich sportlich aktiv war, wo ich mit Tieren zu sehen war. Nach dreißig Minuten noch immer keine Likes. Eine Stunde ging vorüber, keine Likes. Neunzig Minuten, keine Likes.

Nun wusste ich, was los war. Ich war ermüdet, erschlagen, erzürnt. Verzweifelt stand ich im Bad und schaute in den Spiegel. Ich stützte mich am Waschbecken ab und ließ meinen Gedanken freien Lauf. Du bist hässlich. Niemand liebt dich. Du hast deine Hausarbeit wieder vergeigt. Du wirst von der Hochschule fliegen. Du bist pleite. Dein Schwanz ist klein, dein Bauch ist groß. Du wirst alleine sterben, niemand wird sich an dich erinnern. Die Erde dreht sich auch ohne deine hässliche Fratze auf ihr. Doch: du kannst immer noch ein in einer Höhle lebender, mit einem hochgestellten Kragen und einer Tüte auf dem Kopf verzierter Orgelspieler werden, der die Welt mit seiner liebenden Musik begeistert.

Der Notruf

Ich stand vor dem Spiegel im Bad und erkannte eine kleine lichte Stelle in meinem Bart. Was mich zusehends unsicher machte, hatte doch eine gute Stunde zuvor der immer noch gut aussehende, ausrangierte Schauspieler in der Fernsehwerbung eine unterbrochene Kontinuität im Bart als unmännlich und unattraktiv bezeichnet, um anschließend auf sein Bartwachstumsprodukt hinzuweisen. Und dieses schlechte Gefühl vor einer Geburtstagsfeier zu haben, behagte mir so gar nicht.

Ich kam am Freitag fürs Wochenende von meinem Studium im Schwarzwald zuhause im Chiemgau an, packte meine Taschen aus und richtete mich her. Ich hatte noch ein paar Augenblicke, dann musste ich schon wieder weiter zu Willis Geburtstagsfeier. Ich untersuchte weiter meinen Bart vor dem Spiegel und hörte das Hupen vor der Haustür.

Danny holte mich ab und wir fuhren los. Unterwegs nahmen wir noch Puma, einen alten Schulkameraden, mit. Der war auch eingeladen. Was mich zusehends freute, da ich ihn schon seit einem guten Jahr nicht mehr gesehen hatte. Wir fuhren von Pumas Zuhause aus schon zirka zwei Kilometer, da schellte mein Handy.

„Könnt's ihr bitte no a Flaschn Gin besorgen?", meinte Willi auf der anderen Seite der Leitung.

„Klar, bis glei!"

Wir fuhren weiter zum nächstgelegenen Discounter, der auf

dem Weg lag, und suchten nach Gin. Nach einer Ewigkeitssuche zwischen Rum, Whiskey und Bourbon fanden wir den Gin. Sehr wichtig. Wir bezahlten den Gin nach einer zehnminütigen Wartezeit an der Kasse und verließen den Laden. Dann stiegen wir zurück in den Wagen und fuhren weiter. Mein Handy schellte erneut.

„Hey, ähm, wir bräuchten a no Wodka.", meinte Willi.

„Ernsthaft?", seufzte ich in den Hörer.

Wir hatten den Parkplatz noch nicht gänzlich verlassen und drehten um. Wieder rein in den Laden, wieder Schnaps holen, wieder an der Kasse warten und so weiter.

Wir stiegen zurück in den Wagen und fuhren weiter. Mein Handy schellte erneut.

„Wenn er des nochmal is, dann überlebt er sein eigenen Geburtstag ned!", sagte ich zu Danny. Ich ging ran.

„Hi, hier ist die Susi!", meinte eine junge Dame am Telefon. Ich wurde schon stutzig, als ich eine Münchener Nummer am Display sah.

„Hi", sagte ich und tat so, als würde ich selbstverständlich wissen, wer anruft.

„Von der Agentur!", sagte sie.

„I weiß.", sagte ich und tat so, als würde ich selbstverständlich wissen, wer anruft.

„Hör zu, ich habe dein Foto an eine Produktion für einen Werbespot geschickt, sie sind total begeistert von dir! Die suchen einen sympathischen, sportlichen Bergsteigertypen, so einen Naturburschen. Sie fragen, ob du morgen um 9 Uhr Zeit hättest. Vier Stunden Dreh, 300 Euro Gage."

Ich überhörte die Uhrzeit und konzentrierte mich nur auf 300 Euro für vier Stunden Arbeit. Dann kamen mir Zweifel. Ich überlegte kurz. Sympathisch? Sportlich? Bergsteiger? Naturbursche?

„Bin dabei!", sagte ich und ließ mir die restlichen Daten geben.

„Klasse!", meinte Susi, „Es geht um den Spot für ein lokales Unternehmen. Ich weiß jetzt den Namen gar nicht. Ach egal, steht in der Dispo. Die schicke ich dir durch!"

„Alles klar, danke dir."

„Ciao.", sagte Susi zum Abschied.

„Ciao."

Das Geschäftliche war durch, jetzt konnte ich mich auf den Spaß konzentrieren. Wir fuhren zu Willi, begrüßten die Leute, hängten Teile unseres feinen Zwirnes an die Garderobe und setzten uns.

Es ist wie jedes Mal bei einem Vorglühen. Man bequatscht irgendwelche Sachen, man redet blöd daher, man macht sich über sämtliche Dinge lustig. Wir setzten uns um den Tisch in Willis Esszimmer wie bei einer Rittertafel und ließen den Abend starten. Das Blöde war nur, ich erwischte den letzten freien Platz am Tisch. Und der war neben Josef. Einer dieser

Zeitgenossen, denen ich gerne aus dem Weg ging. Ich hatte absolut nichts dagegen, dass Willi mit ihm abhing. Aber mir ging der nur auf den Sack. Der hatte mich schon zwei-, dreimal in eine peinliche Lage gebracht, als er beim Weggehen in Rosenheim dabei war und Bedienungen flach anmachte oder rumpöbelte. Er war einer dieser gespielt übermännlichen Typen, die jeden Samstag arbeiteten, sich in Diskussionen die Hornhaut von den Händen kratzten und sich immer eine Zigarette hinter ein Ohr steckten. Aber ich vermied zunächst jeden Kommentar. Links neben mir saß ja immerhin noch Michi.

Wir quatschten über die Bundesliga, über den Amateurfußball und die politischen Themen, bei denen jeder von uns auf der korrekten Wellenlänge war. Spätestens bei letzterem fiel mir Josef das erste Mal negativ auf, als er mit seinen hässlichen, dicken, spitzen Fingern in seinem Trachtenjanker wild gestikulierte und das Wort an sich riss. Wir würden alle überwacht werden, Chemtrails vernebeln uns die Sicht und warum brauchen Flüchtlinge überhaupt ein Smartphone?

Ich war politisch nicht der hellste, aber ich lehnte mich zurück in den Stuhl und genoss die Show. Ich wartete ab, welchen Scheiß er noch zu sagen hatte. Irgendwann wollte ich ihn mir dann packen.

Ich liebte einfach immer diese simplen Meinungen deutscher Prachtburschen, die ihren Senf zu jedem Scheiß in Wirtshausmanier gaben. Die sollen sich doch lieber über die schlechten

Noten ihrer Kinder, den Schimmel in ihrem Bad oder ihre Schulden bei der Bank kümmern.

Beim Reinkommen duftete es schon herrlich nach Schweinsbraten. Willis Vater richtete für die Feier des Tages einen her. Und der war nun fertig. Willis Dad brachte ihn auf einem Tablett an den Tisch. Die Kruste war wahrscheinlich einen Zentimeter dick und kross wie Kartoffelchips.

„Ah, a Krustn is einfach immer des beste, gell?", meinte Josef, mit einem freundlichen Lachen und dem Kopf zu mir gedreht. Ich rieb mir die Hände, es war soweit. Es reichte.

„Weißt was, eigentlich ja ned.", sagte ich ohne jegliche Gesichtsbewegungen in einem hochnäsigen Ton, während ich ihm ins Gespräch fuhr, „Wos is mit am Leberkäs? Oder Pizza? Ha? *Nirgendwo* is de Krustn am besten, außer beim Schweinsbratn. Also hör auf, so an Scheißdreck zu reden, du kulinarischer Legastheniker!" Die Runde glotzte mich an. Ich war natürlich der Böse am Tisch.

„Easy Toni", meinte Willi mit einem lässigen Ton. Ich redete kein Wort mehr mit Josef und brachte das Essen hinter mich.

Wir blieben noch eine Weile bei Willi sitzen und nahmen noch den ein oder anderen Drink zu uns. Ein weiser Mann am Tisch namens Michi schlug dann vor, noch in die Stadt rein zu fahren. Denn die Bars hatten noch gut drei Stunden offen und konnten ja ohne unsere Besichtigung nicht schließen. Eine große Idee eines großen Mannes. Wir tranken aus und fuhren noch in die Stadt.

Wir beschlossen, uns in der Brasserie einen zu genehmigen und bestellten uns vornehme Getränke wie Moscow Mule oder Hugo. Michi hatte gleich beim Reingehen Kontakt zu einer Gruppe Mädels am anderen Ende der langen Bar aufgenommen. Nach und nach gesellten sich die Leute unseres Teams auch dorthin. Seppi, Willi, der bescheuerte Josef, alle. Alle wollten etwas vom Kuchen abhaben. Sie standen alle da wie eine Gruppe Schaulustiger und rissen blöde Witze.

Schließlich bewegte ich mich auch hinzu. Ich wusste, dass meine Laune dadurch nicht zwingend an Steigung gewinnen würde, aber ich ging trotzdem hinüber. Wann kommt man schon das nächste Mal mit den Jungs zusammen?

In jedem Zusammenschluss von Menschen gibt es neben dem Anführer, dem Witzbold, dem Raufbold und dem, der auf das Finanzielle schaut, immer einen Übergewichtigen. Und die Übergewichtige in der Gruppe Mädels war diejenige in der Gruppe, die die ganze Zeit irgendwelche komischen Sprüche wie „Sitzt, wackelt und hat Luft" oder „An und Pfirsich" raushaute. Meine Stirn kam aus dem Runzeln nicht mehr heraus. Michi ließ sich wahnsinnig begeistern und stieg mit „Sacke Zement" oder „Oft hast a Blech und nix zum Schwoaßn" nicht weniger unlustig mit ein.

Es reichte. Zumindest brauchte ich eine Pause. Gott sei Dank war ich Raucher. Ich sagte Seppi, dass ich kurz rauchen ginge und zum Bankautomat müsse. Beides ließ sich traumhaft verbinden.

Ich ging aus der Brasserie, zündete mir eine an und marschierte die zweihundert Meter Richtung Bank. Dort angekommen, schnipste ich die Kippe auf die Straße, blies den Rauch aus und betrat die Bank. Ich schob die Karte ein, gab meine Nummer ein und nahm das Geld entgegen.

Fertig mit dieser anspruchsvollen Prozedur hörte ich ein Grunzen. Nein, es war eher ein Schnarchen. Oder ein Schlucken. Ich wand mich um den freistehenden Automaten, um zu sehen, was los war. Hinter dem Automaten stank es erbärmlich nach Kotze und ein Typ lag daneben. Fuck, hätte ich den bloß mal nicht entdeckt.

Natürlich wusste ich nicht mehr, wie eine stabile Seitenlage aussieht oder was sonst zu tun war, also beschloss ich, den Notruf zu wählen. Ich tippte ein: 1, 9, 2. Wie ging es weiter? Scheiße, oft hast a Blech und nix zum Schwoaßn. Mann, jetzt fing ich auch schon an. Raus aus meinem Kopf. Ich rief Seppi an.

„Ja?" Die Musik dröhnte im Hintergrund. Ich schätze, er musste sich sein anderes Ohr zuhalten.

„Seppi, schnell! Wos is de Nummer vom Notruf?"

„Wos!?", fragte Seppi mit erhöhter Stimme.

„Die Telefonnummer vom Notruf brauche ich.", antwortete ich wiederum in Hochdeutsch, um mich deutlicher zu geben.

„Toni, magst mi jetzt verarschen?"

„Na, schnell! Da liegt einer in da Bank."

„112."

„Des is doch de Feuerwehr! I brauch an Sani!"

„Wähl einfach 112, des bassd scho."

„Ok, merci!" Ich vertraute ihm.

Ich wählte also 112. Hin und wieder schaute ich mich um nach dem Typen, der am Boden lag.

„Notrufzentrale Rosenheim", meldete sich einer, der nach einem mittelalten Oberbayern klang.

„Ja, servus. Da liegt einer in da Bank am Ludwigsplatz.", sagte ich hastig.

„Wie is Ihr Name?"

„Ähm… Toni Zaunmüller".

„Zaunmüller? Oder Zaunerer? De Verbindung is a weng schlecht."

„Is doch Wurscht jetzt. I glaub', der hat si eingepinkelt."

„So, Herr Zaunerer, falls des Ihr Nam' is. Wer liegt in da Bank?"

„Keine Ahnung, den kenn i ned!", ließ ich den Herrn vom Rettungsdienst voller Aufregung wissen.

„Schauens a mal in der Hose nach am Ausweis.", wies mich der Mann am Telefon an. Ich fummelte im Trachtenjanker und in der Hosentasche des am Boden liegenden Typen rum.

„Lukas Blasmeier", sagte ich erstaunt, nachdem ich den

Geldbeutel mit einer Hand aufgeklappt hatte und den Namen vom Ausweis ablas, „Des konn jetzt ned sei, oder? Des is doch koa Name?"

„Ja mei, des werda scho sei.", meinte der Mann an der anderen Seite der Leitung recht lakonisch, „Schnauft er no?"

Ich prüfte den Atemweg des jungen Kerls, indem ich meinen Zeigefinger zwischen Nase und Mund des am Boden liegenden Mannes hielt, wie ich es aus diversen Kriegs- und Polizeifilmen kannte.

„Ja, scho a bissl."

„Dann kemma glei. Und Burschen: saufts halt ned so." Ein weiser Rat.

Wir beendeten das Gespräch und ich wartete auf den Sanitäter. Ich setzte mich neben den Typen und wartete. Und wartete. Ich fragte mich dauernd, ob es nicht besser gewesen wäre, wie die anderen Geier neben dem Mädel stehen zu bleiben und mich mit ebenso blöden Sprüchen wie „Herzlichen Glühstrumpf" oder „Bis Baldrian" miteinzubringen. Nun saß ich da und achtete darauf, dass dieser volltrunkene Bursche mit dem idiotischstem Namen, den ich je gehört hatte, nicht vor mir wegstirbt. Es dauerte kürzer als ich vermutete, bis der Sanka kam. Sie packten den Typen und schoben ihn, angesteckt an Schläuche, in den Truck. Einer der beiden Sanitäter bedankte sich bei mir und entließ mich in den Feierabend. Wieder ein Leben gerettet, wieder eine gute Tat verbracht.

Ich ging raus und rauchte eine. Die nächste Entscheidung stand an. „Auf Wirsing" oder nach Hause fahren? „Alles Rodger in Kambodscha" oder ein schönes warmes Bett? Ich hielt ein Taxi an und entschied mich für das Bett.

Ein paar Stunden später läutete mein Handywecker. Verdammt. Gott segne den Erfinder des Schlummermodus. Doch ich konnte nicht liegen bleiben. Fast schon gewaltsam befreite ich meine Wimpern vom Schlaf und richtete mich auf. Der Mund war trocken und seine Wände mit einer Schicht Zigarettengeschmack und Bier bedeckt. Ich legte das erste Bein aus dem Bett heraus, stand auf und zwang mich schrittweise unter eine kalte Dusche, um nicht mehr versehentlich einzuschlafen. Ich packte meine Bergsteigeroutfits, die ich selbst mitbringen sollte, zusammen in einen Rucksack und fuhr los.

Auf dem Weg zum Drehort passierte ich den Dorfmetzger und sah Michis Auto stehen. Was war der denn schon auf? Ich nahm am darauffolgenden Kreisverkehr die vierte Ausfahrt und stellte mich direkt daneben. Ich ging hinein und sah ihn, wie er an der Theke stand und sich zwei warme Leberkässemmeln mit süßem Senf bestellte. Ein wahrer Held des Alltags. Wobei diese Bezeichnung eher für den Lebensretter in Form von meiner Person an diesem Tag zutreffen sollte. Ich stellte mich neben ihn und bestellte dasselbe.

„Ah hey! Scho wieder wach? Wie wars beim Dreh?", murmelte er halb brüllend und mit immer noch zugefrorenen

Augen.

„Bin grad aufm Weg.", antwortete ich voller Stolz auf meine Berufswahl.

Wir bezahlten und gesellten uns an einen dieser Stehtische. Wir begannen zu quatschen, bis Michi auf einmal ging und zwei Kaffee für uns holte. Ein wahrer Held des Alltags. Eigentlich schmeckte der Kaffee noch nicht, aber gut. Wir tranken den ersten Schluck und beredeten vor allem den Vorabend. Michi biss in seine Leberkässemmel.

„Mhmm, es gibt einfach nix schöneres als de Krustn!", schwärmte er dumm grinsend. Ich nahm die Senftube, die am Esstisch stand, drückte eine Ladung in Michis Kaffee, nahm die in Alufolie eingepackelten Leberkässemmeln, verließ den Laden, stieg in das Auto und fuhr zum Drehort auf die Hochries.

Der Werbespot

Milch machte müde Männer munter. Und Moscow Mule hatte einen munteren Mann gestern sehr müde gemacht. Einer dieser neuen Szenecocktails. Für Genießer versteckten sich zwischen Hugos und alkoholfreiem Radler noch Spritzgetränke und Rhabarberschorlen. Aber auch Leute, die es gerne ein wenig deftiger pflegten, kamen immer wieder zeitgemäß auf ihre Kosten. Moscow Mule, Wodka mit Açaí-Beerensaft, Gin mit Wildfrucht, veganer Pina Colada.

Doch viel Zeit zum Nachdenken und Beschweren, wo und warum der Kater herkam, hatte ich nicht. Sobald der Wecker klingelte, setzte ich mich auf und gähnte unter noch vom Kurzschlaf zugeschweißten Augen.

Ein Rosenheimer Kleinunternehmen drehte einen Werbespot auf einer Almhütte, ganz in der Nähe. Da die Parkplätze vor dem Haus mal wieder vollgestellt waren, hatte ich am Vortag das Auto in der Innenstadt geparkt, wo ich nun hinzugehen hatte, um meinen Karren und damit auch mich auf die Hochries bringen zu können.

Ich machte mich also auf den Weg in die Innenstadt. Als ich den Max-Josef-Platz passierte und mich der dort mehrmals die Woche ansässige öffentliche Prediger einer mir nicht bekannten Sekte mal wieder anschrie, ich wäre ein Kind Jesu, ein Sohn des Himmels und eines der Kinder, das der Herr liebt, blieb ich kurz stehen und schaute den Kerl an. Ich fühlte nichts. Weniger sogar. Ich war wieder gefangen zwischen Kater und Halbschlaf und wusste nicht mehr, ob ich für den Job heute geeignet war. Schließlich sollte ich vor der Kamera glänzen. Für einen Spot, der bis in alle Unendlichkeit in den ewigen Jagdgründen des Internets zu finden sein würde. Und ich sah aus, als hätte mich ein mit Kacke beladener Schulbus überfahren. Zumindest fühlte ich mich so und mein Spiegelbild hatte mir nicht recht viel Gegenteiliges erzählt. Immer noch stand ich da und überlegte, als der Mann zu mir kam.

„Hörst du nicht? Der Herr liebt die Söhne des Himmels!", sagte er mit starrem Blick in mein Gesicht. Ich passte nun auf. „Wenn er des tut, dann soll er dafür sorgen, dass i ned in a Polizeikontrolle komm.", sagte ich und schritt fort. Als ich schließlich am Auto ankam, mich hineinsetzte, noch einmal volle Kanne durchgähnte und mir die letzten Krümel Schlaf aus den Augen kratzte, drehte ich den Schlüssel und fuhr los. Es wurde auf einer Berghütte in den Chiemgauer Alpen gedreht, um das Rosenheimer Heimatgefühl anständig nach außen zu bringen. Sehr schön. Richtig authentisch würde es erst werden, dachte ich, wenn man auch den Jesus-Typen miteinbaut, genauso wie die leeren Spritzen am Hauptbahnhof, die benutzten Kondome im Riedergarten und die reihernden Bierdimpfel vom Herbstfest. Wobei ich mich selbst in der Regel ebenso jährlich in die Liste Letzterer eintrage.

Die Fahrt zum Fuße des Berges, wenn man das so sagen kann,

erwies sich als weniger kompliziert. Nach einem kurzen Abstecher beim örtlichen Metzger, wo ich Michi traf, der an den vielen Moscow Mules am Vortag nicht gerade unschuldig war, machte ich mich auf den endgültigen Weg zur Almhütte. Richtig schwierig wurde erst das wirkliche Auffinden dieser Hütte. Es war Samstagfrüh und die Sonne brachte etwas Licht in das triste Februarwetter. Was viele Rennradfahrer mit flott geschnittenen Helmen und schneidigen, anliegenden Kleidern dazu bewegte, sich mit ihrem nicht motorisierten Zweirad in die Berge zu begeben. Eine weitere Sache, die ich nie verstand. Mit einem Rad den Berg hinauftreten. Und wenn man dann einen darauf anspricht, kommt immer die Begründung mit der Herausforderung, die ein jeder in seinem Alltag braucht. Pf. Ich forderte mich ja schon heraus, wenn ich morgens eine Hose anzog. Oder wenn ich zum Kühlschrank ging. Gerade an diesem Morgen zeigte sich wieder, dass ich schon eine Herausforderung zu bewältigen hatte, wenn ich aus dem Bett musste.

Jedenfalls sah ich einige der Radfahrer eine Abzweigung bei der Hälfte des Berges zu nehmen und ich hielt an und suchte nach einem Schild oder einem anderweitigen Hinweis, wo denn diese Abzweigung hinführen mochte. Die Abzweigung war umringt von Wald und schien nicht wirklich auf eine Hütte zu führen.

Schließlich stieg ich an einem Parkplatz neben der

Abzweigung aus und zündete mir eine Zigarette an. Ich war noch nicht zu spät und eine zu quarzen machte das Kraut auch nicht mehr fett. Wieder kamen zwei Radfahrer in gebeugter Haltung über ihrem Lenker heraufgestrampelt. Zum Glück war der Rest ihres Outfits ebenso bescheuert, dachte ich, denn ansonsten würde deren Sonnenbrille gar nirgends dazu passen. Ich hielt sie an und fragte sie, wo denn die besagte Hütte sein könnte, worauf sie beide nur keuchend auf die Abzweigung deuteten. Ich bedankte mich, blies den letzten Rauch der Zigarette aus und schnipste sie auf den Boden.

Langsam überholte ich einen Radfahrer nach dem anderen. Die Straße war recht eng, nass und zum Teil mit Schnee noch bedeckt. Ich sah vor mir weitestgehend das gleiche Bild, egal wie schnell oder weit ich fuhr. Eine kiesige Feldstraße mit den üblichen winterlich ausgehöhlten Schlaglöchern, die in kleinen Serpentinen einen Berg hinaufführte, rundum bekleidet mit Wäldern. Alle dutzend Meter ging einer der Radfahrer her und ein paar von denen winkten auch ab oder schimpften, wenn ich vorbeifuhr.

Nach etwa fünfzehn Minuten Auffahrt kam ich geradewegs an der Hütte an. Was für eine Fahrt, dachte ich. Naja, zumindest hatte ich zu keiner Sekunde auf dem Feldweg Angst, dass mich irgendwo die Cops rausziehen könnten.

Ich stieg aus. Und als ich den Schlüssel versuchte, an die Tür zu stecken, fiel mir auf, dass das geliehene Auto meiner Eltern per Knopfdruck abzuschließen war. Diese Deutschen. Clevere Geister. Ich bekam ein sandiges Gefühl in den Augen und hoffte, nicht während des Drehs einzuschlafen oder sowas. Dann öffnete ich meine Augen richtig und blickte in das Tal hinunter. Diese Aliens, dachte ich. Clevere Geister. Wie die diese Berge schufen. Oder waren das die Pyramiden? Egal. Jedenfalls beeindruckte mich die Aussicht wahnsinnig. Wie das immer mehr einfallende Licht der Sonne Meter für Meter den Frost an den Nadeln der Bäume der letzten Nacht schmolz.

Ich ging einmal um die Hütte rum und sah ein kleines Team mit einem Regisseur, einem Kameramann und noch so einem Typen und war nun wirklich sicher, dass ich richtig war. Ich war schon gespannt, wie die Typen drauf waren. Die Leute von den Münchener Film- und Fernsehproduktionen, bei denen ich sonst so für anderthalb Sekunden im Vorspann im Hintergrund zu sehen war, waren weniger lockere Zeitgeister. Die hatten ihre Nase über dem Mittelscheitel. Teilweise über der obligatorischen Baskenmütze.

„Servus.", sagte ich vorsichtig und klopfte an die Wand.

„Hey, habe die Ehre!", sagte einer der Kerle, „Bist du der Anton?"

„Toni reicht.", sagte ich und freute mich innerlich, dass der Typ oberbayerischen Akzent hatte.

„Wir wären eigentlich fertig. Wenn du bereit bist, legen wir los. Kannst auch vorher einen Kaffee trinken.", sagte der

Regisseur. Gegen einen Kaffee war nichts einzuwenden. Ich ging mir einen holen, kam zurück und meldete mich zum Dienst.

Es lief folgendermaßen: es war Ende Februar und hatte da oben auf dem Berg morgens noch um die fünf Grad Außentemperatur. Da man den Spot jedoch im Sommer zu veröffentlichen plante und man daher auch ein Sommerfeeling präsentieren wollte, musste bei den Darstellern auf Sommermode geachtet werden, weshalb ich meinen Oberkörper alleine mit einem Hemd bekleiden durfte. Einem Bergsteigerhemd. Die Crew war kaum zu beneiden in ihren Winterklamotten und Mützen. Jedenfalls wurde mir dann mit einem Ventilator künstlicher Wind ins Gesicht geblasen, um irgendeinen Special Effect nutzen zu können.

Wir drehten um die zwanzig Shots, jeder verlief vom Ablauf her gleich. Ich ging hinein in die Hütte, eingepackt wie eine Weihnachtsgans in Handschuhen, einer dicken Winterjacke und einer lustigen Mütze. Alles gesponsert von der Produktionsfirma. Ich hatte mal wieder nichts dabei. Nun ist eine Weihnachtsgans nicht eingepackt in solchen Winterklamotten, aber... Aber... Ach, ist doch scheißegal jetzt.

Ich wärmte mich etwa fünf Minuten auf, dann zog ich die warmen Klamotten aus, setzte mich in meinem Hemd auf die Terrasse der Hütte, der Windkanal wurde für zirka acht Sekunden angemacht und man hatte einen Shot im Kasten. Sofern ich in puncto Mimik und Gestik und Schauspiel auch alles richtig verstand und den Take nicht auf diese Art versaute. Ich hatte sogar jemanden am Set, der mir während meiner acht Sekunden Ruhm meine Jacke hielt. Ich meine, das haben manche Filmstars nicht.

Danach ging es wieder in die Hütte zum Aufwärmen. Die Leute in der Hütte tuschelten jedes Mal, wenn ich reinkam. Ja, meine Mitbürger des überwiegend älteren Semesters, dachte ich. Ja, ich bin der Kerl aus dem Werbespot.

Etwa zwischen dem vierzehnten und dem fünfzehnten Take wärmte ich mich wieder in der Hütte auf und betrachtete in meinen fünf Minuten körperlicher Erholung die Schnitzarbeiten an den Holzverkleidungen der Wände. Die Leute um mich rum aßen wieder, schlürften eine warme Suppe oder tuschelten wieder mit abwechselnden Blicken zu mir rüber, als plötzlich eine etwas betagtere Dame zu mir rüberkam und mich ansprach.

„Wissens', junger Mann. Wir fragen uns alle, was Sie da machen."

„Ach.", antwortete ich bescheiden, „Wir drehen an Werbespot fürs Fernsehen. Nix besonderes." Ich schmunzelte die Frau ehrlich freundlich an. Für mich war es natürlich selbstverständlich, dass ich mich mit den Leuten unterhielt. Nur weil ich im Fernsehen war, war ich doch auch noch ein Mensch. Einer von ihnen. Dass ich eine feste Nummer im Showbiz war, ließ mich lange nicht abheben.

„Machen Sie so was öfter?", fragte die Dame vorsichtig. Sie war nett.

„Manchmal, ja. Werbespots weniger, i bin eher im Fernsehgeschäft."

„Oh, das ist schön. Kennen Sie den Gottschalk auch?"

„Klar, der putzt die Unisextoiletten in meinem Raumschiff.", sagte ich zurück. Da war der Mund wieder schneller wie der Kopf. Ältere Menschen brauchten nun wirklich nicht meinen Zynismus spüren. Und die paar Leute, die sich noch für mich interessierten, schon gar nicht. Oh Gott, dachte ich. Der Entertainmentsektor hat einen Teufel aus mir gemacht.

„Wie bitte, junger Mann?", fragte die Frau vorsichtig. Und ich sah mich innerlich in der Siegerpose jubeln, dass man mir noch eine zweite Chance für meine freche Schnauze gab. Sie schien mich nicht verstanden zu haben.

„Nein, hab i gesagt. I kenn ihn leider ned.", sagte ich in lautem, klar verständlichem Ton, unterlegt mit einem freundlichen Grinsen. Ich tat alles, damit mich die Leute wieder liebten. Und umgehend wurde ich zum nächsten Take gerufen.

Nachdem wir alles im Kasten hatten, bekam ich noch eine warme Speise und ein Freigetränk. Da Vanilla Coke nicht auf dem Programm der Hütte stand, entschied ich mich für einen warmen Tee, über den sich auch mein Katermagen freute. Wir aßen zusammen, die Leute von der Produktionsfirma erzählten ein paar witzige Anekdoten aus ihrem täglichen Alltag und wir hatten einen schönen Vormittag.

Zum Abschied erhielt ich noch meinen Lohnzettel. Dreihundert europäische Pesos für ein paar Stunden Arbeit. Ein wunderbares Land, dieses Deutschland. Kurzfristige Schonkost für mein sonst spärlich besetztes Bankkonto.

Ich stieg wieder in meinen Wagen und spielte das Spiel mit den Radfahrern, nur diesmal bergab. Als ich wieder am Metzger vorbeikam, stand Michi noch immer da drin. Ich hielt erneut an.

„Toni.", sagte Michi und lachte, „Oder soll i sagen: Mr. Hollywood?"

„Immer langsam mit de wilden Pferde.", sagte ich und wirkte sogar auf mich selbst erleichtert, dass die Pflicht für den Tag erledigt war und ich mich nun wieder dem Spaß hingeben konnte.

„Wie war's?", fragte Michi, als er sich da komplett übermüdet auf dem Stehtisch abstützte.

„Ned schlecht.", sagte ich, „Dreihundert Flocken für vier Stund Arbeit."

„Wow, cool.", sagte Michi und drückte vor lauter Aufstützen seine Backe nahezu komplett in sein Auge.

„Wos machst du no da?", fragte ich erstaunt und bestellte mir einen Kaffee an der Theke.

„Da Danny und da Willi wollten eigentlich kommen. Seitdem

wart i da.“

„Seit fünf Stund'?“

„Mhm. Hey, coole Idee.“, lenkte Michi ab, „Morgen soll's schön werden. Soll ma Minigolfen geh'?“

„Minigolfen?“, fragte ich und zog meine Augenbrauen überrascht nach oben.

„Ja.“, meinte Michi und zuckte mit den Schultern. Ich war eigentlich einer, der außer Bundesliga schauen, Weggehen und Luftgitarre spielen nicht viele Freizeitaktivitäten vorzuweisen hatte. Aber Minigolf? Dennoch, diese Wahrheit um mein tristes Dasein bezüglich meiner Hobbies sollte auch irgendwo bei mir bleiben.

„I kann morgen ned.“, sagte ich und schlürfte vorsichtig an meinem frisch gebrachten heißen Haferl Kaffee.

„Wos hättest du jetzt morgen vor? Luftgitarre spielen und am Sack kratzen?“, bäumte sich Michi auf. Fuck, er wusste Bescheid.

„Na, i… i lies taube Kinder im Waisenhaus Fabeln vor.“, sagte ich und merkte sofort danach, wie bescheuert diese Aussage wieder war.

„Taube Kinder?“, fragte Michi mit verzogenem Gesicht, „Wie liest du dene vor?“

„Des is in Blindenschrift.“, sagte ich. Ich war der blödeste Vollidiot, dem sie es gestattet hatten, frei rumzulaufen.

„Okay. Wie dem a sei: Heut Abend Bazis?“

„Des is eher mei Kragenweite.", sagte ich und wir tranken unseren Kaffee, den ich später von meiner schwer verdienten Gage bezahlen sollte.

Die Praxis

Ich saß in einer Bar, gleich um die Ecke von der Hochschule. Es war ein Mittwochabend und ich hockte am Tresen und trank ein Pils, das ich bekam, nachdem ich ein Helles bestellt hatte. Ich saß einfach nur da und kratzte die obere Schicht am Rand von meinem Bierdeckel ab. Ich lauschte den Gelächtern und den Geschichten der umliegenden Gäste.

„Toni, wie lange brauchst du noch fürs Bestellen?", schrie mein Kumpel Xaver in meinen Rücken. Er saß zusammen mit Simmerl und unserem Kommilitonen Patrick in einer Sitzecke. Ich nahm einen großen Schluck, rutschte vom Barhocker und begab mich wieder zu den Jungs.

Wir quatschten belangloses Zeug, hauptsächlich ging es um Autos, von denen ich keine Ahnung hatte, um den Zweiten Weltkrieg, von dem ich noch weniger Ahnung hatte, und über unser Studium, von dem ich gleich überhaupt keine Ahnung hatte. Eine Fliege flog dauernd gegen die gedimmte Lampe über unserem Tisch und ich war froh, dass ich nicht der Dümmste am Tisch war. Dann fragte ich mich, woher diese Fliege überhaupt kam. Draußen lagen dreißig Zentimeter Neuschnee. Den ganzen Tag über liefen die Schneefräsen, meine Socken waren durchgehend nass und mein kleiner Hosendetektiv schrumpfte auf sein winterliches Kälteminimum.

Die Tür ging auf, mal wieder. Jedes Mal, wenn die Tür aufging, zog eine regelrechte Kaltfront durch die Bar und es beutelte jedermann einmal kurz durch. Außer dieses Mal: herein kam Helena. Und sie machte ihren Namen alle Ehre. Sie sah aus wie eine Helena. Wie eine Helena, die ein Paris um jeden Preis aus Sparta stehlen würde. Helena war eine neue Kommilitonin, ich glaube aus Norddeutschland, die im vergangenen Oktober bei uns im Kurs anfing. Es wird immer behauptet, Gott habe am siebten Tage geruht. Nein, Sir. Da war ich anderer Meinung. Der hatte sich den ganzen verdammten siebten Tag Zeit genommen, um diese Braut zu meißeln. Sie war perfekt. Sie hatte ein Gesicht, das normalerweise auf Magazinen abgedruckt wird. Dazu Stelzen, die sie durch den Raum schweben ließen und eine Oberweite, welche einen Waffenschein verlangte. Allerdings war Helena etwas bockig auf mich, da sie mich ein paar Wochen zuvor gefragt hatte, ob ich ihr bei einem Essay helfen könnte, das jeder von uns schreiben sollte, worauf ich sie abblitzen ließ, da ich genügend Probleme mit meiner eigenen Person hatte. Und glaube mir, Sohn. Diese Halbgöttin bringt dir Probleme. Außerdem hatte mich ihr Getue genervt. Dieses Aufsitzen mit nur einer Pobacke auf dem Tisch vor mir, dazu dieses halbwissende Gefasel mit dieser aufgesetzt erotischen Stimme, als sie mich fragte. Bei den Nerds zwei Reihen vor mir würde sich da vielleicht der Tisch heben. Aber nicht bei Toni, Lady. Außerdem dachte ich mir, die Masche zieht sie eh noch bei vierzig anderen Typen durch, da wird's an mir ohnehin nicht scheitern.

Sie ging an unserem Tisch vorbei und nickte uns nur kurz an, dann ging sie hinüber zu einem Kerl am Ende der Bar. Sie walkte so, dass ihr jeder der Anwesenden einmal nachsah. Und sie wusste es.

„Was würd' ich geben, um die einmal zu pudern.", sagte Simmerl und zog an seiner Halben an.

„Ganze zwei Euro dreißig müsstest du geben.", antwortete ich und lehnte mich zurück, mit den Armen auf der Eckbank angelehnt, so als würde ich wissen, von was ich rede.

„Zwei Euro dreißig?", fragte Patrick offensiv in schwäbischem Dialekt, mit zugekniffenen Augen, „Des isch a wenig frauenfeindlich, oder net?"

„Wieso is des frauenfeindlich?", entgegnete ich, „Du gehst hin, ziehst sie von ihrem Dschamsterer da weg, gibst ihr a Bier für den Preis aus und erzählst ihr a paar Witze." Ich nahm einen zu großen Schluck, von dem ich den ersten Großteil in den Backen verstecken musste, um mich nicht zu verschlucken.

„Jeder ist seines eigenen Glückes Schmied.", fügte ich noch an. Aus mir würde sicherlich ein großer Philosoph werden.

„Ach Blödsinn.", fuhr mich Patrick wieder an, „Des isch wie dei Theorie, dass Frauen und Männer net befreundet sein könne."

„Des is keine Theorie, des is a Fakt.", berichtigte ich, „Außerdem seids ihr selbst schuld, wenn ihr mir immer zuhörts, wenn i wieder irgendeinen Blödsinn von mir geb." Patrick schüttelte mit dem Kopf. Xaver schaute nur zum Boden und Simmerl war kurz vorm Einschlafen.

„Und…", fuhr ich fort, „I hab nie gesagt, Männer und Frauen können ned befreundet sein. I hab gsagt, Männer und Frauen können ned befreundet sein, ohne dass mindestens einer der beiden mindestens einmal daran denkt, mit dem anderen in die Kiste zu steigen."

„Isch au Blödsinn.", ließ mich Patrick erneut wissen.

„Es is ja ganz einfach", mischte sich nun Xaver ein, „Wenn du immer so schlaue Sachen raushaust, Toni, dann zeig mal, was du kannst. Geh hin zu der und schlepp sie ab, wenn des immer alles so einfach ist." Jetzt wurde mir warm. Kann sogar sein, dass ich eventuell etwas rot wurde. Das hast du davon, du Hirndübel, dachte ich. Dauernd die Schnauze aufreißen und doch keinen Dunst von irgendwas. Und jetzt wollen die Leute Ergebnisse sehen. Mein Puls ging nach oben, ich konnte ihn am Hals pochen spüren.

„Oh, ja.", gesellte sich nun auch Simmerl mit ins Gespräch, „Ich sag dir eins: Wenn du die aufreißt, schreib ich dein Essay." Ich konnte ohnehin nicht mehr aus, ich Vollgaser. Aber die Sache mit dem Essay spornte mich etwas an. Ich trank mein restliches halbes Bier aus und stand auf. Ich ging rüber zu Helena und dem Kerl neben ihr. Ich stellte mich zwischen die beiden und wandte mich zunächst an den Typen.

„Sorry Jonas, kann ich euch kurz unterbrechen?", meinte ich

flüsternd zu ihm.

„Ich heiß nicht Jonas"

„Jeder an dieser Hochschule heißt Jonas oder Matze oder so einen Scheiß.", fügte ich an, „Du kriegst sie ja gleich wieder." Er nickte etwas verwundert.

Ich nahm sie am Arm und zog sie zwei, drei Stühle weiter weg und bestellte zwei Bier. Der Barmann brachte sie umgehend und ich haute einen Fünfer auf den Tresen, als wäre es ein Hunderter und meinte noch wie ein Asiate am Black-Jack-Tisch im Casino zum Croupier: „Da Rest is für di."

„Also, was ist?", fragte sie und grinste mich wieder so verschmitzt an. Im Hintergrund glotzten uns die drei von der Tankstelle an.

„Pass auf, es ist ganz einfach.", sagte ich in leisem Ton, um sicher zu gehen, dass keine umliegende Person etwas mitbekommt, „I hab mit den Jungs hinten gewettet, dass i es schaff, di aufzureißen. Geh einfach mit mir kurz vor die Tür, um die des glauben zu lassen und i schreib dein Essay fertig."

„Ich hab mein Essay schon lange fertig.", sagte Helena. Ich zog meine Lippen auseinander und regte mich innerlich auf, dass mal wieder ein Plan nicht funktionierte.

„Aber", fuhr sie fort, „Mir gefällt deine Idee. Ich mach trotzdem mit." Ich ballte die Faust und machte die Eckfahnensäge, während ich zu den Jungs schaute. Helena holte derweil ihre Jacke und flüsterte irgendetwas ihrem Barfreund zu.

Wahrscheinlich, dass sie gleich wieder kommen würde oder so. Wir gingen vor die Tür.

Da standen wir nun, in der Kälte. Der Schnee fiel uns auf den Kopf und sammelte sich schnell zu einer weißen Schicht auf den Haaren. „Na, und jetzt?", fragte sie und hob die Arme zur Seite und ließ sie wieder auf die Hüften fallen.

„Ja, keine Ahnung.", war meine zögernde Antwort, „I hab den Plan ned wirklich zu Ende gedacht." Sie lachte.

„Gehen wir halt kurz ins Primos vor, die könnten noch aufhaben.", meinte sie und spielte vollends mit. Das Primos war ein Café, in dem man noch rauchen durfte und in dem wir öfters zu Mittag waren. Wir gingen rüber, trampelten uns am Eingang den Schnee von den Schuhen und saßen uns an einen Zweiertisch an der Glaswand zur Straße hin. Ich bestellte einen Tequila Sunrise und Helena einen Glühwein mit Schuss oder sowas. Sie fragte mich, was ich vor dem Studium gemacht hätte. Rentner war ich, sagte ich, denn ich hätte die Mathematik erfunden. Sie lachte wieder und meinte ich wäre süß. Süß. Das hörte ich öfter. Mein verpeiltes Verweilen auf diesem Planeten und die leicht zynische Fuck-You-Einstellung zu allem machten mich immer süß. Wieso trat sie mir nicht gleich mit Anlauf in die Nüsse?

Wir quatschten eine ganze Stunde über alles und jeden. Nicht über Autos, Studium oder den Zweiten Weltkrieg. Wir redeten über Bücher, Filme, Pokémon, Reiserücktrittsversicherungen und Minigolf. Wir tranken aus und gingen wieder vor die Tür.

„Also, ich werde dann mal heimgehen.", meinte sie mit so einem zögernden Blick in ihren Augen und fragte, was ich noch vorhätte.

„I werd am Ende des Regenbogens nach meinem Goldtopf suchen.", sagte ich kurz und knapp, wieder mal ohne jegliches Nachdenken.

„Vielleicht findest du den ja bei mir."

Zuerst schaute ich gen Himmel. „Nein", wollte ich sagen, doch es blieb mir im Hals stecken. Zu gefährlich. Das mit den One-Night-Stands nach dem Alkohol war immer so eine Sache. Wenn man überhaupt eine standhafte Position erlangen konnte, war die Chance immer noch riesig, eine unterirdische Leistung zu bieten. Dieser Arbeitsaufwand um die Uhrzeit, dachte ich. Millionen Gedanken schossen mir durch die Synapsen. Eigentlich wollte ich nur noch ein warmes Bett, einen erholsamen Schlaf und am nächsten Tag was fettes. Fettiges, natürlich. Ich schrieb es. Sie können es lesen. Fettig. Ich habe niemanden „fett" genannt. Ihr seht alle toll aus, ihr wart alle im Fitnessstudio heute. Und die Zehn-Stufen-Diät aus der Fernsehzeitschrift zahlt sich jetzt schon aus.

Aber ganz im Ernst: sie stand da und wippte von einem Fuß auf den anderen und wartete auf mein Zusagen. Wenn ich mitginge, dann musste ich auch was reißen. Denn sonst erzählte sie es ihren Freundinnen, dachte ich. Die erzählen es dann wiederum ihren Freunden. Dann weiß jeder, wie schlecht ich im Bett bin. Auf Social-Media-Plattformen verlinkt man mich zu Memes wie „Markiere jemanden, der eine Niete im Bett ist". Ein Hashtag wird kreiert. #FastShotTony heißt es dann in der Internetlandschaft. In der Mensa würden sämtliche Smartphones aufleuchten, wenn ich den Raum betrete. Er ist in der Mensa. Das ist der Typ? Irgendein Jonas oder Matze, einer von den coolen Kids halt, die vor der Hochschule auf dem Behindertenparkplatz parken und ihren Rucksack über nur einer Schulter hängen lassen, würde mir im Flur beim Vorbeigehen unterm Anrempeln noch einen Zusatztitel geben. „Hey, #FastShotTony, schnellster Colt im Schwarzwald." Ich würde wegziehen und mein Leben abseits der Gesellschaft verbringen müssen und würde als Einsiedler in einem Herrenhaus mit siebenundzwanzig Katzen im nächstgelegenen Ort bekannt werden.

All das ging mir in Windeseile durch den Kopf und der Schnee fiel vor unsere Füße und die Straßenlaternen schenkten uns Licht und sie grinste mich an und starrte mit ihren blauen Augen Löcher in meine Seele und ich dachte mir nur: scheiß drauf.

Als ich am nächsten Tag aufwachte, setzte ich mich auf und hatte fürchterliche Bauchschmerzen. Helena lag mit dem Rücken zu mir und ihre Haare verdeckten ihr Gesicht. Zunächst hatte ich keinen Peil, wo ich war. Doch ich sah aus dem

Fenster und schrie fast vor Freude, als weitere sechzig Zentimeter Neuschnee auf den Straßen lag. Nicht. Natürlich nicht. Still und leise zog ich mich an und fragte mich, ob das Ganze eine gute Idee war oder ob ich den Rest meiner Hochschulzeit hier in Helenas Gegenwart nur mit dem Aufkehren der Scherben von letzter Nacht beschäftigt war. Verlegenes Grinsen, Rumdrucksen, knappe Sätze. Andere lernen halt mal aus der Vergangenheit. Ich konnte nicht mal aus der Gegenwart lernen.

Ich schlich mich mit meinem Zeug aus ihrem Zimmer und zog mich im Flur des Wohnheims fertig um. Dann ging ich runter zum Hochschulparkplatz zu meinem Auto, zog mir die Jackenärmel über meine Hand und befreite die Scheiben vom Schnee. Mir war schlecht. Ich fuhr zu meiner Bude und legte mich in mein Bett. Ich wälzte mich hin und her und hielt mir den Bauch vor Schmerzen. Und mir war weiterhin kotzübel. Ich dachte schon, ich wäre schwanger. Aber das stellte sich als Blödsinn heraus. #Spoileralarm.

Als ich da unruhig im Bett rumkreiselte, merkte ich langsam immer mehr und immer intensiver, wie ich dieses Kribbeln im Hals nicht losbekam. Ich saß da und wusste, dass es bald so weit sein würde: meine liquiden Sünden der vorherigen Nacht wollten sich ein zweites Mal zeigen und den Ausgang durch die große Vordertür nehmen, durch die sie schon hereinkamen. Ich hatte noch die Absicht, das Ganze durch langsames Atmen und ganz kleine Schlucke Wasser beheben zu können, doch es half nichts. Enttäuscht stand ich auf und rannte zur Kloschüssel und ließ alles raus. Und da sah ich es. An dem Punkt, an dem der Mageninhalt längst verbraucht ist und der Würgereflex sich nur noch auf die Galle berief, wurde es immer dunkler und immer mehr kam eine rote Menge zum Vorschein. Hierbei, liebe Kollegen, handelte es sich um Blut. Verdammte Scheiße. Jetzt hast du's geschafft, Tonyboy. Du Vollidiot. Ein Viertel Jahrhundert hast du deinen Körper wie einen Freizeitpark behandelt und jetzt bekommst du die Quittung dafür. Lachte ich normalerweise die Probleme unter den Tisch, bekam ich es nun mit der Angst zu tun.

Ich suchte nach einem Arzt in der Nähe. Ich googelte, was mein Handy hergab. Der Balken im Internetbrowser auf dem Smartphone bewegte sich jedes Mal beinahe weniger als ich zu meinen besten Mittelstürmertagen im Brotzeit-Amateurfußball und mir fiel ein, dass ich in meiner Wohnung im Schwarzwald war. Das Internet war von dort aus so schnell wie jenes im Mittelalter. Doch auch dafür hatte ich ein Krisenmanagement parat: wenn ich auf dem Handy den Flugmodus aktivierte und schnell wieder deaktivierte, hatte ich langsames, aber wirksames Internet für etwa eine halbe Minute. Und mit jeder Suchanfrage erhöhte diese Wartezeit meine Nervosität.

Nach wenigen, aber dennoch etwas langwierigen Suchen fand

ich einen Allgemeinmediziner in der Nähe. Er hieß Doktor Katsouranis und Google Maps erklärte mir, dass er nur zehn Fußwegminuten weg war. Dann kamen die Fragen. Wo war meine Versicherungskarte? War ich überhaupt versichert? Gab es noch eine Praxisgebühr? Weil dann musste ich mit blutendem Magen auch noch einen Bankautomaten aufsuchen, dessen Auskunft über meinen Kontostand meine Augen auch noch bluten lassen würde. Ich wusste gar nicht mehr, was beim Arzt gilt und was nicht, so lange hatte ich schon keinen mehr gesehen. Also in einer Praxis sah ich schon lange keinen mehr. An Verkehrskreuzungen und Parkplätzen rund um den heimischen Chiemsee sah man reichlich. So viele, dass sie einem beinahe aus den Ohren kamen.

Ich rief an – entgegen dem Internet funktionierte das Telefonnetz wunderbar. Ich konnte einen Termin kurz nach Mittag haben und setzte mich auf die Couch. Massiver Fehler. Jetzt begann die Angst, sich in mein Gehirn zu fressen. Würde ich sterben? Jung, mittellos und ohne „Die Sopranos" gesehen zu haben? Wie würde ich sterben? Würde sich mein Körper mit Blut füllen und mich daran ertrinken lassen? Woher kam der Mist überhaupt? Vom Alkohol? Vom Rauchen? Von den Chili-Käse-Fritten um fünf Uhr morgens, nachdem die ersten beiden zur Genüge ausgekostet wurden? Ich beschloss, mich noch einmal hinzulegen, um dem Arzt nicht direkt meine Alkoholfahne und meine blutunterlaufenen Auge gleich zu Beginn präsentieren zu müssen. Ich presste die Augen zusammen und versuchte wieder zurück in die Welt des Schlafes zu fallen. Doch diese Tür war zu. Wenn ich mal wach war, war ich wach. Zum Nachmittagstermin marschierte ich runter zur Praxis. Jeder Schritt näher brachte mein Herz mehr zum Kochen. Ich hatte Angst. Und ich meine damit nicht jene Angst, die man vor einem Referat beispielsweise hat. Dass einem jemand Abführmittel in den Kaffee getan hat und man sich vor der ganzen Klasse einscheißt oder dass man von den Lehrern vorgeführt wird. Ich hatte Angst, mein Leben würde nur noch Stunden dauern. Diese Angst kam sonst nur auf, wenn ich immens high war. Dann war es soweit. Ich öffnete die Tür zur Praxis und meldete mich an.

Ich saß also im Wartezimmer und… wartete, klar. Ich wartete und wartete. Wir warteten die ganze Zeit. Nachts zuvor, als wir im Löwen schon ordentlich was intus gehabt hatten und die Politikgespräche losgingen, hatte ich darauf gewartet, endlich nach Hause zu können. Am Nachmittag zuvor in der Vorlesung hatte ich auf den Abend gewartet, um mir endlich einen hinter die Binde kippen zu können. Dauernd wartete ich auf irgendwas oder irgendwen. Ich wartete auf den Zug, aufs Essen, auf die Frage, ob ich meinen Döner mit oder ohne scharf möchte. Auf die perfekte Frau, auf den Moment, wo ich mich wieder von ihr trennen kann. Auf mein neues Auto, auf den Moment, wenn ich es wieder los bin. Ein ständiges Wollen und

Nichtwollen. Am Ende wartete man wohl auf den Tod. Erstmal wartete ich jedoch auf Dr. Katsouranis.

Ich saß nur da und dachte nach. Das machte das Warten auch so schlimm. Was würde passieren? Würde er mich notoperieren müssen? Wann würde ich wieder zuhause sein? Um mich rum lag diese sterile Luft in diesem komplett in Weiß gelegten, neutralen Wartezimmer. Der Raum schien blasser als ich in den Wintermonaten. Die anderen Leute schauten sich Rundschaumagazine oder alte Fernsehzeitungen an. Eine gute Idee. Aber die fürchteten wohl auch nicht um ihr Leben.

Patient für Patient wurde zu Dr. Katsouranis gerufen. Nach etwa einer halben Stunde war ich an der Reihe. Ich stand auf. Mein letzter Gang stand an. Ich absolvierte ihn mit erhobenem Haupt.

„So, Herr Zaunmüller. Was fehlt Ihnen denn?"

„I hab Blut gekotzt."

„Oh, Sie sind aus Österreich, oder?"

„Bayern."

„Schön. Mein Cousin wohnt auch da."

„Des machts jetzt ned besser."

„Ach so, ja. Blut gekotzt. Was sonst noch?" Ich schien ihn mit meiner lebensbedrohlichen Lage etwas zu langweilen, dachte ich.

„Haben Sie Bauchschmerzen auch?", fuhr er fort.

„A bissl."

„Wie bitte?"

„Etwas." Er meinte, ich solle mich hinlegen, und untersuchte mich. Er schien sehr routiniert vorzugehen und erkannte das Problem.

„Also. Es könnte sein, dass Sie ein Magengeschwür haben. Das lässt sich vollständig nur bei einer Magenspiegelung feststellen.", sagte er in beruhigendem Ton und gab mir etwas Hoffnung, „Fürs Erste: ich rieche Rauch an ihrer Kleidung, deshalb gehe ich davon aus, dass Sie rauchen. Ihre Augen sind etwas glasig, ich gehe davon aus, Sie haben gestern schwer getrunken."

Schwer getrunken, dass ich nicht lache. Das war gestern noch gar nichts, dachte ich. Ich bestätigte seine Detektivbeobachtungen und fragte, wie nun weiter vorzugehen ist.

„Sie müssen ein paar Gänge zurückschalten, Mann. Essen Sie nichts saures. Viel Obst und Gemüse. Ich gebe Ihnen noch ein Rezept für magenberuhigende Tabletten. Wenn sich nichts tut, kommen Sie nochmal vorbei."

Ich war mir sicher, dass das einer der bescheidensten Momente meines Lebens war. Zum ersten Mal seit langer Zeit hielt mir neben der Verkehrspolizei jemand ein Stoppschild vor. Ich zog mich an, bedankte mich herzlich, holte mein Rezept und ging nach Hause.

Das war nun die Zeit. Als erstes warf ich die Schachtel Zigaretten in den Müll. Dann nahm ich alles Bier aus dem

Kühlschrank und goss es in den Abfluss. Bring dein Leben auf die Reihe, Mann. Ich stellte mir ein Workout für die nächsten vierzehn Tage zusammen. #staypositive. Ich räumte meine Bude auf. Ich würde einiges geradebiegen. Meinen Körper wie einen Tempel behandeln. Pfarrer Röhrer anrufen und ihm sagen, dass Willi und ich ihm damals die Luft aus den Reifen gelassen haben. Sofern er denn noch lebt. Ich würde früh ins Bett gehen und früh aufstehen. Den alten Toni gibt es nicht mehr.

Doch zu allererst musste ich weg von hier. Ich sagte die Vorlesungen für die letzten beiden Tage ab und entschied mich, zurück nach Rosenheim zu fahren. Fern von all der Trinkerkulisse rund um die Hochschule hier draußen. Ich packte mein Zeug und riss die viereinhalb Stunden runter. Voller Motivation, voller Vertrauen in mich.

Auf Höhe Gilching ging es dann wieder los. Dreieinhalb Stunden hatte ich schon geschafft. Alle drängten sich hier durch das Nadelöhr auf der Autobahn in die Landeshauptstadt hinein. Lastwägen, Kleintransporter, Minivans. Und SUVs. Gott, so viele SUVs. Auf der 96 nach München rein sah man mehr Flaggschiffe als die Spanische Armada beim Krieg gegen die Engländer im Einsatz hatte. Und jeder zweite von denen hatte einen dieser verblödeten Aufkleber auf der Heckscheibe, wo die Namen ihrer Kinder standen und fröhliche Strichmännchen zum Hintermann lächelten. Ganz toll. Schreibt doch gleich eure Adressen hin, um es den Serienkillern da draußen nicht allzu schwer zu machen.

In Sendling fuhr ich über die Isarbrücke und hörte mein Telefon in der Mittelkonsole schellen. Ich schaute runter auf das Display und sah Pippos Namen aufleuchten. Der hatte mich schon ewig nicht angerufen. Und fast ein Jahr hatten wir uns nicht mehr gesehen. Ich ging ran.

„Toni! Habe die Ehre!"

„Servus, alles klar?"

„Haut scho, selber? Du, i würd heute bissl grillen."

„Grillen? Im Februar?", vergewisserte ich mich.

„Also, ehrlich gesagt, würd i des Grillen nur als Vorwand benutzen, dass wir uns mal wieder treffen und a paar kühle Blonde runterwürgen."

Wow, dachte ich. Ich hatte Pippo schon ewig nicht mehr gesehen. Es kam mir zumindest wie eine Ewigkeit vor. Ich dachte nach, lange. Vernäht und zugeflixt.

„Wos sagst du dazu?" Pippo erwartete eine Antwort. Ein entscheidender Moment. Wenn ich hier zusage, schaffe ich es wieder nicht, mein Vorhaben umzusetzen, dachte ich mir. Ich überlegte und wusste bereits, dass mein Turm der Träume wieder einstürzte.

„Soll i irgendwas mitbringen?", fragte ich und steuerte das Auto Richtung Alpen.

Three Sheets to the Wind

Da die Finanzen eines Studenten so beschnitten sind, wie die Rechte eines Nordkoreaners, fiel auch in diesen Semesterferien der große Sommerurlaub ins Wasser. Kein wochenlanges All-Inclusive-Schlemmern an ägyptischen Stränden, kein polynesisches Perlentauchen mit Einheimischen, keine Safari, kein urbaner City-Trip. #vacay.

Ganz ohne geht's natürlich auch nicht. Natürlich nicht. Auf den von sarkastisch angehauchten Querdenkern als Balkonien bezeichneten Heimurlaub hatte ich nun wirklich keine Lust. Zur Pflicht eines deutschen Bürgers gehört es eben neben dem Einschalten des Warnblinkers im Stau und dem regelmäßigen Besuchen des örtlichen Baumarkts auch, jährlich ordentlich in den Urlaub zu fahren. Anfang Herbst stand zwar noch ein Junggesellentrip an, aber so wie es aussah, führte uns der nicht weit über die Stadtgrenzen hinaus. Also musste ich meine zweiunddreißig Follower anders neidisch machen. Willi hatte mir zum Geburtstag eine Karte zum Summer Splash an der Adriaküste im Süden des Kontinents geschenkt und brachte mich in die Lage, nicht Nein sagen zu können. #lifeisbetteratthebeach.

Eines Donnerstags im Juli war es dann soweit. Wir borgten uns von Willis Eltern den Reisebus, der sicherlich schon bessere Orte sehen durfte, als den Summer Splash, und fuhren die sieben Stunden runter. Michi und Danny begleiteten unsere

Tour.

Um zwei Uhr früh ging es los. Michi und Danny übernahmen die Hinfahrt, weswegen Willi und ich ordentlich bechern konnten. Das war das Positive. Das Negative war, dass Danny zunächst die A99 nach Innsbruck gefahren war und wir eigentlich die A8 nach Salzburg hätten nehmen müssen. Und in Innsbruck war uns aufgefallen, dass es sogar schneller war, nochmal heimzufahren und dann nach Salzburg weiter, als innerhalb Österreichs die Querstrecke zu nehmen. Der Kerl an der Tankstelle vor der Grenze nach Tirol, der meinte, er hätte noch nie jemandem ein Pickerl für Slowenien verkauft, war uns nicht Hinweis genug, dass etwas nicht stimmte.

Lange Rede, kurzer Sinn. Wir fuhren zurück nach Rosenheim, dann am Kreuz Richtung Salzburg und als die Sonne aufging, passierten wir die Grenze nach Slowenien. Willi und ich hatten gut einen sitzen und die beiden in der ersten Reihe chauffierten uns ordnungsgemäß zum Summer Splash.

Nach weiteren Stunden waren wir dann da, in Kroatien am Strand. Wenige hundert Meter trennten uns vom Campingareal des Summer Splash. Bevor wir eincheckten, dachten wir uns noch, wir fahren außerhalb des Campinggeländes auf eine Erfrischung ans Meer.

Direkt an der Küste entlang fanden sich neben der Straße eigens asphaltierte Parkplätze, von denen wir einen nahmen. Der Asphalt war mittlerweile von der Sonnenstrahlung aufgeheizt und nach einem Schritt aus dem Auto sprang ich wieder zurück auf den Rücksitz, um nach meinen Schlappen zu greifen.

Wir gingen runter ans Meer und hörten nichts außer dem Rauschen des Ozeans. Die hochintensive Sonne brannte uns ein Erinnerungsstück unter die Haut, was beinahe kaum auszuhalten war, doch wir gingen weiter in Richtung Wasser. Und nach dem anfänglich vorsichtigen Zögern riss sich nun endlich ein jeder die Klamotten vom Leib und wir stürzten uns in die Wellen.

Anders als an mir gewohnten Stränden war hier bei der Schöpfung der Natur der normale Sandstrand durch einen harten, großsteinigen Strand ersetzt worden, der mir innerhalb der ersten dreißig Sekunden Geplantsche bereits einen Cut am Fuß zubereitete. Nach einer guten halben Stunde ließen wir dann vom Baden wieder ab und wir begaben uns zu unserem Saufurlauberdomizil für die anstehenden vier Tage. #weekendvibes.

Wir kamen am Campingplatz an, Willi und ich begannen umgehend mit dem Zeltaufbau. Seit der Grundschulgeburtstagsfeier von Georg Rieß musste ich nicht mehr in einem Zelt schlafen. Ich war, glaube ich, mehr der Pauschalurlauber. Jedenfalls waren wir auf der Zielgeraden unseres Aufbaus und ich suchte nach den Heringen. Wo waren diese verdammten Heringe schon wieder? Ich ging zurück zum Bus, öffnete die

Heckklappe und suchte dort. Jacken warf ich durch die Innen-
ausstattung, Decken hob ich auf und den Drucker schob ich
zur Seite. Moment. Drucker?

„Willi!", schrie ich erstaunt, den Blick noch immer nicht vom
Drucker abgewandt. „Willi!"

„Wos is?", kam es genervt zurück.

„Da is a Drucker!"

„Ja, eh!"

Ich runzelte die Stirn, schüttelte mit dem Kopf und suchte weiter nach den Heringen. In der Seitentür fand ich schließlich
welche und ging zurück zum Aufbau unseres temporären
Stoffpalasts. Der Aufbau dieser komfortablen Camperunter-
kunft kostete uns gut zwei Stunden, was wohl an den ganzen
eng getakteten Bierpausen lag. Und gerade, als wir den Abschluss des Baus unseres kurzfristigen Domizils feiern wollten, trudelten die Nachbarn ein. Das läuft im Endeffekt auch
immer so.

Vier junge Mädels aus NRW oder Niedersachsen, die sich un-
serer Gesellschaft erfreuten, ebenso wie wir uns derer erfreu-
ten. Wir saßen im Kreis auf Klappstühlen in der Wiese vor un-
serem frisch aufgestellten Zelt und lernten mittels belangloser
Übergangsfragen neue Leute kennen. Wir boten, wie es der
Anstand von ordentlichen Zeitgenossen verlangt, den Mädels
Getränke aus unserer Kühlbox an. Gin, Bier, Wein, Rum,
Jacky, Jimmy, Johnny. Für eine Crew voller Chaoten waren

wir relativ gut ausgerüstet.

Wie auch bei uns, waren die Rollen in deren Clique relativ ersichtlich verteilt. Ich war bei uns eher der Ruhigere, der sich nicht zu allem zwanglos hingezogen fühlte, während beispielsweise Michi der Tonangeber war. Und so eine hatte die Gruppe Mädels auch. Eine, die den Ton angab. Und die ging mir nach wenigen Augenblicken bereits gehörig auf den Sack. Die haute einen bescheuerten Witz nach dem anderen raus, denen meine drei Mitreisenden lautes Gelächter beifügten, während ich nur Kopfschmerzen verspürte. Sie hatte die erste Runde Getränke als erste beendet, was Gastgeber Willi, der wegen des Reisebusses seiner Eltern und der Anschaffung des Zeltes als Gastgeber ausgewiesen wurde, dazu verleitete, nach Nachschub zu fragen.

„Magst no an Wein?", fragte er sie.

„Zu Vino sag ich nie no.", antwortete sie, mit einem kräftigen lauten Lacher hinterher. Ich schnaufte nur noch langsam durch die Nase und ließ mein Gemüt innerlich kochen. Willi nahm ihren leeren Pappbecher entgegen und schaute mich nur verlegen an. Gewissermaßen deutete er mir, dass er wusste, was mich gerade auf die Palme brachte.

Wie in jedem Beisammensein kam irgendwann die Zeit auf, wo die Luft raus war. Man saß im Kreis herum und starrte verlegen durch die Lüfte. Doch wir hatten da jemanden, der solche Situationen auszumerzen wusste: Michi.

„Hey, wollts an Witz hören?", fragte er in die Runde und bekam ein von zuckenden Schultern unterstütztes Nicken aus der Runde zurück.

„Oh, Gott.", murmelte ich vor mich hin und versteckte mein Augenrollen hinter der Sonnenbrille.

„Wieso sind Arschbacken vertikal angerichtet?", fragte er. Wieder zuckten wortlos Schultern in der Runde, diesmal jedoch aus Unwissenheit.

„Damit sie beim Treppensteigen ned aneinander klatschen." Gelächter brach aus, vor allem die Tonangeberin wusste ihre Freundinnen mit einem übertriebenen Lacher zu übertönen. Ich fügte dem ein paar Stunden währenden Chit-Chat mit den jungen Damen ein, zwei belanglose Informationen meinerseits hinzu und genoss den Rest mehr von der Zuhörertribüne aus. Nach einer ewig langen Diskussion über die bevorstehenden abendlichen Auftritte prominenter DJs aus ganz Europa und welchen wir uns alle denn geben würden, schwenkte die Tonangeberin vom Wein aus um, indem sie den letzten Schluck mit verzerrten Gesicht runterdrückte. Willi erkannte die Situation.

„Magst lieber an Gin oder sowas?", fragte er aufmerksam.

„Ich such schon lang nach dem Gin des Lebens.", sagte sie, mit einem kräftigen Lacher hinterher. Ich schnaufte noch langsamer durch die Nase und spürte das symbolische Messer in meiner Tasche aufgehen. Willi schaute mich an, ich erwiderte seinen Blick nicht und konzentrierte mich auf einen Punkt am Horizont, während ich gleichzeitig begann, mir die Ohrläppchen zu massieren.

Die muntere Diskussion hielt noch etwas an. Doch als die Abendsonne von gelb auf orange schaltete, waren wir gezwungen, die Runde aufzulösen, um uns für das anstehende Konzert unten am Strand herzurichten. Die Mädels gingen, winkten uns vorsichtig zum Abschied zu und wir machten uns auf zur Dusche und anschließend ins Zelt.

Als ich mit nassen, dicken Haaren und einem Handtuch über dem Arm ins Zelt kam, sah ich ihn wieder. Den Drucker. Er stand in der Mitte des Dreiparteienzeltes und war förmlich bereit für die Arbeit. Wieder suchte ich Willi, der, als ich ihn rief, gerade ebenfalls vom Waschhaus gegenüber Richtung Zelt ging.

„Wos is denn scho wieder?", rief er zurück.

„Wos is jetzt mit dem Scheiß-Drucker?", fluchte ich. Er hielt sich den Finger vor den Mund.

„Shhh!", hörte ich es ebenfalls von Michi aus der anderen Zeltkabine, die er sich mit Danny für den Urlaub teilte.

Willi kam am Zelt an und klärte mich auf. Es lief so: da man anscheinend dachte, der Großteil der Festivalbesucher ist zu verblödet im Umgang mit Bargeld, was mit Sicherheit der Wahrheit entsprechen könnte, etablierte man ein völlig undurchschaubares System. Dabei sollten sich die Besucher mit

Bargeld an verschiedenen Spots auf dem Gelände Belege kaufen, auf welchen der Wert des eingetauschten Bargeldes abgedruckt war. Und mit diesen Belegen konnte man dann auf dem Gelände bezahlen. Willi hatte die Information von Ivo, der im Jahr zuvor schon auf dem Festival war und uns riet, einen Drucker mitzunehmen. Was als Spaß gedacht war, wurde blutiger Ernst.

Wir machten uns also fertig für das Konzert. Doch ehe es hinunter an den Strand ging, um irgendeinen europäischen DJ zu sehen, der seinen einmaligen Sommerhit vierunddreißig Mal spielte, gingen wir hinauf zur Festivalrezeption und holten uns vier verschiedene Belege. Denn vier Belege passten auf eine A4-Seite. Und vier verschiedene Seriennummern zögerten unseren Betrug etwas hinaus. Wir packten die Belege in den Kopierer und legten los. Eine kurze Nachtschicht vor dem Konzert, um uns den Abend zu versüßen.

Mein Glas, sofern es nicht mit Bier, Vanilla Coke oder Moscow Mule gefüllt war, war in der Regel immer halbleer. So auch hier. Erst hatte ich kein gutes Gefühl bei den NRW-Girls und dann ebenso wenig bei der ganzen Sache mit dem Fälschen der Belege. Wenn man es genau nahm, fälschten wir Geld. Meine Zweifel wurden stärker.

„Wos passiert eigentlich, wenn wir erwischt werden?", fragte ich, als ich mit verschränkten Armen in der Dunkelheit vor dem Zelt Schmiere stand. Michi und Willi druckten die

Belege. Danny hatte den Tag verschlafen und duschte gerade.

„Des wär ned so gut.", meinte Willi, als er wieder eine Seite mit vier gefälschten Belegen aus dem Auswurf nahm. Danach zerschnitt er die Seite in die vier Einzelteile und knüllte sie einmal zusammen, um sie gebrauchter aussehen zu lassen.

„I hab eigentlich weniger Bock, dass i mi in am kroatischen Knast prostituieren muss, um duschen zu dürfen.", zweifelte ich weiter.

„Dann kauf di mit am Slivovitz frei.", meinte Michi und druckte weitere vier Stück. Jeder Beleg war etwa vier Euro wert. Vier europäische Pesos, die wir einfach kopierten.

„I mein ja nur.", sagte ich und hielt weiter Ausschau nach potentiellen Bedrohungen.

„Oida.", meinte Willi, „Die kassieren uns scho ned. Da laufen tausende Menschen rum. Sei ned so negativ, Mann. I mach mir doch a keine Gedanken. Dass mi jemand in am kroatischen Knast absticht, könnt i heut a ned unbedingt brauchen." Ja, auch das spielte in meinen Tagesplanungen keine große Rolle.

Danny kam vom Waschhaus.

„Wie läuft da Druck?", fragte er, während er sich den Rest der Nässe mit dem Handtuch aus den Haaren trocknete. Er stand neben mir auf der dunklen Wiese des Campingplatzes.

„Weißt, was i gerade gesehen hab?"

„Na.", antwortete ich, den Blick streng in die ebenso dunkle Ferne gerückt. Ich zündete mir eine Zigarette an.

„I hab wegen dir an Sonnenbrand am Bauch."

„Wieso wegen mir?"

„Du hast gesagt, wir sollen zum Strand gehen."

„Ja, und? Wir waren gerade mal a halbe Stund unten."

„Wos soll des heißen?"

„Bis die Sonne um deinen Bauch rum is, braucht sie mindestens zwei Tage."

„Arschloch.", maulte Danny und schlich in seine Zeltkabine, um sich ausgehfertig zu machen. Willi schrie mir. Ich drehte mich um und er warf mir eine Rolle mit Belegen hin, die er mit einem Gummi festgemacht hatte.

„Also.", sagte er und blätterte durch den letzten Druck Belege, „Wir haben jetzt genau… 1500 Kunar in Belegen."

„1500 Kunar?", fragte ich erschrocken und schaute auf die Rolle in meiner Hand, „Des sind über zweihundert Euro."

„Sowas, ja.", meinte Michi.

Nachdem wir alle fertig gekleidet waren, gingen wir wieder zum Strand, betraten den Dancefloor, der mit Lasern und Lichtern alles hergab, was eine Party ausmachen sollte, und feierten ab. Für das Bezahlen der Drinks griffen wir einfach in den Hosensack und knallten einen Hauf Belege auf den Tresen. Der Rest war immer für den Barkeeper.

Was wir nicht bedachten, war, dass wir anscheinend nicht die einzigen schlauen in diesem Jahr war. Immer wieder kam einer von der Security an die Bar und checkte die

Seriennummern. Und das war ein Kerl, mit dem man nicht zwingend solche Sachen bereden wollte.

Als wir zurückgingen, so gegen drei in der Früh, fiel uns auf, dass wir vor der Party-Area immer wieder von dubiosen Kerlen am Strand ebenfalls Belege angeboten bekamen. Langsam ging uns trotz des Alkohols die Düse.

Ich war mittlerweile unendlich besoffen, hatte dreimal gekotzt, und verlor keinen meiner monetär bedingten Zweifel. Ich redete auf Willi ein, während ich beim Heimgang versuchte, einen Fuß vor den anderen zu bringen.

Wir kehrten zum Zelt zurück, packelten uns in unsere Schlafsäcke und machten kurz vorm Eintritt in die sich drehende Schlafatmosphäre hoch und heilig aus, dass der Drucker wieder im Kofferraum verschwindet und wir ab sofort bezahlen würden. Schließlich waren wir zu hübsch für den kroatischen Knast.

Gegen dreizehn Uhr weckte mich in aller Herrgottsfrüh das Rattern des Druckers.

Stag-Party

Oder: Wie Lechner unser Leben ruinierte

Michi hatte ein Grundstück. An einem See. Wir zwei beiden brachten daher regelmäßig in die unter Bergen liegende oberbayerische Seelandschaft einen Schuss Einheimischen-Flair, welcher durch luxuriöse Protzkarren mit dem goldenen M-Kennzeichen gerne in den Hintergrund gerückt wurde. Im Endeffekt juckte das keinen, denn das Grundstück war weitestgehend abgegrenzt und die Besucher auf diesem waren meist unter sich. So auch Michi und ich. Tag für Tag.

Er hatte zwei Wochen zuvor seinen Job gekündigt, ich hatte Semesterferien. Also verbrachten wir die Dienstage und Donnerstage und wie sie alle hießen auf Luftmatratzen unter der vollen Energiegewalt des brennenden Planeten. Mit meinen kurzweiligen Komparsenauftritten konnte ich mir gerade so Vermieter und Krankenversicherung vom Hals halten und meine Freizeit in überhöhtem Ausmaß ausleben. Einen Großteil meiner Rücklagen sollte ich allerdings bald brauchen.

Es war ein Donnerstag, die Ruhe vor dem Sturm. Michi und ich trafen uns ein letztes Mal am Vormittag am See, um noch einmal für ein paar Stunden seichtes Wasser, sanfte Luft und unüberhörbare Stille zu verspüren. In weniger als einem halben Tag würden wir nämlich wieder den vollen Rausch an Nikotin, Alkohol und Adrenalin verspüren müssen. Verspüren müssen. So alt war ich schon.

Machte ich mich immer über die Leute lustig, die abends daheim blieben und ihre Wochenenden den Streamingdiensten widmeten, war ich mittlerweile selbst Gefangener meines Drangs zur Siesta. Tagsüber See unter der oberbayerischen Sonne, Steiner Radler, Fußballtennis. Abends Grillen, Beer Pong, Lagerfeuer – möglichst ohne zugehörigen verstimmten Gitarristen aus der Wohlfühloase Poetry Slam – und beim Heimkommen eine abschließende Runde auf der altbewährten Playstation. Meine Wochenenden wendeten sich mit der Zeit auch. Wie das Blatt.

Nun aber genossen wir ein bisschen Ruhe vor einem Wochenende voller Wahnsinn. Unser Kumpel Seppi begab sich in die geplante ewige Knechtschaft der bürgerlichen Ehe und lud uns ein, Teil seiner Verabschiedung als Junggeselle zu sein. Mal unter uns: meiner Meinung nach fand die besagte Verabschiedung schon zehn Jahre zuvor statt, als er seine Zukünftige kennenlernte. Denn bereits ab da wusste jeder, wer hier wem die Schuhe anzieht.

Junggesellenabschiede sind in der Regel wie Schwänze. Jeder möchte, dass seiner der größte, längste, beste und unvergesslichste ist. Vegas hier, Reeperbahn da. Und am Ende sind doch alle gleich. Aber Reeperbahn, und so dachten alle in Seppis Umfeld, das wäre schon was. Heimat der Verabschiedenden aus dem Junggesellenleben. Und dreißig Jahre später Heimat der Verabschiedenden aus dem Eheleben.

Für uns kam dank der reibungslosen Organisation von Seppis Schwager, dem Trauzeugen, als Veranstaltungsort nur Rosenheim in Frage. Sehr wohl gelesen. Rosenheim. Da waren wir ja nur die restlichen dreihundertvierundsechzig Tage im Jahr unterwegs. Na gut, ich war – wenn überhaupt – ein paar Mal zu den Wochenenden hier. Aber auch diese Abstinenz sollte in baldiger Zukunft ein Ende finden können. Aber Seppis Schwager war halt zu faul und zu unsicher, um uns nach Hamburg zu buchen. Oder nach Berlin. Oder Wien. Nein, wir blieben für Seppis letzten Abend in Freiheit in Rosenheim und sein Schwager redete sich dieses Szenario auch noch schön. Wir würden Geld sparen. Wir hätten keinerlei Probleme mit dem Heimkommen. Die Leute würden uns kennen. Ja, auch das galt in den Augen dieses Honks als Vorteil. Doch alles Einreden auf ihn half nichts. Immerhin konnten wir ihn davon abbringen, dass Lisa selbst an die Stripstange geht.

„Ihr redet hier von meiner Sis.", war seine Standardantwort auf unsere Scherze. Noch so was. Einer, der seine Schwester als Sis bezeichnete. Der hatte unter seiner Kleidung mit Sicherheit Nippelpiercings und Tribaltattoos versteckt. Aber gut, irgendwann regte ich mich nicht mehr auf und versuchte, mich auf den Abend zu freuen.

An besagtem Tag trafen wir uns vormittags im Café Paolo, dem Treffpunkt der Rosenheimer Network-Marketing-Schneeballsystem-Bewegung, der Möchtegern-Avantgarde und der politisch überkorrekten Arschkriecher-Society, bei der manche Personen tatsächlich mit den Neuanschaffungen innerhalb des privaten Fuhrparks ihres Chefs anzugeben versuchten. Ein perfekter Treffpunkt für einen also, der nicht mal einen Chef hatte.

Danny, Dylan, Puma und ich waren schon da und tranken einen Irish Coffee zur Begrüßung des sommerlich warmen Tages. Seppi wurde von Michi und Willi abgeholt und mit verbundenen Augen hereingeführt, hinter ihnen watschelte Seppis Schwager mit einer Tüte voller lustiger Gadgets, um Seppi allerlei unangenehmer Aufgaben während des ganzen Tages aufzuerlegen. Da war ein Tanga dabei, eine Trillerpfeife, Knicklichter und Wachsmalstifte. Ich freute mich auf den schönsten Tag meines Lebens.

Wir waren wohl etwas zu laut und die überdurchschnittlich bekleideten Gäste fühlten sich von uns wohl etwas in ihrem Champagner- und Wohlfühlfrühstück gestört, weshalb wir von der Bedienung schnell zum Bezahlen und Gehen gebeten wurden, was wir diskussionslos akzeptierten. Ich wollte ja ohnehin da raus.

Wir gingen ein paar Meter zur nächsten Bushaltestelle, um eine der Stadtlinien in Richtung Innenstadt zu nehmen, wo Seppi dann loslegen sollte, die Aufgaben eines zukünftigen Bräutigams an seinem Junggesellenabschied zu bewältigen. Auch da hatte sein Schwager ein breites Sortiment noch nie wiederkehrender Klassiker zusammengestellt. Etiketten von BHs fremder Damen sammeln, Freigetränke organisieren, anderweitige Bloßstellungen durchstehen. Auf der Busfahrt zogen wir ihm ein gelbes SpongeBob-Schwammkopf-Kostüm an und unterrichteten ihn über den Verlauf des Tages, um jegliche Überraschungen zu vermeiden. Was mir eigentlich am meisten Angst machte, war nicht, dass Seppis Schwager ein Lahmarsch war und das nicht mal zu vertuschen versuchte, sondern, dass Seppi allem wortlos zustimmte und so tat, als würde ihm das alles hier Spaß machen. Jedenfalls konnte ich aus kurzen Augenkontakten mit beigefügten Augenrollern mit meinen anderen Kumpels darauf schließen, dass einige der Jungs meiner Meinung waren.

Wir fuhren also in Richtung Innenstadt, um in der Stadtmitte Seppi auf wildfremde Leute loszulassen. Doch kurz vor der Haltestation Bahnhof bekam ich Schluckauf. Ein Lacher unter unserer Gruppe. Jeder belustigte sich an meiner Problematik. Meine Eltern brachten mir als Kind bei, dass es bei Schluckauf hilft, wenn man an drei Glatzköpfe denkt. Das hilft normalerweise wirklich. Das dürfen dabei aber keine wahllos gewählten Glatzköpfe sein oder welche, die man aus dem Fernsehen kennt. Sie müssen real sein und bestenfalls im persönlichen Bekanntenkreis. Also kein Kojak, kein Johnny Sins, kein Yul Brynner.

Der Schluckauf nahm Fahrt auf und wurde lauter und kam in

kürzeren Abständen. Zuerst dachte ich an Herrn Johnsen von der Zulassungsstelle. Der hasste mich zwar vom ersten Moment an, als ich meinen Führerschein abholte und ich ihn versehentlich „Johnson" nannte, also englisch ausgesprochen. Schwerer zu beschreiben als zu erzählen, aber ich denke, Sie verstehen. Seitdem sah ich ihn immer, wenn ich auf die Zulassung musste. Bei der Bekämpfung von Schluckaufattacken war er um einiges hilfreicher, als in seinem eigentlichen Job. Beinahe apathisch saß ich im Bus und überlegte nach einem zweiten Glatzkopf. Das Gelächter der anderen konzentrierte sich wieder auf andere Dinge. Ich grenzte mich etwas ab und konzentrierte mich auf mein eigenes Problem. Danny neben mir fragte schon, ob alles okay sei. Nun konnte ich natürlich nicht antworten, dass ich mir den Kopf über einen Glatzkopf zerbrach. Also log ich und überlegte weiter. Dann fiel mir der Seifert ein, der war Hausmeister an der Realschule, die ich mit Bravour besucht hatte. Ich wusste eigentlich gar nicht, ob der noch am Leben war, aber der zählte schon. Der dritte war der schwerste. Ich koppte einen nach dem anderen auf und versuchte, mich an irgendeinen Haarlosen zu erinnern. Am Hauptbahnhof hielt der Bus und mein Retter stieg ein. Ein junger deutscher Nationalist mit dicker schwarzer Jacke und hohen Stiefeln. Der war wahrscheinlich für wenig zu gebrauchen, aber von meinem Leid sollte er mich erlösen. So nahm ich nach meiner Abwesenheit in den Gedankengängen unter sämtlichen Frisuren mir bekannter Personen wieder am gesellschaftlichen Leben im Bus teil.

Als wir in der Stadtmitte ankamen, ging es los. Über den Max-Josef-Platz hetzte Seppi los, um seine Aufgaben zu erledigen. Willi, Michi, Danny und ich hielten uns bedeckt ein paar Meter hinter den anderen. Bei jeder Person, die Seppi ansprach, um Kleingeld zu sammeln oder mit denen er ein Foto machte, hoffte ich, es wäre niemand, den ich kennen würde.

Der Tag verging dann auch schnell. Seppi hatte seine unmöglich schaffbaren Pflichten recht schnell erledigt und wir genossen den verdienten Feierabend in einem der Ur-Rosenheimer Wirtshäuser. Der Moment, wo in einem normalen Junggesellenabschied mal Ruhe einkehrte. Da bei uns den ganzen Tag Ruhe herrschte, war das hier nur ein weiteres Kapitel, das mich von meiner Heimfahrt trennte.

Nach dem Essen ging es dann rüber an den Salzstadel ins Bazis. Mein ehemaliger Studienkumpel Pippo hatte Schicht und uns ein abgetrenntes Abteil in der Bar klargemacht. Wir gingen rüber und bestellten ein paar Flaschen Schnaps in das Abteil. Es war dunkel und es stank, aber das war eben das Beste, was Seppis Schwager organisieren konnte. Oder wollte. Wie dem auch sei.

Es war dann etwa ein Uhr, Seppis Arbeitskollegen, die keiner kannte, die aber doch beim JGA, wie es so schön abgekürzt wird, dabei waren, hatten sich längst verabschiedet und übrig waren noch wir: die alte Gang. Die Crew aus der Jugend. Und wenn ich mich so umsah und Danny schlafen und Michi im öffentlichen Barbereich tanzen sah, wusste ich: das waren meine Jungs. Seppis Schwager kam zu mir rüber und ich hoffte, er wollte sich nur einen Kaugummi oder eine Zigarette leihen und schnell wieder abdüsen.

„Die Jungs von Seppi seiner Arbeit verpassen wos."

„Wos denn?", fragte ich, recht unbeeindruckt von seinem Gekicher, das verriet, dass er kaum erwarten konnte, was gleich kommen sollte. Er meinte, ich solle Michi reinholen und die anderen aufwecken. So tat ich, dann kam ich endlich mal ein paar Augenblicke aus dem stinkenden Kabuff raus. Ich suchte Michi in der ganzen Bar und als wir zurückkamen, stand sie da. Eine wunderschöne, osteuropäische Stripperin, die auf Seppis Schoß tanzte. Ein Highlight.

Nach ein paar Minuten war ihre Nummer auch schon vorbei. Ich erwartete von Seppis Schwager nicht viel. Ich war ja schon froh, dass er eine ausgesucht hatte, die zwei Beine hatte.

Wieder verging eine Stunde und der nächtliche Heißhunger machte sich bei jedem bemerkbar. Seppi schlug vor, wir sollten Döner holen. Ein Laden war direkt um die Ecke. Die Frage war nur, wer denn losginge. Ich meldete mich freiwillig, denn ich wollte einmal wieder raus. Ich tippte die Sonderwünsche in mein Smartphone ein und nahm die Bestellungen auf. Döner waren im Wesentlichen wie das Fernsehprogramm: keiner war mit den vorgegebenen Zutaten zufrieden.

Ich ging also zum Dönerladen vor, um die hungrigen Mäuler bald stopfen zu können. Und vor allem, um möglichst aus den gestopften Mäulern nicht mehr dauernd irgendeinen Blödsinn hören zu müssen.

„So, bitte.", begrüßte mich der Dönermann freundlich mit mir entgegengestrecktem Gesicht.

„Servus. Also, i brauch zwei Dürüm normal, zwei Döner normal, an Dürüm ohne Tomaten, an Dürüm ohne Blaukraut, einen ohne Zwiebeln, zwei Döner ohne Tomaten, a Pide, drei Döner ohne Zwiebeln und einen nur mit Fleisch und scharf." Ich gab die Bestellung auf und freute mich innerlich wie ein Schnitzel, dass ich einen Dürüm endlich wieder Dürüm nennen durfte. Im Schwarzwald hießen die Yufka.

„Hey, habe die Ehre!", hörte ich es neben mir schellen. Ein stockbesoffener Kerl, zwei Meter hoch, torkelte absolut betrunken in den Laden und machte sich breit. Breiter als er schon war. Ich hörte nur den Ton, meine visuelle Aufmerksamkeit galt weiterhin dem Mitarbeiter des Dönerladens.

„Ein Dürüm ohne Tomaten?", fragte der Dönermann bei mir nach.

„Ja, genau. Und einer ohne Blaukraut und einer ohne Zwiebeln. Einer mit Fleisch und scharf. Da Rest normal."

„Habe die Ehre hab i gesagt.", sagte der Besoffene in lautem Ton erneut und rückte nah an mein Gesicht. Nun hätte ein

Blinder gemerkt, dass er gemeint war. Und ich ebenso.

„Wos is denn?", fragte ich genervt, weil ich wusste, dass bei dieser Konversation nicht mehr rauskommen würde, als bei einem Gespräch über Light-Bier mit einem Erstklässler. Und als ich dann letztendlich hinsah, dachte ich mir, jemand würde mir mit einem überdimensionalen Hammer auf mein honigmelonenförmiges Köpfchen hauen.

„Zaunmüller! Kennst mi nimmer?", fragte er, blinzelte mit jedem seiner Augen einzeln und grinste dümmlich. Die ganze Zeit.

„Lechner, oh Mann. Wos machst du da?", fragte ich mit zittriger Stimme und reichte dem Kerl die Hand, die er mir entgegenstreckte. Ich weiß nicht mehr, ob mein Mund oder meine Augen weiter offen standen.

Bei der als Lechner betitelten Person handelte es sich um Felix Lechner, ein Kumpel aus unserer Jugendzeit, der im Laufe seiner Zwanziger irgendwann nach München zog und aus unseren Kontaktlisten und daraufhin auch aus unserem Leben verschwand. Im Endeffekt muss man anmerken, dass keiner unseres Freundeskreises Lechner vermisste. Und ich wohl am allerwenigsten.

Lechner war einer, der alles und jeden übertrumpfen musste. Ich glaube, ehrlich gesagt, dass der immer schon geisteskrank war. Ich meine, wir alle bauten Scheiße. Ich hatte mit zwölf einmal das Auto meiner Eltern genommen und einen Unfall gebaut. Danny fuhr mal besoffen mit einem geklauten Roller in eine Polizeikontrolle. Willi furzte mal während des Gottesdienstes. Michi warf beim alten Wirt das Fenster in der Nacht ein. Und wir alle, ja wir alle zusammen, wir rauchten Gras und dachten, wir müssten sterben, wir schauten Pornos, wir klauten Fahrräder, wir tranken zu viel, wir kotzten wo hin, wo uns keiner sehen sollte und wir mischten uns in Dinge ein, die uns nichts angingen. Und dennoch sind wir alle relativ wohl behütet im Zwanzigerdasein angekommen.

Aber dieser Lechner. Der baute auch mal einen Unfall und der fuhr auch mal besoffen in eine Polizeikontrolle. Beides allerdings mit unterschiedlichen gestohlenen Wagen. Der furzte auch nicht während des Gottesdienstes, sondern reiherte mit dreizehn den Rausch der vorherigen Nacht einem anderen Firmling auf den Anzug. Wenn einer von uns mit seinem ersten Handy, die damals alle noch kantig waren, als Krangegengewicht hergenommen werden konnten und eine Akkulaufzeit von anderthalb Jahren hatten, einen Anruf an seine Mutter tätigte, ob er denn vom Bus abgeholt werden könnte, riefen im Hintergrund alle einfach Sachen wie: „Toni, tu die Zigaretten weg!". Oder: „Danny, zieh deine Hose wieder an!". „Michi, mach die Pornos aus!"

Aber nicht der Lechner. Nein, Sir. Der rief: „Sag deiner Mutter am Telefon, sie schuldet mir noch Geld fürs Heroin letzten Dienstag!" Oder: „Wenn du dir schon einen von einer alten

Frau blasen lässt, dann doch wenigstens von einer ohne Zähne!" Wie gesagt, der war eben ein wenig geisteskrank. Der schaute keine Pornos, sondern verkaufte Nacktbilder seiner Cousine auf dem Pausenhof. Er sammelte für eine Geburtstagsfeier Bargeld von uns ein, um ein Geschenk zu besorgen, und fuhr damit in den Urlaub. Und wir tauchten auf einem Dreißiger mit Blumen und einem überteuerten Kasten Bier von der Tanke auf. Einige der erlebten Dinge rasten mir blitzschnell durch den Kopf. Ich wollte hier raus.

„Wos machst du in da Stadt? Seids ihr unterwegs?", fragte er, mehr lallend als sagend.

„I hol nur Döner. Für mi.", sagte ich recht schnell und hoffte auf flinke Hände des Dönermannes, um möglichst schnell den Ort verlassen zu können.

„Zwölf Stück?", fragte Lechner. Ich wunderte mich, dass der das noch auf der Kappe hatte.

„Vierzehn. I hab Mittag nix gehabt.", sagte ich.

„Einundsechzig genau.", sagte der Dönermann. Hastig blickte ich wieder zu ihm. Mein schneller Atem und mein Schweiß lenkten meine Hände schneller. Ich knallte siebzig Euro auf den Tresen, nahm die Tüte, schlich vorbei an Lechner und haute ab.

Das Problem mit Lechner war: keiner von uns wollte ihn wieder zurück im Freundeskreis haben. Und doch wusste jeder, dass er irgendwann wieder auftauchen würde. Aber was wirklich keiner wollte, war schuld daran zu sein, wenn er es denn wieder zu uns schaffte. Und ich wollte das am allerwenigsten. Ich haute also ab und hörte, wie er mir nach ging.

„Toni, jetzt warte doch!", sagte er, ein paar Fuß hinter mir, „Wer is alles da?" Mein Schritt wurde schneller. Ich hatte meine unsichtbaren Scheuklappen aufgesetzt und stürmte geradewegs zum Bazis, das unsere letzte Station sein sollte. Ich ging durch die Weinstraße und schien ihn bei einem der Weinlokale verloren zu haben.

Vor dem Bazis stopfte ich mir die Tüte Dönerfleisch irgendwo in meine Jacke und wartete vor dem Türsteher, der noch den Einlass der Schlange vor mir abwickelte. Ich hoffte nur noch, dass er mich reinließe mit dem ganzen versteckten Essen. Ich wurde nervös. Langsam kam ich mir vor, als würde ich mit einem Koffer Heroin am Flughafen stehen. Hamit, der Türsteher, winkte mich durch und begrüßte mich gar mit Handschlag. Ich gehörte wohl zu einem auserwählten VIP-Kreis in Rosenheim, wenn ich schon von einem Türsteher mit Handschlag begrüßt wurde.

Ich ging in unsere Lounge, die uns Pippo aus der etwas zu groß geratenen Besenkammer zusammengebastelt hatte und schmiss die Tüte Döner auf den Tisch, während die anderen Handyvideos davon machten, wie Seppi in einem Stringtanga mit der Stripperin zu „Take on me" tanzte.

Ich ließ mich in einen der Lederstühle fallen und sank

komplett darin ein. Ich fragte mich, wieso die Freaks immer mich aufsuchten. Wieso konnte ich nicht wie Willi sein? Oder wie Michi? Die wurden nicht dauernd von irgendwelchen ungeliebten Personen belästigt. Außer von mir natürlich.

Plötzlich öffnete sich der sporadische Vorhang vor der für uns hergerichteten Kammer und ein Kopf schaute hindurch. Ich biss von meinem Döner ab und der Schock verleitete mich dazu, den Mund offen zu lassen und mein T-Shirt mit Salat zu verzieren. Lechner war mir bis hier hinter gefolgt. Er klatschte bei jedem ab, erzählte noch stolz, dass er mich eben getroffen hatte und mir gefolgt war. Wenn Blicke töten könnten, wäre ich nun tot und in Rosenheim würden zehn Verfahren wegen Mordes laufen. Ja, richtig gehört. Zehn. Sogar die Stripperin warf mir einen bösen Blick zu. Wir nahmen Lechners unerwünschte Anwesenheit hin und der Rest des Abends ging so vorüber.

Am nächsten Tag wachte ich auf und checkte wie jeder zeitgenössische Genießer des 21. Jahrhunderts in der Früh erstmal das Smartphone. Willi hatte sämtliche peinlichen Fotos von Seppi in unseren Gruppenchat geladen. Irgendwann, dachte ich, wenn Seppi mal eine höhere Amtsposition hat, gingen die sicher als Erpresserfotos durch. Dann sah ich, dass mir Michi schrieb, wir würden uns bei ihm am See treffen und Kassensturz machen.

Ich stieg auf meinen Drahtesel und begab mich zum See. Und

als ich da war, mein Fahrrad an dessen vorübergehenden Parkplatz schob und den Ständer ausklappte, bemerkte ich, dass mir wieder jemand mit dem Hammer auf den Kopf haute. Ja, ich hab eben Ständer geschrieben. Werden Sie erwachsen.

Lechner saß da, unbekümmert zwischen allen Pumas und Michis und Willis und Dannys. Ich begrüßte alle per Handschlag und setzte mich in die Runde. Die Sonne bebte auf den Pavillon über uns und der See kochte. Danny saß neben mir.

„Hey.", flüsterte ich hinüber zu Danny, „Wos macht da Lechner da?"

„Keine Ahnung. Irgendwer hat den eingeladen, nachdem du den gestern mitgebracht hast."

„Des war doch keine Absicht, Mann.", flüsterte ich wieder zurück.

„Erzähl des am Richter. Jeder is pissig, Oida."

Wir verrechneten die Kosten für Stripperin, Kostüm, Getränke, Essen, den Umschnalldildo und die Gummipuppe. Dann schlug Michi vor, da etwas Geld über war, Pizzen zu bestellen. Wir stimmten zu, schließlich war eine Pizza das perfekte Katerfrühstück.

Der Rest des Tages war fad. Ich merkte, wie keiner Bock hatte, mit mir groß zu schwätzen, schließlich hatte ich den Teufel ins Haus geholt. Also lag ich einfach wortlos da, auf dem Steg, und legte meinen Arm ins Wasser. Ich fragte mich, welche Kreaturen unter uns schlummerten. Krokodile, Haifische,

Kraken. Sicher konnte man nicht sein. Und auf wessen Meinung konnte man vertrauen? Immer weiter ließ ich den Arm hinabsinken und dachte daran, dass jede Sekunde etwas passieren konnte. Dass mir irgendetwas den Arm abriss oder auftauchte und mich nach unten zog. Ich fühlte mich wie einer, der an einer Autobahnraststätte vor einem Glory Hole stand und gerade seinen Reißverschluss an der Hose öffnete. Wie sicher konnte man sein?

Nach etwa einer Stunde fuhr ein Auto durch den Waldweg, welcher zu dem versteckt gelegenen Grundstück von Michi führte. Ein Kleinwagen mit einem dicken Kerl. Ich dachte daran, warum dicke Kerle immer so kleine Autos haben. Und dann dachte ich wieder gar nichts. Ich meine, ich hatte schon viele Kater. Tage, wo man nicht aus dem Bett kommt. Tage, wo alles, was man zu sich nimmt, sofort Kehrt machte. Aber an so einen Tag, der mich in dieser Form erschlagen hatte, konnte ich mich nicht zweimal erinnern.

Der dicke Pizzajunge kam mit einem Stapel in Schachteln gepackter Pizzen auf den Steg gewatet. Mit kleinen Schritten aus großen Turnschuhen und prallen, käsigen Waden. Er reichte uns die Pizza, seine blonden Locken standen unter seiner Kappe zu den Seiten heraus. Michi nahm die Kost entgegen und überreichte das Geld.

„Hey, schauts euch mal den Pizzaboten an. Der is richtig fett.", sagte Lechner auf einmal und lachte dreckig hinterher. Es ging wieder los. Und ich war schuld.

„Mann, Lechner.", sagte ich mit erschlagenem Gemüt vom Vorabend und seiner Anwesenheit zugleich, „Halt halt einfach die Fresse. Oder sag's leiser, dass er's ned direkt hört."

„Wetten, wir könnten ihm einfach den Geldbeutel wegnehmen. Wos will er denn machen?" Wir zeigten aktives Desinteresse. Jeder hörte, was Lechner sagte, aber versuchte, es zu ignorieren. Stattdessen schienen die meisten damit beschäftigt zu sein, mir böse Blicke zuzuwerfen und mir die Schuld an der Misere zu geben. Auch Seppi. Den hatte ich schon zirka vierzig Mal angerufen, doch es kam nichts zurück. Vielleicht schlief er auch einfach noch.

„Oder wir halten ihn fest und rasieren ihm die Haar ab.", fuhr Lechner fort, während er im Schneidersitz auf Michis Steg saß und versuchte, mit seinen Witzen wieder in den Freundeskreis einzudringen.

Ich ließ den wort- und kontaktlosen Hass der anderen über mich ergehen und dachte darüber nach, dem Vorschlag mit dem Kahlschlag des Pizzajungen zuzustimmen. Das hätte dann wenigstens eine positive Nebenwirkung. Ich hätte einen auf Reserve, falls ich mal wieder einen Schluckauf bekäme. Ich schaute und erkannte die Apathie der anderen an diesem schönen Tag. So genossen wir die letzten Tage des Sommers, in der Hoffnung, dass diese in Windeseile vergehen und Lechner mit in den Herbst nehmen würden.

Heists & Blow

Die Jacke zog ich mir bis zum Hals hin zu. Ich fand es ungewöhnlich, schon wieder Jacken tragen zu müssen. Mit großen Schritten verließ ich die Appartementanlage, in der ich während meiner Master-Zeit Obdach fand und stellte mich hinaus an die Hauptstraße. Ich beobachtete die Ferne. Wald, Wiesen, Schluchten, Berge. Und diese ländliche Brise, die einem durch die Nase zog. Der Schwarzwald war zu jeder Jahreszeit mystisch.

Ich wartete auf Simmerl. Es war nämlich soweit. Der Sommer war vorbei und wir hatten noch einen letzten Ritt in unserem Studentenleben. Es kam mir vor, wie eine Änderung binnen Sekunden. Gerade noch lag ich am See oder fuhr mit offenen Fenstern durch die Landschaften und jetzt lief ich in langen Hosen und Jacke rum. Mit einer Mütze für den Notfall in der Innentasche. Und komisch kam ich mir auch vor, mit sechsundzwanzig noch sagen zu können, ich hätte Sommerferien.

Der Herbst war für viele Menschen – inklusive mir – die Jahreszeit, wo sich kleinste, aber elementare Dinge ändern. Man muss die Heizkörper wieder aufdrehen. Man zieht entweder zu viel oder zu wenig an. Die Dunkelheit präsentiert sich meist schon eine Stunde früher. Man sollte stets Tempos dabei haben. Bäume werden kahler als der Dorfmesner. Das Laub und die Nässe lassen jeden an Krankheit und Kälte denken. Aber für viele Menschen war es auch stets die Zeit, wo sie endlich ihre neu erstandene Winterkollektion auf sämtlichen Kanälen in den sozialen Weiten des Internets präsentieren konnten. #autumn. Die blieben eben positiv.

Es war dann so gegen acht, da schlug Simmerl endlich auf. Sein Kleinwagen hielt ein paar Meter nach mir, wo ich ihn unter dem Licht der Straßenlaterne endlich ganz erkennen konnte. Ich ging hinüber und Xaver stieg aus, um mir den Beifahrersitz nach vorne zu klappen. Ich stieg hinten ein und wusste nun schon, dass ich nicht die besten Karten hatte. Meistens ist derjenige, der hinten als erstes drin sitzt, auch derjenige, der am Ende in der Mitte sitzen darf. Das wäre schon ein Grund gewesen, daheim zu bleiben. Und zwei Leute sollten noch kommen.

Wir fuhren los, um die beiden anderen Knallköpfe aufzuklauben. Es war der erste Donnerstag dieses Semester, was bedeutet: Erstsemesterparty. Jedes Semester machten wir uns einen Spaß daraus, die Neuankömmlinge auf ihre erste Party zu begleiten. Endlose Nachtschichten vor den Klausuren, meterlange Hausarbeiten über etwas, was man nach dem siebten Mal Durchlesen noch nicht verstand, und tagelange Projekte zur Teambildung hatten noch keinem von ihnen das Leuchten aus den Augen erloschen. Alle waren aufgeregt vor ihrem neuen Lebensabschnitt. Und dieses Semester wollten wir es erneut sehen. Das Blöde war, beziehungsweise das Gute war, dass wir vor Monaten bereits Karten für eine exklusive

Technoparty in einem Freiburger Nachtclub erstanden hatten und beide Festivitäten nun auf den gleichen Tag fielen. Also entschieden wir uns, nach Freiburg zu fahren und eventuell die Schlussphase der Party beim Heimkommen noch mitzuerleben.

Nachdem wir Patrick und Paul abgeholt hatten, bettelte Paul, dass wir ihn noch kurz zur Hochschule fahren. Wieso, wollte er nicht verraten. Aber er musste zur Hochschule. Also fuhren wir den kurzen Umweg.

„Toni, kommscht du kurz mit zum Döner Eck?", fragte mich Paul in seinem südbadischen Dialekt.

„Zum Döner Eck?", entgegnete ich fragend.

„Ja, ich musch was abhole."

„Wos muss man um die Uhrzeit am Döner Eck abholen?"

„Ich hab da nen Typen, der mir Koks bsorgt."

„Koks?", fragte ich wiederholend, mit dem Kopf nach vorne streckend und zugekniffenen Augen.

„Kokain.", erklärte Paul.

„Ja, scho klar.", winkte ich ab. Ich dachte eigentlich nicht, auf diesem Ausflug auch noch geschulmeistert zu werden. Geschulmeistert. Eigentlich ein schönes Wort. Nice.

Wir stiegen aus und gingen vor. Unterwegs zu Fuß zum Döner Eck erklärte mir Paul, er wollte nur jemanden dabei haben, falls etwas schief läuft. Und als Bayer wäre ich ja im Straßen- und Bierzeltfaustkampf geübt. Man lernt jeden Tag neue

Klischees über einen kennen. Ich schüttelte den Kopf und ging weiter. Ich kannte Paul ja nicht mal gescheit.

Paul blieb stehen, ungefähr fünfzig Meter vom Döner Eck weg. Er schaute konzentriert zum Laden, der sich auf der gleichen Straßenseite vor uns befand. Die Lichter waren bereits erloschen, der Laden hatte ja auch schon eine halbe Stunde zu. Davor stand ein Kerl, mit dunklem Teint. Er war dick, wahrscheinlich wog er um die einhundertzwanzig Kilo und er hatte eine Glatze, dazu ein respektabler Vollbart. Er blickte schnell, ja beinahe zuckend, nach rechts und nach links, auf der Suche nach seinem Kunden. Sein Atem war durch den kühlen Rauch in der Luft zu sehen. Und er atmete schnell. Ach du Scheiße. Der Typ schien leicht nervös, um es schmeichelhaft auszudrücken. Selbst ein Blinder mit Sehschwäche konnte sehen, dass der Typ mit Drogen dealte. Ich kommunizierte mit Paul neben mir, der wie ich mittlerweile etwas von der Straße in eine Art Gasse wich. Immer wieder schauten wir um die Ecke und diskutierten, ob wir hingingen oder nicht. Paul hatte Bedenken wegen einer möglichen Polizeistreife. Ich sagte ihm, dass man solche Bedenken auch haben könnte, bevor man mich aus dem Auto in die Kälte zu einem Drogendeal schleifte.

„Die nächste Station is zwanzig Kilometer weg. Bis die da sind, sind wir über alle Berge. Oder Schluchten oder was man bei euch halt so sagt.", sagte ich, mittlerweile etwas von der Gesamtsituation genervt. Wir gingen los.

Mei o mei. Je näher wir kamen, desto nervöser schien der Typ zu werden. Der konnte wahrscheinlich eine Giraffe mit bloßer Hand erwürgen. Vor was hatte der Kerl also Schiss?

„Bischt du Paul?", fragte der Kerl in unsere Richtung.

„Ich bin Paul.", antwortete Paul. Natürlich.

„Ghörts ihr zam?", fragte er in seinem badisch-gemischten Akzent und deutete mit dem Finger auf uns.

„Er kehrt zam, i bin Staplerfahrer.", scherzte ich, um die Situation etwas zu lockern. Auch für mich selbst, es war immerhin mein erster Koksdeal. Aber beide glotzten mich nur an. Ich schätze der Joke funktioniert nur in Bayern.

Naja, ansonsten war nichts Spektakuläres. Der Typ gab Paul die Tüte mit dem Pulver, wo wahrscheinlich in neun von zehn Fällen Mehl enthalten ist, und Paul gab das Geld hinüber. Ich weiß nicht mehr, wieviel es war.

„Willscht du au was?", fragte er mich.

„Ich? Na. Wir sind im Schwarzwald. I werd den Winter no genug Schnee sehen.", sagte ich lakonisch zurück. Klugscheißer.

Für einen ersten Deal mit Nasenpanade war ich relativ gelassen, muss ich im Nachhinein sagen. Wir gaben uns die Hand und verabschiedeten uns. Paul fiel bei den ersten Schritten zurück zum Auto sichtlich eine Last von der Schulter. Wie bei einem Studenten, der gerade die Fragerunde seines Referats hinter sich gebracht hat. Eigentlich noch ein wenig intensiver. Als wir zurück am Auto waren, das an der Hochschule zirka zweihundert Meter vom Döner Eck entfernt parkte, saßen die anderen etwas desinteressiert an unserer Aktion drin. Simmerl spielte am Handy, Xaver schlief auf dem Beifahrersitz und was Patrick tat, weiß ich nicht mehr. Jedenfalls kam mehr als ein „Können wir endlich fahren?" nicht heraus.

Wir stiegen ein, ich musste wieder hinten in die Mitte und wir fuhren los. Xaver, Simmerl und ich waren ja ursprüngliche Bayern, die anderen beiden waren aber Baden-Württemberger. Das Blöde war nun, dass Paul aus dem Schwarzwald, also aus Baden, kam und Patrick Schwabe war. Das viel Blödere aber war, dass ich ja bekanntermaßen in der Mitte sitzen musste und mir vierzig Minuten lang diesen Scheißdreck zwischen den beiden anhören musste. Die verarbeiteten ihre Rivalität im Auto wie die Red Sox und die Yankees oder die Schalker und die Dortmunder. Ich hatte glücklicherweise vorsichtshalber drei Halbe Bier für die Fahrt im Fußraum.

Endlich in Freiburg angekommen, parkten wir unweit des Clubs in der Innenstadt. Eigentlich sollte noch ein sechster Mann dazustoßen, ein Freund von Simmerl. Ich kannte den nicht mal. Was mich an der Sache nur störte, war, dass der noch nicht da war. Denn ich hatte die Reservierung getätigt und allen das Geld für die Tickets ausgelegt. Und dieser Kerl tauchte nicht auf. Da war ja auf den Drogendealer von vorhin mehr Verlass. Als mir Simmerl mitteilte, dass sein Kollege schrieb, dass er „schaue, ob er es schaffe" und sich „asap melde", sank meine Stimmung noch vor dem obligatorischen Filzen des Türstehers ins Bodenlose. Asap. Ich glaub, ich spinn.

Drin angekommen, führte uns eine Kellnerin mit langen schwarzen Haaren und gemachten Brüsten zu unserem Tisch. Oder besser: zu unserer Lounge. Anschließend brachte sie uns den Wodka in Literflaschen. Der Mindestumsatz für den Tisch war also schon einmal bewerkstelligt. Und dann lief der Abend – ähnlich wie die Getränke – so dahin. Der Bass flog uns um die Ohren, die Leute tanzten im blinkenden Licht der Laser, die Luft wurde stickiger und die Gespräche unwichtiger. Immer noch hatte ich im Hinterkopf, dass dieser Typ nicht auftauchte und mir dreißig Pesos flöten gingen. Und Simmerl zeigte nicht mal ein schlechtes Gewissen. Naja, der war Fahrer und genug gestraft, um ehrlich zu sein. Paul bestand indes darauf, ein Foto von uns machen zu lassen, um es zu posten und die Geheimdienste über unsere heutige Abendaktivität zu informieren.

Die Flaschen wurden leerer und unsere Hemmungen niedriger. Wir führten uns auf wie die Verrückten. Als würde uns der Laden gehören. Als wären wir was Besonderes. Ich fühlte mich zunehmend unwohler. Das wusste ich damals schon. Daher lehnte ich mich immer mehr lautlos zurück und genoss einfach meinen Voddi Bull. Die anderen schütteten Getränke rum, sprangen in der Lounge hin und her, gaben Kurze aus.

Wir waren nichts Besonderes. Wir waren die Co-Piloten der Gesellschaft, die Spotter im Gym, die Leute von der Auswechselbank. Mittzwanziger Studenten, die sich das Geld für die Feetz im Club vorher von ihren Eltern mopsen mussten oder in irgendwelchen Nebenjobs verdienten. Wir kellnerten, wir sortierten Wäsche, wir verkauften auf Flohmärkten. Der Dispo verschaffte uns zusätzliche Atemluft. Ich verbrachte die Sommerferien meist in einem lokalen Modeunternehmen nahe meines Elternhauses und verschickte Kollektionen, die zuvor von den hart arbeitenden Kindern Bangladeschs, Indiens oder Chinas zusammengeflickt wurden, an Modenschauen, wo sie von gutverdienenden Schnöseln in der ersten Reihe vom Leib eines heruntergehungerten Mädchens abgelesen wurden. Ich mach mir die Welt oft so, wie sie mir nicht gefällt. Natürlich war nicht alles dunkel in diesem Job.

Doch im Club waren wir an diesem Abend die Könige. Irgendwie kam ich mir vor, wie jene Typen, die ich schon seit Jahren beim Furtgehen am Wochenende beobachten konnte. Typen, die die Türsteher mit Bussi rechts und Bussi links begrüßten. Die an der Bar mit großen Scheinen wedelten, große Flaschen kauften und noch größere Töne spuckten. Schein trifft es gut. Und Flaschen auch. Denn spätestens am Montagmorgen kehrten sie zurück in ihre Käfige im Telefondienst, am Kundenschalter oder in der Werkstatt. Und ich war nun einer von ihnen. Phänomenal.

Nach einigen Drinks hatte ich gut einen im Tee und ich ließ Simmerl alleine in der Lounge sitzen, um mit den anderen auf dem Dancefloor Theater zu machen. Mit dem Glas in der Hand packte ich Moves aus, die schienen, als hätte ich sie von einem Epileptiker gestohlen. Mit zunehmender Zeit verlor ich auch das Gleichgewicht immer mehr. Und meine Blackouts nahmen zu. Das geschah in letzter Zeit öfter, wenn ich Alkohol trank. Und das war sehr oft. Wenn ich aufs Klo ging oder mich anderweitig von einem Punkt zu einem anderen bewegte, konnte ich mich nie an den Weg dorthin mehr erinnern. Komisch, vielleicht auch normal. Ich weiß auch nicht. Jedenfalls tanzte neben mir ein schönes blondes Mädchen, das mir drei- oder viermal den Rücken stärkte, wenn ich wieder drohte, nach hinten umzufallen. Beim letzten Mal nahm sie mir dann den Drink weg und stellte ihn an die Bar. Der Moment, wo ich schwitzend entschloss, eine Pause einzulegen und zu Simmerl in die Lounge zurückzukehren.

Der war mittlerweile nicht mehr allzu amused über die Situation. Er war nicht wirklich ein Tänzer, denke ich. Und nüchtern auch noch. Und dann fing er an zu jammern. Er will nach Hause, er will zur Ersti-Party. Hauptsache weg von diesem Ort. Oh, Mann. Ein mit sechs Promille betäubter Dong war leichter hochzukriegen als Simmerls Laune.

Ich checkte derweil mein Handy und sah, dass der Club das Foto von uns auf seine Homepage geladen hatte. Ich lud es runter und schickte es mir selbst per E-Mail, um mit meinen anderen Geräten ebenfalls darauf zugreifen zu können. Die Cloud des modernen Mannes.

Nach und nach trudelten auch die anderen völlig ausgepowert in die Lounge zurück. Und so gegen eins sollte Simmerls Wunsch wahr werden: wir fuhren zurück zur Hochschule, um die Überreste der Ersti-Party noch mitzubekommen. Noch immer den Schweiß auf der Stirn perlend, verließen wir den Club in Richtung Kälte und Auto. Simmerls Kumpel war noch immer nicht da.

Wir nahmen – wie bei der Hinfahrt – die 500er. Untertags war die Bundesstraße, die auf eintausend Höhenmeter über einige der schönsten Ecken des Schwarzwalds führt, geschmückt mit Aussichtspunkten. Nachts natürlich auch, aber da konnte man halt nix sehen. Jedenfalls ist es selten eine gute Idee, vier Besoffene über eine Fünfzig-Kilometer-Kurvenstrecke mit einem Höhenunterschied von siebenhundert Metern zu führen. Es dauerte bis zur dritten Hofeinfahrt eines in den Bergen gelegenen Schwarzwaldhofs, bis der erste, Patrick, kotzen musste. Xaver schlief und Paul laberte die ganze Zeit. Kotzen, schlafen, labern. Wir waren die zukünftige Elite Deutschlands. Prost Mahlzeit.

Nach etwa einer guten Dreiviertelstunde Fahrt durch die Schluchten und Berge der Schwarzwälder Nacht passierten wir das Ortsschild unserer temporären Heimat. Beim

Ortseintritt passierten wir den Berg – wir nannten ihn einfach nur den Berg –, wo eine Siedlung hinaufging und der ein altes Hotel am Ende der Siedlung beheimatete. Das Hotel diente mittlerweile als Studentenwohnheim. Xaver hatte im ersten Mastersemester in einem der Zimmer dort gewohnt und sehnte sich nach Nostalgie, was größtenteils wohl dem dreiviertel Liter Wodka in seiner Magengrube zuzuschreiben war.

Xaver überredete Simmerl, den Wagen zum Badener Hof – so der Name des famosen Hotels – zu steuern. Patrick und Paul pennten mittlerweile und ich war immer noch in der Mitte gefangen.

„Kommst mit rein?", fragte Xaver flüsternd zur Rückbank in meine Richtung, als wir auf dem Parkplatz vor dem Wohnheim standen.

„Xaverl, i mag einfach nur auf die Ersti-Party und schauen, was no geht.", meckerte ich nach vorne.

„Komm schon."

Ich stieg aus und sagte Simmerl, er solle den Motor laufen lassen. Wir schlichen uns in das Haus und schauten uns einfach nur um. Xaver erkannte einige Sachen wieder. Die Bilder an der Wand, die Farbe des Teppichs im Treppenhaus, das schwarze Brett, wo Studenten ihren alten Kram anboten.

„Unten ist ein Partyraum, der war eigentlich nie abgeschlossen.", sagte Xaver, mit einem Gesichtsausdruck, der verriet, dass ihm gerade eine Idee erleuchtete, während wir im Flur standen.

„Woohoo", entgegnete ich, mit weit aufgerissenen Augen und reibenden Händen. Wir gingen runter in den Keller. Vorsichtig betraten wir den Partyraum, der mit einer feuerfesten Tür verschlossen war. Nach einem Bruchteil von Sekunden hatte ich die Schnauze bereits voll. Alles war vermüllt, auf dem Bierkasten in der Ecke war schon der Staub abgelagert. Xaver beäugte den Raum und fühlte sich an das erste wilde Semester zurückerinnert. Plötzlich blieb er stehen und starrte ein paar Augenblicke lang in das Regal an der Wand hinter der Tür. Er griff hinein und holte einen gläsernen Bierkrug heraus.

„Hey, das ist meiner.", beschwerte er sich, „Den hab ich vergessen, als ich damals ausgezogen bin. Den nehm ich mit." Er schob sich den Krug unter die Jacke.

Mitgehangen mitgefangen. Ich nahm ein paar der verstaubten Bierflaschen und stopfte sie in die Innentaschen meiner Jacke. Gott sei Dank trinken die dort draußen nur 0,33er.

„Shhh.", flüsterte Xaver in meiner Richtung mit dem Finger vor dem Mund, „Da kommt einer." Das Licht im Flur vor dem Partyraum erhellte und man hörte, wie jemand die Treppe herabstieg.

„Fuck! Wos mach ma?", schrie ich flüsternd.

„Wir hauen ab.", antwortete Xaver.

Wir pressten uns die Jacken an die Körper, in der Hoffnung, nichts von dem Diebesgut würde unterm Laufen die

Innentaschen verlassen und rannten in den Flur. Wir bogen scharf links ab, traten die Tür des Notausgangs auf, der glücklicherweise ungesichert war, und liefen zum Auto auf dem Parkplatz vor dem Gebäude.

„Simmerl! Starte den Karren.", schrie ich. Simmerl befolgte den Befehl und drehte den Schlüssel. Den Motor laufen zu lassen, hatte er wohl vergessen. Wir sprangen ins Auto, landeten zu zweit auf dem Beifahrersitz, die Tür stand noch sperrangelweit offen und Simmerl schoss davon. Beim Wegfahren sahen wir noch Gesichter aus den unterschiedlichen Räumen des Gebäudes herausblicken. Und ein Typ kam aus dem Notausgang gestürmt. Mitten im Kreisel am Fuße des Bergs hielt er an.

„Was ist denn los?", schrie er uns an, während Xaver und ich aufpassen mussten, dass wir uns vor Lachen nicht in die Hosen schifften. Wir erzählten ihm, dass wir ein paar Sachen mitgehen haben lassen. Er brachte sich in Rage. Er las uns die Leviten. So etwas tue man nicht. So etwas sei unrecht. Er sagte, wir sollen das Auto verlassen. Wir redeten noch auf ihn ein, doch der Abend war für ihn gelaufen. Er warf uns raus. Einen Tag später sollte ich ihn verstanden haben. Nüchtern im Club, während alle anderen ausflippen. Unfreiwillig zum Fluchtwagenfahrer gemacht worden. Ein beschissener Abend. Und er war von uns nicht mehr zu beruhigen. Xaver und ich gaben nach und stiegen aus.

Da standen wir da. Am Ende der Stadt. Die Ersti-Party sollte bald zu Ende gehen. Ich holte das Bier aus meiner Jacke und blickte zum ersten Mal darauf, um zu erfahren, welchen Fusel ich da eigentlich mitgenommen hatte. Es war abgelaufen. Im Endeffekt hatten wir Diebesgut von zweiunddreißig Cent erbeutet, das war der Pfand. Ich warf die Flaschen in einen Mülleimer am Straßenrand und zündete mir eine Zigarette an. Es war fast zwei Uhr. Xaver meinte, wenn wir noch was von der Ersti-Party haben wollten, müssten wir umgehend losgehen. Asap.

Waldmeister

Es war Samstagabend und wir fuhren mit dem Auto nach München, um als Therapiemaßnahme in einem Nachtclub die Sau rauszulassen. Willi war gerade von Magdalena verlassen worden und Michi, Danny und ich dachten uns, wo könnte man die Wiedererlangung der Freiheit besser feiern, als in der Landeshauptstadt. Denn was es in Rosenheim und Umkreis gab, gab es in München nicht: das Feierstoppschild in Form der Sperrstunde.

Michi raste bei jedem vor mit seinem nigelnagelneuen BMW, einem deliziösem Beamer, und wir luden die ganze Partybrigade ein und schossen hinauf nach München. Oder MUC, wie tippfaule Schreiberlinge in ihren Smartphones gerne angeben, wenn sie online nach Mitfahrgelegenheiten suchten. Hätte ich gewusst, dass sich dieser Trip wieder zu einer Horrorshow entwickelt, bei der alles und jeder schiefgeht, wäre ich umgehend aus dem Auto gehüpft.

Nach etwa einer Stunde kamen wir an unserem Zielort am Isartor an. Unser Kumpel Alex hatte ein WG-Zimmer in der Altstadt. Nobel, nobel. Allerdings war er seinerzeit auf Auslandssemestertour in Südeuropa. Er ließ uns jedoch freundlicherweise seinen Schlüssel da und meinte kurz vor seiner Abreise noch, falls wir irgendwann mal nach Minga kommen, könnten wir sein Zimmer nehmen. Gesagt, getan.

Wir parkten irgendwo an einem Kreisel, holten noch

obligatorisch einen Parkschein und wanderten durch das nächtliche München zu Alex' Wohnung. Der Asphalt war schmierig und glänzend, der Herbst trieb uns die Blätter vor den Füßen her. Alle waren wir eingepackt in dicken Jacken und noch dickerer Vorfreude auf dieses Gelage epischen Ausmaßes. #epic #nightout.

Bei Sauftouren neigte ich gerne emotional zum Extremen. Willis Vorfreude trübte sich jedoch ein wenig, der Tag war hart. Die Anrufe bei uns sind ihm sicher nicht leicht gefallen. Der Rest jedoch schien sich auf die bevorstehenden Stunden regelrecht zu freuen.

Nach einem zehnminütigen Fußmarsch waren wir da. Ein altes Gebäude, das innen modern restauriert wurde. Automatische Bewegungsschalter im Flur, roter Teppichboden, frisch nachgestrichener Glattputz. Wir öffneten die Tür zu Alex' Wohnung. Michi trat hinein und eine junge Frau schrie kurz auf. Nach ihm kamen wir alle nach in die Wohnung.

„Wer seid ihr denn?", fragte das junges Mädel. Ihre Dreadlocks waren hinten zusammengebunden.

„Wir sind Kumpels vom Alex. Er hat gemeint, wir könnten sei Zimmer benutzen, solange er ned da is. Wir hauen a glei wieder ab.", beruhigte Michi.

„Davon weiß ich nix.", antwortete das Mädel. Hinter ihr tapste ein kleiner Vierbeiner vor. Ein Hund, nicht größer als ein Opossum, kam auf mich zu, wie immer. Jedes Mal, wenn irgendwo ein Hund ist, kommt er her und belästigt mich. Ich wich zurück, als er an mir schnüffelte.

„Das ist Leonhard.", stellte mich die junge Dame dem kleinen Flohtransport vor, „Keine Angst. Der beißt nicht."

Ich stand nur mehr auf einem Bein und drehte mich weg vom Hund. Ich hatte nicht zwingend das offenste Verhältnis zu Hunden. Michi lachte.

„Ja, Mei.", sagte ich, „Jeder Hundebesitzer sagt, dass gerade seiner ned beißt."

„Entschuldigung?" Die junge Dame schaute mich fragend an. „Außerdem: Leonhard? Relativ seltsamer Name für an Hund." Der Hund ließ nicht ab von mir. Was war das denn? Mein Discounter-Eau-de-Toilette und mein Kokos-Haarwachs konnten es ja kaum gewesen sein. Die anderen lachten über mich und schauten zu, wie ich mittlerweile auf meinem einem Bein vor dem Hund weghopste.

„Leonhard bedeutet mutiger Löwe, was man von dir ja nicht behaupten kann. Und wer keine Hunde mag, mag keine Bienen." Die ist schlagfertig, die mag ich, dachte ich mir. Auch wenn ich keinen Dunst hatte, von was die redete.

„Wie is denn des zu verstehen?", schaltete sich Willi ins Gespräch ein.

„Naja, man sagt, wer keine Hunde mag, mag keine Menschen. Und wer keine Menschen mag, mag keine Bienen." Die anderen drei schauten sich fragend an. Ich dagegen war immer noch mit dem Hund beschäftigt. Schlussendlich kam das Mädel und nahm den Hund von mir weg. Befreit von der Schnüffelattacke meinte ich: „Mei, i bin mehr der Katzentyp."

„Katzen fressen dich.", sagte die junge Frau.

„Hm?", fragte ich.

„Wenn du in einer Wohnung mit Katzen stirbst und niemand findet dich, fressen die Katzen deine Überreste auf."

„Alles klar."

„Ein Hund würde das nie tun. Ist so. Ich bin übrigens Ursula.", fügte sie an, „Alex' Zimmer ist am Ende des Flurs. Legt euer Zeug einfach rein."

„Und was bedeutet Ursula?", fragte ich.

„Toni, bassd scho.", sagte Michi und schob mich vor sich her in Alex' Zimmer. Wohl die beste Lösung.

Wir brachten unser Zeug ins Zimmer, verabschiedeten uns von Ursula und marschierten hinaus in die Großstadt. Wir nahmen die S-Bahn zur Hackerbrücke, wurden glücklicherweise nicht kontrolliert, und schwärmten aus in die Nacht. Zwar waren wir schon bald Ende zwanzig, doch gegen einen kleinen Clubbesuch ließ sich nichts einwenden. Junge Leute, die Stress suchen, Drogenräusche, Wodka-Energy für zwölf Euro, fünfzehn Euro Eintritt, drei Euro Garderobe. Ich weiß nicht, was da schiefgehen konnte.

Wir bestellten uns das Zeug gleich flaschenweise. Obwohl wir im Kreis recht eng beieinander saßen, konnte keiner auch nur ein Wort des anderen verstehen. Dazu ständig diese bewegten Scheinwerfer und Laser. Herrschaftszeiten. Auch wenn jeder von uns noch nach ein paar Funken Jugend suchte: bei einigen Dingen war es einfach gut, dass sie vorbei war.

Der Abend plätscherte so vor sich hin. Wodkaflaschen kamen und gingen, irgendwelche Mädels setzten sich zu uns an den Tisch und gingen auch wieder, ich führte abnormale Gespräche mit den Barkeepern über Kapitalismus und den Kosovokrieg. Von beiden hatte ich ähnlich viel Ahnung, wie wohl der Junge aus der dritten Klasse meines Bruders, der ein Referat über Barack Banana aus dem Waisenhaus hielt.

Gegen zwölf war ich gut dabei. Jede Bewegung war nur noch unbezahlte Arbeit. Die Beine bis zum Klo abwechselnd zu heben, wurde mir beinahe schon zu viel. Ich stand einmal kurz auf und streckte mich durch. In meiner Hose vibrierte es. Keine Angst, Ladies und Gentlemen. Es war nur mein Handy. Frank rief an, unser Fußballtrainer. Sehr provokante Uhrzeit. Ich ging ran.

„Anton?", fragte Frank laut. Ich musste mein Ohr zuhalten und laut reden, um überhaupt ein Gespräch auf die Reihe zu bekommen. Und rausgehen war mir zu blöd. Für Frank zumindest. Frank war ein recht komischer Trainer mit einem recht seltsamen – wie soll ich sagen? – Touch. Er duschte nach den Trainings immer mit uns Spielern, bei der Einwechslung gab er jedem Spieler immer einen Klaps auf den Hintern. Und er trug immer sehr enge Radlerhosen, wo man sein bestes Stück von der entferntesten Eckfahne noch sehen konnte, weshalb uns die Gegner auch recht gerne „die Gummitwists" nannten. Im Prinzip war er einer der typischen Kreisklassentrainer, die mit Sprüchen wie „Die Anderen kochen auch nur mit Wasser" und „Ihr müsst mehr Meter machen" versuchte zu punkten. Dazu kamen Verhaltensregeln aus dem Profisport, wie etwa kein Alkohol vor dem Spiel oder freiwilliges Joggen während den spielfreien Zeiten. Darüber hinaus hielt er den Spielern immer lange Vorträge, wir würden zu viel trinken. Selber sah man ihn hin und wieder, wie er hinter der Trainerbank einen kurzen Kräuterschnaps zu sich nahm und hinterher die Flaschen im Eiskoffer versteckte. Und außerdem mochte er mich irgendwie nicht. Ihn störte, so sagte er zumindest mal zu mir, dass ich zu wenig Heißsporn bin. Ich hoffte damals nur, er meinte mein Alter Ego auf dem Fußballplatz.

Frank fuhr fort: „Könnt ihr morgen spielen, du und Michi? Mir sagen alle ab. Ich weiß, ihr wolltet kürzertreten. Aber wir bekommen die Leute nicht zusammen." Ich war eigentlich nicht mehr aktiv in der sonntäglichen Dorffußballliga der Wahnsinnigen, aber hier und da half ich aus, wenn Not am Mann war. „Freilich, Frank.", sang ich mehr als ich sagte. Ich musste meine Augenlider schon aktiv anstrengen, um überhaupt noch blinzeln zu können.

„Klasse, Junge. Bis morgen."

Der Rest des Abends riss ab. Alles, was ich wusste, war, dass wir heimkamen, als uns die Sonne bereits ins Gesicht lachte und ich eine Döner-Box zum Mitnehmen mit in die Wohnung nahm...

Ich wachte auf, viel zu früh. Ich hatte vielleicht drei Stunden Schlaf. Die Döner-Box lag auf dem Boden verstreut. Ich rückte meine Boxershorts gerade und stand auf, um auf die Toilette zu gehen. Vorsichtig setzte ich Schritt vor Schritt, meine Augen waren noch zu. Der Flur war nicht weniger morgendlich grau als die Außenwelt jenseits des Fensters. Ich pendelte meinen Gang großzügig aus und stolperte mich zum WC. Als ich die Klinke drückte, merkte ich, dass sich nix tat. Ja, gar nix sogar. Weniger, als bei mir im Club letzte Nacht. Und das mag was heißen. Ja Herkules, dachte ich, hoffentlich war da keiner von Alex' Mitbewohnern drin. Wenn die noblen Gentlemen und Honigbienen gesehen hätten, wie wir nachts zuvor wieder zwanzig Jahre Gesundheit im Klo runtergespült hatten, hätten die sicherlich die Suchtberatung angerufen.

Aber ich musste dringend pissen, also klopfte ich vorsichtig an. War mir jetzt egal. Vom Balkon pinkeln? Das kann man vielleicht in Rosenheim machen, aber wir waren hier in München. Hier wildpinkeln wäre in etwa so, als würde man der Queen von England den blanken Hintern zeigen.

„Hab's glei.", tönte es durch die hölzerne Tür zu mir hindurch.

„Danny?", fragte ich. Ich meinte, seine Stimme zu erkennen.

Nach ein paar Sekunden kam er raus und ich huschte an ihm vorbei und geradewegs zur Toilette. Jeder, der behauptete, er verspüre eine ganz neue Ebene an Freiheit beim Motorradfahren, hatte noch nie unendlichen Druck auf der Blase und hinterher den Moment der Erlösung erlebt.

Als ich herauskam, hatte sich Danny bereits auf die Couch im Wohnzimmer der WG fallen lassen und schaute traurig drein.

„Alles klar?", fragte ich. Mein Bauch hing mit der Zeit leicht über dem Gummizug der Boxershorts und mein T-Shirt schien etwas knapp zu sein. Nichts, was man nach einer durchzechten Nacht sehen wollte. Ich litt mit Danny.

„Des war jetzt wos.", sagte Danny, ohne seinen Blick in meine Richtung zu bewegen, „I hab gleichzeitig kacken und kotzen müssen."

„Tut mir leid, da kann i dir ned weiterhelfen.", antwortete ich und fragte mich, wieso ich noch länger auf diesem Planeten verweilte.

„I hab überlegt, ob i mi aufs Klo zum Kacken setze und ins Waschbecken kotze oder ob i ins Waschbecken kack' und ins Klo kotze." Willkommen in Absurdistan.

„I schau mal, wie's de anderen geht.", sagte ich recht emotionslos, um endlich den Raum verlassen zu können.

Als ich zurück ins Alex' Schlafzimmer kam, um nach den anderen beiden Zweien zu sehen, saß da ein Kerl am Boden, mit dem Rücken zu mir gewandt. Er war klein und untersetzt und hatte so einen Kranzhaarschnitt. Er schien etwas zu suchen. Leise schlich ich auf den Zehenspitzen wieder rückwärts aus dem Zimmer hinaus. Ich blickte noch einmal kurz zur Seite, wo das Bett stand, in dem Willi und Michi immer noch rüsselten, und schloss leise die Tür. Mit „rüsselten" meinte ich natürlich „schliefen".

Weiterhin auf den Zehenspitzen, eilte ich in großen Schritten zurück durch den grauen Flur ins Wohnzimmer zu Danny.

„Danny!", schrie ich flüsternd.

„Hm!?", tönte Danny mit geschlossenen Augen, wohl kurz vor dem Wiedereintritt in das dormische Reich.

„Da is jemand beim Willi im Zimmer!"

„Ja, da Michi."

„Klar, Depp. Aber no so a anderer Typ. So a alter."

„Wie du meinst." Danny rührte sich nicht einmal und nuschelte alles nur so dahin. Ich ging in die Küche und suchte nach etwas stumpfem. Im Zuschlagen war ich, glaube ich, besser, als im Zustechen. Ein Fleischerhammer, na bitte, wer sagts denn! Warte mal, ein Fleischerhammer in einer Studenten-WG? Scheiß drauf, die Zeit eilte. Auf Zehenspitzen näherte ich mich still dem Zimmer von Alex. Ich war vor der Tür und holte schon einmal aus. Als ich nach der Türklinke greifen wollte, bewegte sie sich bereits nach unten. Die Tür ging auf und der kleine Kerl stand vor mir und schaute mich regungslos an.

„Was wird das denn?", fragte er. Er war zirka fünfundvierzig und hatte im Gesicht einen recht respektablen Schnurrbart unter der Brille. Er rührte sich keinen Millimeter.

„Wos wollen Sie? Mei Geldbeutel liegt da hinten unter der Jacke. Nehmen's sich einfach, was Sie brauchen!", hyperventilierte ich hinaus. Meine Hand brachte meinen Hammer zum Zittern. Also, jetzt nicht meinen Hammer in dem Sinne. Den Fleischerhammer aus der Küche.

„Ich hab nen neuen Router angeschlossen." Ich blickte an ihm herab. Tatsächlich. An der Brust sah ich seinen Werksausweis. Herr Jürgensen, Monteur.

„Oh, sorry.", entschuldigte ich mich, „Arbeitets ihr sonntags a?"

„Nur die beste Qualität bei uns. Wenn Sie noch Fragen haben, unsere Kundenhotline steht Ihnen vierundzwanzig Stunden am Tag zur Verfügung."

„Klar.", sagte ich, eher unbeeindruckt und nahm den Hammer runter.

„Ich muss das sagen.", antwortete der Kerl und hielt mir seine Visitenkarte hin. Ich entschuldigte mich nochmal und geleitete den Mann zur Tür. Michi und Willi schliefen noch immer. Ich merkte langsam, dass ich nicht mal mit einem Hammer in der Hand angsteinflößend sein konnte, ging wieder zur Küche, räumte den Hammer weg und besuchte Danny auf seiner Couch im Wohnzimmer.

„I hätt fast den Typen mit dem WLAN-Router umgebracht.", sagte ich geschlaucht und ließ mich neben Danny auf die Couch fallen.

„Hab i gemerkt.", nuschelte er, die Augen weiterhin zu.

„I frag mi, wie der reingekommen is."

„I hab ihn reingelassen, wo du aufm Klo warst.", sagte Danny.

„Und warum sagst du nix, verdammte Scheiße?", sagte ich wütend, „I hab zu dir no gsagt, dass da jemand im Zimmer von de anderen is."

„Hab i ned mitgekriegt."

Als ich wieder in Alex' Zimmer ging, zum gefühlt hundertsten Mal an diesem Tag schon, zog sich Michi gerade, auf dem Bett sitzend, die Socken hinauf.

„Wollen ma los?", fragte er. Willi wachte gerade so auf.

„Jetzt?", entgegnete ich, „Bist du ned ganz sauber? Es is zehn."

„Ja, wir müssen doch beim Fußball aushelfen.", sagte Michi. Ich schlug mir mit der flachen Hand auf die Stirn. Je-Sus-Chris-Tus. Das hatte ich total vergessen.

„Und no wos.", fügte Michi an, „Du müsstest fahren. I hab gestern – oder besser gsagt: vorhin – mit de anderen in der Küche no bissl was geraucht."

Toll war das doch, entgegnete ich. Aber was solls? Die A8 runter, da kann in der Regel wenig schief gehen. Es ging auch recht flott, bis auf Höhe Weyarn schon „Staugefahr" auf den hohen Tafeln vermeldet wurde. Ach, vaffanculo. Ab dem Rastplatz Seehamer See war es dann soweit: Schritttempo war das Gebot der Stunde, wenn überhaupt. Überall Warnblinker, Rettungsgasse und Standgas. Kein Cowboy der Welt zieht seinen Colt so schnell, wie der Durchschnittsdeutsche auf der Autobahn seinen Warnblinker bei stockendem Verkehr. Überall blinkte es uns an. Fuck. Unseren Einsatz in der Sonntagsliga konnten wir wohl vergessen.

Minutenlang ging es so dahin. Obwohl ich noch einen gewaltigen Kater vom Vortag hatte, stresste mich der Stau beachtlich.

„Fahr zu, du Vollgummi!", schrie ich wiederholt zum Vordermann. Michi saß auf dem Beifahrersitz und schaute erneut zu mir rüber.

„Wennst di aufregst, geht's a ned schneller.", versuchte Michi zu beschwichtigen, „Und wos is a Vollgummi?"

„A doppelter Halbgummi.", war meine knappe Antwort, auf die ich nicht wirklich Acht gab, da ich mit meinem Gewissen in der Pflicht festsaß, zu diesem gottverdammten Dorffußballspiel pünktlich zu kommen. Die zehn Zuschauer, die auftauchten, hatten es verdient, eine vollzählige Mannschaft zu sehen. Ich regte mich zu viel auf. Und zu schnell. Wieder legte ich Michi meine Verschwörungstheorie dar, die Bundesregierung steuere Staus mit Tempolimits, um aus der Ökosteuer durch den Mehrverbrauch Profit zu schlagen.

„Toni, du hast zu viel Freizeit.", meinte Michi.

„Wahrscheinlich hast du recht.", sagte ich darauf.

In der Senke zwischen Seehamer See und Irschenberg war eine Autobahnausfahrt, wenn man so will. Die war eigentlich nur für Rettungsfahrzeuge und Landwirtschaft oder sowas und mit einem rot-weißen Durchfahrverbotsschild gekennzeichnet. Wir taten es trotzdem. Hinüber über den Seitenstreifen und ab auf die Landstraße. Das klappte auch, bis ich nach etwa fünfhundert Metern unmarkiertem Landweg blaues Licht im Rückspiegel sah. Ich fuhr rechts ran und fragte mich, ob ich als Kind Schwerverbrecher war, da Gott durchgehend schien, mich peinigen zu wollen.

Nun war ich angespannt. Das Fußballspiel und meine mir von Frank aufgeschwatzte Verantwortung für das Team rückte in weiten Hintergrund. Mein Blut war durchseucht mit Alkohol. Was mir eigentlich egal war, solange ich nicht aufgehalten wurde. Aber das war ja hier nicht der Fall. Der Polizist kam zu meinem Fenster und klopfte daran. Mein Herz raste. Es hämmerte so stark gegen meinen Brustkorb, dass ich dachte, es wollte hinaushüpfen und an einen besseren Ort entschwinden.

„Führerschein und Fahrzeugschein, bitte." Ich händigte beides aus und schaute einfach nach vorne durch die Windschutzscheibe in der Hoffnung, der Kerl würde meine blutunterlaufenen Augen nicht sehen und das Saft-Schnaps-Gepansche vom Vortag nicht riechen.

„Haben Sie was getrunken?", fragte er, die Scheine noch in der Hand.

„Nein, Herr Wachtmeister.", antwortete ich, den Blick noch immer nach vorne gerichtet und die Hände das Lenkrad umklammernd vor Nervosität.

„Können Sie mich mal anschauen?", fragte der Polizist in ernstem Ton, „Und außerdem: man sagt nicht mehr ‚Herr Wachtmeister'."

„Alles klar, mein… Herr!? Ich… Nein, wir haben nix getrunken. Es ist ja erst…", antwortete ich vorsichtig und hob meinen Kopf, um auf die Uhrzeitanzeige hinter dem Lenkrad sehen zu können, „…zehn Uhr in der Früh." Mein Hochdeutsch war nicht schlecht an diesem Sonntagmorgen. Ich hätte das Frühstücksfernsehen moderieren können.

„Das ist mir klar. Haben Sie möglicherweise Restalkohol?" Der Moment war gekommen. Als Kind schnappte ich den Witz auf und nun konnte ich ihn in der realen Welt ausprobieren.

„Nein, Herr Wachtmeister. Wir haben alles zusammengetrunken." Jetzt, wo ich den Witz hier aufschreibe, finde ich ihn gar nicht mehr so lustig. Michi jedenfalls presste beide Hände vor sein Gesicht. Erst dachte ich, er müsste kotzen. Aber er versuchte, kein lautes Lachen nach außen zu tragen.

„Witzig. Den kenn ich ja noch gar nicht.", sagte der Polizist recht unbeeindruckt, „Und nochmal: man sagt nicht mehr ‚Herr Wachtmeister'." Dann drehte er sich zu seinem Kollegen, der am Dienstfahrzeug hinter uns lässig auf der Motorhaube lehnte, und rief: „Hey Peter. Wie oft hast du den Witz mit dem Restalkohol schon gehört?"

Kollege Peter antwortete: „Heuer sicher schon zwanzig Mal." Der Polizist drehte sich wieder zu mir. „Steigen Sie mal aus." Ich schaute zu Michi, so als würde ich ihn zum letzten Mal sehen. Verdammt. Ich konnte nicht in den Knast. Ich wusste ja noch nicht mal, wie man aus einer Zahnbürste ein Stilett baut.

„Hören Sie.", versuchte ich zu beschwichtigen, „Wir haben an Termin in Rosenheim und wir dürfen ned zu spät kommen." Der Polizist schaute dauernd auf meinen Führerschein und dann auf mich, so als würde er das Foto mit dem Originalgesicht vergleichen.

Plötzlich ging eine Tür unseres Wagens auf. Ich drehte mich um, der Polizist achtete auf die Tür, sogar Peter kam rüber und schaute, was sich tat. Willi kletterte aus dem Auto. Beim Aufmachen der Tür fiel er halb raus und stützte sich mit den Händen vom Asphalt wieder aufrecht. Mann, war der voll. Ich schloss die Augen. Ich wusste, was kommen würde. Die Kacke war am Dampfen. Ich hörte den Achter bereits innerlich an meinen Handgelenken klicken. Jetzt musste ich mich wohl einer Gang anschließen oder so, damit ich in Zukunft unbesorgt duschen konnte.

„Herr Waldmeister, passen's mal auf.", lallte Willi, nachdem er seinen kompletten Körper, oder was davon übrig war, aus dem Fünfsitzer befördern konnte, „Wir ham a Mordsfußballspiel in na halbn Stund'."

Ich war mir recht sicher, dass das nichts helfen wird. Außerdem: wir? Michi und ich waren hier die Leidtragenden. Willi konnte sich daheim wieder die Birne zuknallen, falls ihm der Sinn danach stand. Jedenfalls redete er auf den Kollegen von der Staatsgewalt ein. Er meinte, das Derby sei wichtig, die anderen nennten uns Gummitwists und bei einer Niederlage stiegen wir ab. Der Polizist hob die Augenbrauen und händigte mir den Führerschein zurück. Der Oscar geht heuer wohl an Willi. #SorryDenzel.

Der Polizist meinte, wir sollten weiterfahren, er ließe die kurze Fahrt auf der schwarzen Piste noch einmal durchgehen. #Ehrenmann. Die Polizisten stiegen ein und fuhren davon. Wir genehmigten uns auf den Schock hin noch eine kurze Zigarette. Alle lobten wir Willi für seine herzhafte Ansprache. Wir stiegen zurück ins Auto und... nichts. Jetzt sprang dieser verfluchte Karren nicht mehr an.

„Wos hast du gemacht?", fragte Michi, sichtlich in Sorge um sein neues Auto.

„Hm... mit dem Polizisten geredet, mir Sorgen um mei Leben gemacht und überlegt, in welche Gang i eintrete.", antwortete ich recht sarkastisch, „Wos soll i scho gemacht haben?"

Wir stiegen wieder aus. Willi war Mechaniker. Er öffnete die Motorhaube und schaute sich um. Das Handy läutete. Ich langte in die Hosentasche und hoffte, nicht Franks Nummer zu sehen. Doch alle Hoffnung war vergebens. Ich ging ran.

„Anton, wo seid ihr?" Seit der Grundschule nannte mich keiner mehr Anton. Nicht mal die Lehrer auf den weiterführenden Schulen.

„Hey Frank, du… des wird heut nix, glaub i."

„Was soll das denn jetzt bedeuten?"

„Wir haben a Autopanne."

„Wo seid ihr denn? Vielleicht kann euch jemand abholen kommen."

„In Irschenberg."

„Oha. Was macht ihr denn da?"

„Naja, wir waren in Minga. De Magda hat an Willi rausgeschmissen."

„Sie hat mi ned rausgeschmissen, i bin ausgezogen!", schrie Willi aus dem Hintergrund.

„Is doch wurscht jetzt.", sagte ich zu Willi, nachdem ich das Handy vom Ohr genommen und das Mikrofon zugehalten hatte.

„Wer ist Willi?", fragte Frank.

„Is doch scheißegal jetzt, Gruzifix! Wir kommen hier ned weg, okay?"

„Na, also…", stotterte Frank in entsetztem Ton, „Das hab ich so dick bei euch Fußballern! Euch ist der Discothekenspaß immer lieber als der auf dem Platz! Vor einer halben Stunde rief der Dylan an, der ist mit einer Infusion im Krankenhaus aufgewacht, weil er um zwei in der Nacht nur noch Galle gekotzt hat. Aber den kann man ja eh nicht brauchen. Aber du Anton… Dich könnte man ja aufstellen, aber du hast einfach ein verdammtes Ehrgeiz- und Autoritätsproblem!"

„Und du hast a Alkoholproblem.", sagte ich recht unbeeindruckt von Franks erneutem Vortrag ans Gewissen der Desinteressierten. Hin und wieder blickte ich über die Schulter und sah den anderen beiden zu, wie sie mit dem Auto zurechtkamen. Den anderen beiden. Und noch immer war kein Groschen gefallen. Ich lauschte wieder dem Telefonat.

„Das brauche ich mir von dir nicht anhören!" Franks Ton wurde laut. Ich wette er hob den Zeigefinger. „Wer im Rathaus sitzt, …", fuhr Frank fort.

„…Im Glashaus, du Volltrottel!"

„Komm mal runter, Anton. Chill mal, wie ihr Kids sagt." Franks Ton wurde wieder leiser und wirkte aufgespielt und übertrieben. Allerdings war der Ruhe ein gewisses Maß an Bedrohlichkeit zu entnehmen. „Du und Michi: ihr macht jetzt, dass ihr…"

Ich legte auf, als ich Willi aufschreien hörte, und drehte mich um. Irgendwo schien Öl auszulaufen. Wir setzten uns in eine neben dem Auto gelegene Wiese und wussten nun sicher, dass wir es nicht mehr rechtzeitig schaffen würden. Ich hatte das Handy noch in der einen Hand, meine Zigarette in der anderen. Es läutete nochmal. Ich fragte mich, was Frank schon wieder wollte und ging, ohne auf das Display zu schauen, ran.

„Wos is denn?", fragte ich genervt.

„Ihr Arschlöcher habts mi auf der Couch gelassen." Ich nahm den Hörer vom Ohr, drehte das Display zu meinem Gesicht und merkte, dass Danny derjenige am anderen Ende der Leitung war. Wir hatten ihn in München vergessen und das Ganze keine Sekunde bemerkt.

„Dann hab i kein Geld gehabt, bin einfach so in Zug rein und die haben mi kassiert. Dankeschön, ihr Wichser!"

So leid mir Danny tat, so froh war ich, dass noch einer größere Probleme hatte, als wir zu dem Augenblick.

Das Hochzeitsauto

Ich wachte auf und war verkatert. Ich war in Rosenheim und es war Herbst. Drei Dinge, die ich sofort wusste, als ich meine Augen öffnete. Und drei Dinge, mit denen man erfolgreich in ein Wochenende starten konnte. Am Vortag hatte ich meinen Kollegen Michi besucht, der mir zuvor mitgeteilt hatte, dass er mir etwas zeigen wollte. Mein erster Gedankengang leitete mich eigentlich dazu, sofort abzusagen, dennoch sagte ich zu. Das erklärt letztendlich den Kater.

Ich war für zwei Wochen zurück nach Rosenheim gefahren. Das dritte Semester lief auch ohne meine Anwesenheit schlecht. Michi wohnte etwa zehn Minuten Fußmarsch weg. Der Weg dorthin war matschig und nass, was seltsam war. Denn noch ein paar Wochen zuvor grillte die Hochsommer-sonne alles unter sich befindliche. Doch die neue abkühlende Nässe und der herbstliche Umschwung verabschiedeten den Sommer in den Jahresurlaub und gab Bewohnern von Dach-geschosswohnungen neue Hoffnung. Man hörte den Verkehr durch den Zusammenstoß der nassen Straßen mit den Reifen noch von viel weiter her. Das erklärt den Herbst.

Jedenfalls war ich am Vorabend bei Michi angekommen und die Garage stand offen. Ich riskierte einen Blick hinein, als ich sie passierte, um zur Haustür zu kommen, und bevor ich den kleinsten Gedanken fassen oder irgendetwas denn erkennen konnte, kam Michi ums Haus und begann zu reden. Er führte mich in die Garage hinein und zeigte mir Seppis Hochzeitsauto. Ein originaler Beamer, wie er im Lehrbuch zu finden war. Bayerische Motorenkraft. Ganz stolz führte mich Michi einmal herum und erklärte mir jede noch so kleine Einzelheit.

Michi half dem Trauzeugen beim Organisieren des Hochzeitsautos und stellte für die letzten beiden Nächte seine Garage zur Verfügung. Seppis Trauzeuge war sein Schwager, Lisas Bruder, den ich nur einmal – beim Junggesellenabschied – getroffen und dessen Namen ich nach fünf Minuten absichtlich zu vergessen versuchte, nachdem er Pommes als „Pomm-Fritt" bezeichnete.

Letztendlich war die Hochzeit auch mit ein Grund, warum ich die jüngste Zeit in Rosenheim verbrachte. Mein mäßig laufendes Semester war also nicht alleine Schuld. Somit wären die drei eingängigen Rätsel restlos geklärt.

„Sechs Zylinder", sagte Michi und brachte keinerlei Erstaunen in mir hervor. Ich betrachtete das schöne Stück wie einen Kuchen. Sicherlich lecker, aber nichts, was meine Welt besser machte. Er fuhr fort: „3.0 CSL, 73er Baujahr, 3000 Kubik, 200 Pferdl, sieben Sekunden von null auf hundert." Seine Augen leuchteten das letzte Mal so, als ich ihm erzählte, dass die Kreuzung zwischen einem Tiger und einem Löwen als Liger bezeichnet werden würde. Er schaute zu mir rüber.

„Wos is?", fragte er, als er meine emotionale Stagnation bemerkte, „Gefällt er dir ned?"

„Doch, klar. Können wir jetzt a Bier trinken?"

Ich hatte von Autos ebenso viel Ahnung wie von baryonischer Materie. Michi hätte mir auch einen Vortrag über Mikroplastik auf Koreanisch halten können und ich hätte ähnlich viel verstanden. Er gab meiner Bitte nach und wir setzten uns – trotz der windigen Temperaturen – auf seine Terrasse und genossen ein paar gekühlte Helle. Wir berieten uns zwecks der Hochzeit in zwei Tagen und erzählten uns ein paar Witze. So entstand nun letztendlich der Kater.

Ich wachte also auf, um jetzt den Hook zum Anfang der Geschichte zu knüpfen. Nun lag ich mit stechenden Kopfschmerzen da und dachte wieder über den Sinn des Lebens, das Wetter, MAG-Schweißen, die Flat-Earth-Theorie, Seppis Hochzeit und andere weltbewegende Themen nach, während ich zeitgleich versuchte, zurück in den Schlaf zu finden. Jedoch riet ich mir selbst recht schnell von diesem Plan ab, da ich auf musste und meinen Anzug von der Wäscherei in der Innenstadt nahe des Max-Josef-Platzes abholen musste, da ich den für die Hochzeit benötigte, welche in nunmehr vierundzwanzig Stunden über die Bühne gehen sollte.

Ich rappelte mich auf und schaltete den Fernseher an. Die übertrieben gut gelaunte Moderatorin aus dem Frühstücksfernsehen unterrichtete mich über die neuesten Social-Media-Aktivitäten der gerade angesagten It-Girls und ich fühlte mich umgehend besser. Ich saß angelehnt an der Wand in meinem

Bett und nahm einen kräftigen Schluck meiner Vanilla Coke, die ich am Vortag noch auf meinem Nachttisch platziert hatte. Nun aber wirklich, sagte ich mir, nachdem ich mir die weisen Worte der Fernsehgestalt noch einmal durch den Kopf gehen ließ. Ich stand auf. Schleichend und schlauchend zog ich mich halbwegs an und ging hinein in die Altstadt, geradewegs zur Wäscherei. Zusätzlich zur Nässe war es sehr kalt geworden in den letzten beiden Wochen. Die Bäume rund um den Salingarten entkleideten sich langsam und die feuchten braunen Blätter schmückten die Straßen und Radwege. Erst diese Friedlichkeit erinnerte mich daran, wie schön es war, an einem Freitag frei zu haben. Schließlich hieß der Tag auch Freitag. Gott segne die Studenten. Vor allem jene, die ihre täglichen Zigaretten noch selbst drehten.

Ich ging den Max-Josef-Platz runter und sah in der Fußgängerzone – oder, wie die Millenial-Generation im MTV-Zeitalter auch sagte: Fuzo – meinen Kumpel Ivo auf einer Parkbank sitzen. Apathisch sah er zum Kopfsteinpflaster auf dem Boden runter und zog sich einsam die Jacke vor der Brust zu, um sich vor der windigen Kälte zu schützen.

„Ivo.", sagte ich und verspürte keinerlei Gegenreaktion, „Wos machst du denn da?" Er blickte auf.

„Oh, Toni, Servus.", antwortete er mit glasigem Blick, wie ich ihn sonst nur am Samstagmorgen von dem Kerl im Spiegel kannte, „Alter. Ich bin vorhin im der Turnhalle von der

Grundschule aufgewacht."

„Okay.", meinte ich in langgezogenem Vokal und verstand nicht ganz, wohin der Dialog gehen würde.

„Ich weiß auch nicht. Wir waren in der Stadt gestern. Ich kann mich an nichts mehr erinnern. Eine Turnlehrerin hat mich eben aufgeweckt, ich bin im Geräteturm auf dem Matratzenwagen gelegen."

„Okay, des is irgendwie krank. Aber für morgen is alles klar, oder?"

„Was?", fragte er.

„Die Hochzeit. Vom Seppi. Du bist scho dabei?"

„Klar. Klar. Was machst du überhaupt?" Ich sah zur Wäscherei rüber und dachte über eine Antwort nach.

„I kauf ma an neuen Arsch. Da alte hat a Loch."

„Alles klar, bis morgen." Er schien nicht recht aufzupassen. Dieser Egoist schien mit seinen eigenen Problemen beschäftigt zu sein. Ich ging weiter zur Wäscherei.

Als ich die Tür öffnete, meldete mich die kleine Glocke an der Türoberkante an. Frau Kellner, eine recht betagte Dame, kam in kleinen Schritten hervor und tat sich wie immer schwer, über den Tresen zu sehen. Mit einem Lächeln begrüßte sie mich.

„Ja, bitte?", fragte sie.

„Hallo, i würd gern mein Anzug abholen."

„Wie ist der Name?"

„Zaunmüller, Anton."

„Oh ja, der blaue für die Hochzeit, nicht? Der ist wirklich schön. Da werden sie wirklich herausstechen.", sagte sie mit einem begeisterten Lächeln und ging in den hinteren Bereich des Ladens, um das Jackett und die Hose zu holen. Während sie unterwegs war, dachte ich darüber nach. Herausstechen. Klingt gar nicht mal so übel. Ich sah das hellblaue Jackett eher wie ein Spritzgetränk oder so einen oberirdischen Pool. Es war zwar was Besonderes, aber wirklich vom Hocker haut es jetzt keinen.

Um in einem Anzug zu glänzen, muss man auch der Typ dafür sein. Früher zum Beispiel trug jeder einen Anzug. Und es war nicht, um herauszustechen, sondern vielmehr um seinen Kopf nicht hängen zu lassen. Wenn man geschieden wurde oder sein Haus verlor, verlieh einem der Anzug wenigstens ein wenig Hoffnung und Würde. Heute verleiht ein Anzug meistens nur das Privileg, irgendwen über den Tisch zu ziehen oder jemanden anzubrüllen. Oder zu einer Hochzeit eingeladen zu werden, wie in diesem Fall. Frau Kellner brachte mir den Anzug und ich bezahlte, bevor ich den Laden dankend verließ.

Ich merkte, dass mir ebenfalls recht kalt wurde, schließlich war ich nur in einem Sweatshirt unterwegs. Einem Longsleeve, wie es selbsternannte Designer mit dramatischer Anziehung zur Kunstwelt nun nannten. Als ich zur Wäscherei runter ging, schützte mich der vorabendliche Restalkohol noch vor der Kälte. Der verabschiedete sich nun aber langsam in Richtung Feierabend und brauchte eine neue Wärmequelle. Also zog ich mir mein Jackett um und packte alleine die zugehörige Hose in meine Tasche.

Ich wollte noch in einen Kiosk und Zigaretten holen, als mein Smartphone klingelte. Ich fummelte es irgendwie aus der Hosentasche und sah, dass ich noch vier Prozent Akku hatte. Naja, für Willis Anruf, der mir darunter angezeigt wurde, könnte es noch reichen.

„Pronto.", meldete ich mich entschlossen.

„Toni, hast du kurz Zeit? Wir müssten uns kurz beim Paolo treffen."

„Wieso?"

„Wegen dem Hochzeitsgeschenk vom Seppi."

„Können wir des ned am Telefon klären?"

„Doch, aber i bin grad drüben und dacht mir, vielleicht hast Zeit und Bock." Ich seufzte.

„Na gut. Aber muss es da Paolo sei?"

„Toni, i bin scho da. Hast du eigentlich an allem was auszusetzen?"

„Is ja gut."

Zu Fuß wollte ich nicht zum Café rausgehen, weshalb ich nochmal zur Wohnung lief und mein Radl holte. Dann machte ich mich also auf zu unserem neuen Café Paolo, um mit Willi die ganze Schose rund um das Hochzeitsgeschenk zu klären.

Da waren wir mal wieder früh dran, wie ich merkte. Doch ich mochte dieses Café nicht. Das war es, was mich wirklich störte. So ein Laden, der seinen Bohnensaft nicht mehr als Kaffee verkauft, sondern neben Morgenlatten und Cappuccini auch Espressi und Yoga-Tees auf der Speisekarte stehen hat. Und bei der Auswahl der Bohnen musste man sorgfältig zwischen Arabica und Mocambo und zwischen Classico und Royale entscheiden. #coffeelover. Der italienische Name sollte lediglich die angepriesene, eingedeutschte Dolce Vita unterstreichen, die sich zwischen Herbstlaub, Wind und einem Fuhrpark voller Kurzpimmelkarossen bestens einatmen ließ. Ich ging hinein, das Jackett erleuchtete mein Erscheinungsbild zumindest etwas.

Ich sah Willi, der an seinem Smartphone spielte und setzte mich zu ihm an den Tisch, welchen ich nach dreieinhalb Sekunden wieder verfluchte, nachdem ich merkte, dass der Typ am Nebentisch ein Telefongespräch über Lautsprecher führte. Über Lautsprecher! Ich hielt wirklich viel aus. Leute, die zwo statt zwei sagen. Menschen, die Hamburger mit Besteck essen. Autofahrer, die mit zwanzig auf der linken Spur fahren und sich dann aufregen, wenn man sie rechts überholt. Reality-TV. Das Ende der Sopranos. Gaffer-Staus. Wenn dein bevorzugter Smartphone-Hersteller plötzlich mit einer neuen Adapterbuchse antanzt. Aber bei öffentlichen Telefonaten via Lautsprecher in der Anwesenheit von anderen hört der Spaß auf.

„Schatz, du hast den Job. Glaub mir. Bleib positiv.", hörte ich es dauernd. Fünfmal. Ein sechstes Mal. Meine Schläfen begannen wieder, mich einen stumpf wirkenden Druck spüren zu lassen. Willi störte das kaum. Dafür beneidete ich ihn. Ich bemühte mich und schaffte es, meinen Fokus wieder auf Willi und sein Anliegen zu richten.

„Also", fing er an, „I würd jetzt sagen, wir schenken einfach bissl a Geld."

„Dafür hast mi jetzt hergelockt?", paffte ich ihn an.

„I wollt di mal wieder sehen. Du bist doch nur no im Schwarzwald unten."

„Wir sehen uns doch morgen an ganzen Tag."

„Scho. Aber erzähl mal. Wie is die Luft im Schwarzwald?"

„Passt alles. Mei, Studium halt."

„Wie sind die Leute?"

„Ganz in Ordnung. Nur der eine aus unserem Kurs, der wo letztens behauptet hat, dass da Busta Rhymes beim Wu-Tang-Clan war, der hat mi aufgeregt."

„Wos? So ein Trottel.", bestätigte mich Willi lachend. Auch mit wenigen Worten verstanden wir uns. Wir bestellten eine dieser italienisch bezeichneten Kaffeekonstruktionen und unterhielten uns noch weiter. In einem Moment voller Stille tippte mich Willi an.

„Toni.", flüsterte er, „Zwölf Uhr."

„Wos?"

„Schau mal auf zwölf Uhr. Die Alte hat an riesigen Vorbau." An dieser Stelle sei erwähnt, dass wir das dreizehnte Lebensjahr bereits vor einigen Donnerstagen überschritten hatten. Ich schaute gerade aus und sah eine schwarze Tafel, auf der mit Kreide das WLAN-Passwort angegeben war.

„Na, Toni. Mei zwölf Uhr." Wir saßen über die Ecke des kleinen Tisches zueinander, weshalb ich kurzzeitig verwirrt war. Ich drehte meinen Kopf. Und er sollte recht behalten. Ein mittelalter Kerl mit dunklen, halslangen und dicken Haaren in grauem Sakko saß mit einer jungen Dame in einem roten Kleid an einem der Tische und aß den Hausburger. Mit Besteck, ganz toll. Aber Willi sollte recht behalten, das junge Mädel hatte wirklich ein gewaltiges Holz vor ihrer Hütte zu präsentieren. Willi fragte sich, warum die beiden zusammen wären.

„Sei mal ehrlich.", sagte er, „Der Typ schaut ned besonders aus und sympathisch a ned. Entweder der hat an Riesen in der Hose oder a paar Riesen aufm Bankkonto." Ich gab ihm für diese Wortakrobatik ein geschmeidiges High-Five.

„I glaub eher, dass des Chef und Praktikantin is."

„Kann a sei.", meinte Willi und goss sich mit einem lässigen Griff um die Tasse den letzten Schluck Kaffee hinein. Willi schmiss einen Zehner auf den Tisch und machte sich aus dem Staub. Ich trank ebenso leer und ging ebenfalls.

Als ich rauskam und mein Fahrrad gerade zwischen meinen Beinen balancierte, um gleich danach aufzusteigen und davonzubrausen, sah ich ein Cabrio am Parkplatz stehen und betrachtete es eine Weile. Der Typ vom Nebentisch mit dem grauen Sakko kam heraus stieg in das Cabrio ein. War ja klar. Dann erst kam mir in den Sinn, dass es bereits Herbst war und eigentlich recht zapfig für ein Cabrio. Der Kerl musste ja wirklich einen Kleinen haben. Dennoch: ein wunderschönes Objekt. Ein schwarzer Beamer mit elegantem Schnitt. Wie gesagt, viel Ahnung hatte ich nie von Autos. Und übrig für Autos hatte ich auch nicht viel. Aber manchmal überkam mich ebenfalls die Lust nach einem Geschoss wie diesem. Irgendwann, dachte ich mir. Irgendwann würde ich mir auch so eines zulegen. Wenn ich mich jetzt mal zusammenreißen würde und später nicht direkt so ein Typ werden würde, der im Stadtpark Selbstgespräche führt, dann könnte ich mir irgendwann auch so eine motorisierte Pimmelprothese zulegen.

Der Kerl ließ den Motor kurz aufjaulen, bevor er rückwärts aus der Parklücke schoss und sich auf den Weg machte. Auch ich hatte auf meinem Drahtesel einige Meter zurückgelegt. Und genau da, wo der Parkplatz auf die Straße führte, passierte es. Graues Sakko hatte übersehen, wer da von rechts kam und wem er da die Vorfahrt nahm. Nämlich mir. Ich krachte zunächst in den rechten Kotflügel und machte dann einen zirkusreifen Abgang über die Motorhaube mit einer astreinen Punktlandung mit dem Gesicht. 10,0 Punkte. An der Augenbraue fing ich recht schnell an zu bluten. Erst als ich mich am Boden langsam wieder aufsetzte, merkte ich, dass mich mein anhaltender Kater wohl vor weiteren Schmerzen schützte. So ein Kater war einfach etwas geniales. Ein Universalheilmittel. Er half gegen Kälte, gegen Schmerzen. Womöglich konnte man damit noch viel mehr erreichen. Und ich werde mein Bestes geben, um diese unerforschten Gebiete zu erkunden.

Inneres Unwohl kochte dennoch in mir hoch, als ich mich da vom Boden aufrappelte und das Auto sah. Wie konnte mir dieses Meisterstück der deutschen Ingenieurskunst so etwas antun? Erst noch begutachtete ich das schöne Teil und Augenblicke später fuhr es mich vom Rad. Das Blatt hatte sich in einem Moment einmal komplett gewendet. Der Spieß hatte sich gedreht. Ein Tanz zwischen den Extremen. Wie wenn man ein Supermodel aufreißt und im Bett dann merkt, dass sie einen Schwanz hat. Und im blödesten Fall einen größeren als du selbst noch dazu.

Mühselig plackte sich der Kerl aus dem Gefährt und schaute zu mir runter, wie ich da am Boden lag. Aber nur kurz. Er ging hinter mir rum und begutachtete seinen Kotflügel. Konzentriert ging er in die Hocke, feilte mit seinem Finger an der Karosserie herum und fluchte in flüsterndem Ton vor sich hin. Für mich interessierte sich in diesem Moment keiner mehr. Eine weitere bescheidene Botschaft des Universums. Ich stand auf und sah, wie das Blut von meiner Augenbraue tröpfchenweise auf dem Boden landete.

„Sind Sie wahnsinnig?", pflaumte mich der Kerl aus der Hocke heraus an.

„Wos? Sie haben mi runtergefahren."

„Das ist Unsinn. Machen Sie die Augen auf." Er polierte weiter herum, so als würde der Kratzer mit Spucke weggehen. Ich hatte keine Ahnung von Autos, aber dass das nicht ginge, wusste sogar ich.

„Ich finde es ja schön, dass Sie mir mein Auto demolieren.", fluchte er, mehr vor sich hin, als mir ins Gesicht.

„Und i finds schön, dass Sie Ihre Komplexe mit dem fetten Karren bekämpfen, aber Sie haben mir die Vorfahrt genommen."

„Vorfahrt? Hier gibt's keine Vorfahrt. Das ist ein Parkplatz."

„Des da, Amigo, is a Straß. Vom Parkplatz sind Sie eben runtergefahren."

„Ich werde das umgehend meiner Versicherung melden. Hier ist meine Karte." Er warf sie locker mit zwei Fingern zu mir rüber, wie ein Kartengeber beim Texas Hold'em. Sie landete im Dreck. Der Kerl stieg in sein Cabrio ein und ließ den Karren an. Er wusste wohl, dass ich die Karte liegen lassen würde und niemanden kontaktieren würde. Schließlich war ich am Vorabend mehr als sternhagelvoll und war mir selbst nicht sicher, ob ich denn aus der Nummer fein rauskommen würde.

Der Kerl fuhr weiter und winkte mir mit den Fingern provokant. Anders als in Hollywoodfilmen liefen diesem Cabrio keine Kinder hinterher, als es wegfuhr. Wenn ich schon von Hollywoodfilmen spreche: in diesem Moment wurde mir klar, dass mein persönliches Leben wohl einer Tragikomödie zuzuordnen wäre. Jeder hatte ein eigenes Genre für sich. Mittvierziger Singlefrauen auf der Suche nach Mr. Right lebten die personifizierte RomCom. Sich vor Spieltagen abstinent gebende, Kohlenhydrate ladende, Nikotinfreiheit predigende und Mannschaftsgeist schwörende Amateurfußballer sahen zwischen Derbyniederlagen und Kreisligagrätschen ihr eigenes Sportler-Biopic. Und mein Aktionsspagat zwischen akademischen Wichtigtuern mit vorsichtig rationalen Verhaltensgesetzen und ländlichen Dorfrowdys mit dem adrenalingeladenen Spiel extremer körperlicher Herausforderungen bietet genug Inhaltsstoff für eine schwarzhumorige Tragikomödie. Das bittersüße Pech und ich gehörten zusammen, wie Autowerkstätten und Kalender mit freizügigen Damen.

Ich schaute dem Kerl nach, wie sein Haar im Wind wehte, wunderte mich, wie man bei diesen Temperaturen ohne Dach fahren kann und klopfte mir den Dreck von der Hose. Als ich weiter meine Kleidung einigermaßen auf Vordermann brachte, bemerkte ich einen Riss an der Schulter meines Sakkos. Na toll. Pünktlich zur Hochzeit. Dann stieg ich wieder auf mein Fahrrad und paddelte in Richtung Innenstadt zurück. Das Bazis, unser altehrwürdiges Tanzcafé, war etwas näher als mein Zuhause, weshalb ich entschied, zunächst dort Zuflucht zu finden. Mein alter Studienkollege Pippo arbeitete immer noch nebst seinem Ingenieursjob als Barista und ich sah ihn bereits durch die große Frontscheibe an der Wand, vor der ich mein Fahrrad in den Ständer schob.

Ich wischte mir das runterlaufende Blut noch einmal ab und ging rein. An Pippos Blick sah ich bereits die Enttäuschung, als ich hereinkam. Dennoch setzte ich mich an den nächstgelegenen freien Tisch, wich den wirren Blicken Brezen und Semmeln kaufender Kunden aus und versuchte weiter, die Wunde still zu tupfen. Pippo kam zu mir an den Tisch.

„Toni, alles klar? Wos is passiert?", fragte er in ruhigem und gleichzeitig hektischem Ton, so als würde er sich zwar um meine Gesundheit sorgen, aber dennoch so einen blutenden Typen in zerrissenen Klamotten nicht in seinem Café sitzen haben wollen.

„So a Arschloch hat mi vom Radl gefahren.", sagte ich und lehnte mich zurück. Pippo brachte mir eine Schale mit kaltem Wasser und einem Eiswürfel.

„Geht aufs Haus.", sagte er, als er mir die Schale brachte und ein kleines Helles daneben stellte.

„Wos hast sonst so vor am Wochenende?", fragte er und setzte sich neben mich.

„Musst du ned arbeiten?", fragte ich, verlegen, dass er wegen mir seine Schicht unterbrach.

„Is ned viel los. Also, was geht am Wochenende?"

„Morgen is Seppi sei Hochzeit.", sagte ich und nahm einen kräftigen Schluck vom Bier.

„Oh, okay. Masel Tov.", antwortete Pippo und schaute grundlos auf den Boden, so als hätte er etwas vergessen. Seppi und Pippo kannten sich nur flüchtig über mich, schließlich war Seppi einer meiner Jugendfreunde und Pippo hatte ich im Studium kennengelernt.

„Naja.", fügte er an, „I muss mal weitermachen. Bleib ruhig sitzen. Und wenn du no a Bier magst, rührst di einfach." Pippo stand auf und ging wieder an die Arbeit.

Ich schaute nach draußen durchs Fenster und betupfte weiter meinen Cut an der Augenbraue mit dem kalten Wasser. Der Rest der Sonne ging langsam unter und mir wurde letztendlich klar, dass nun wirklich Herbst war. Als Kind hasste ich den Herbst, jetzt war er meine Lieblingsjahreszeit. Wenn sich die holzgefütterten Rauche von den Schornsteinen mit den Gerüchen der Parfümerien und der Restaurants mischten und auf die Straße drückten. Das hatte schon was. Ich schaute weiter den Leuten zu, wie sie vor dem Café vorbeiliefen und fragte mich, was jeder einzelne wohl gerade vorhatte.

Eine Frau, dachte ich, als ich sie sah, die würde wohl rüber zum Kaufhaus zur Rabattaktion gehen. Der dicke Kerl mit der Hornbrille. Bei dem war ich mir sicher, dass er Richtung Innstraße steuerte und eines der Puffs ausfindig machte. Bei den meisten allerdings war ich mir sicher, dass sie gerade von der

Arbeit kamen und sich aufs Wochenende freuten.

Das nächste Mal, als ich auf die Uhr schaute, war es bereits halb zwölf. Das Tanzcafé konzentrierte sich nun mehr auf den Teil mit dem Tanz, als auf jenen mit dem Café. Ich saß immer noch im Vorraum, wo tagsüber das Café ein ruhiges Geschäft machte und nahm die Musik war, die aus dem großen Raum dahinter hervortönte. Ich hatte wohl schon wieder um die sieben oder acht Bier getrunken und Pippo war schon weg. Wohl hinten an der Bar. Ich legte das Geld auf den Tisch, zwickte es unter die Schale, um Pippo zu signalisieren, dass es von mir stammte und verließ das Café.

Ich schob mein Fahrrad durch den Wind, ließ mir die Blätter über die Schuhe wehen und dachte nicht mehr an die Schmerzen. Ich dachte nur daran, dass ich morgen zur Hochzeit musste. Mit einem verbogenen Rad, einem zerkratzten Gesicht und einem zerrissenen Jackett. Drei Dinge, mit denen man erfolgreich in ein Wochenende starten konnte.

Bis der Tod sie scheidet

Ich wachte auf und meine Augenbraue klebte durch das verkrustete Blut an meinem Kopfkissen. Ich war immer noch in Rosenheim und es war immer noch Herbst. Drei Dinge, dich ich sofort wusste, als ich meine Augen öffnete. Und drei Dinge, mit denen man erfolgreich bei einer Hochzeit aufkreuzen konnte.

Am Vortag fuhr mich so ein aufgeplusterter Motherfucker vom Fahrrad. Mein Gesicht fungierte dabei kurzzeitig als Vorderbremse, was das Blut erklärte. Irgendwann würde ich den Kerl finden, sagte ich mir immer wieder, während ich in Boxershorts und Shirt durch die Wohnung lief, auf dem Balkon eine rauchte, einen Kaffee trank, mich anzog. Irgendwo da draußen warst du, sagte ich mir immer wieder, als ich die Tür hinter mir zuzog, den Schlüssel drehte und die knarzende Holztreppe hinabstieg. Der Wurstgeruch am Grünen Markt, den ich durchatmete, als ich zum Bankautomat lief, nachdem ich das Haus verlassen hatte, erklärte mir, dass ich in Rosenheim war. Ja, und der Herbst, der war immer noch da, weil mir zu dieser Zeit einfach jeder auf den Sack gehen wollte.

Das Display am Bankautomat erinnerte mich in Zahlenform einmal wieder, dass ich eine Vollpfeife war, und ich nahm die einhundert europäischen Pesos und huschte zu Fuß in Richtung Kirche. Ich hätte auch das Auto nehmen können, aber für die paar hundert Meter fand sogar ich das zu lächerlich.

Ich kam zur Kirche gelaufen und verlangsamte auf den letzten Metern das Tempo, bis ich nur noch ging. Ich legte die Arme in meine Knie und schnaufte ein paar Mal durch. Ich glaube sogar, damals Engelschöre gehört und ein weißes Licht am Horizont entdeckt zu haben. Mir haute einer plötzlich viel zu fest auf die Schulter.

„Mit der Kondition hast du's immer no ned." Es war Knut, unser ehemaliger Fußballtrainer, der scheinbar auch Gast der Hochzeitsgesellschaft war. Knut war ein älterer Kerl mit ein paar wenigen weißen Stifthaaren auf dem Kopf. Die Hände immer in der Jacke und ein lockerer Satz immer auf der Zunge. „Knut!", sagte ich in lautem, willkommen heißendem Ton, „Wos macht die Kunst?"

„Du kunnst mir mal an Schuh aufblasen.", war seine schlagfertige Antwort mit einem übertriebenen Lacher dahinter, mit dem er vermitteln wollte, dass er selbst den Witz schlecht fand, um ihn so als wiederum gut hinzustellen, obwohl er nicht so schlecht war. Capeesh? Und so schlecht war er nun auch nicht. Einer, der nicht alt wurde. Egal.

Wir quatschten ein wenig über die gute alte Brotzeitfußballerzeit und machten uns langsam auf den Weg in die Kirche. Gerade, als ich zum ersten Schritt in Richtung Zeremonie ansetzte, haute mir jemand – wieder – zu fest auf die Schulter. Es war Dylan, der mir in seiner gewohnt ernsten Tonlage nahelegte, nun schnell die Kirche zu besuchen, bevor der

Hochzeitsgottesdienst beginnen würde. Er ging vor.

Die Zeremonie hatte noch nicht begonnen, doch ich sputete mich zu den anderen Burschen in die Reihe. Mein Anzug wies seine Verletzungen des Vortags klar aus. Michi und Willi starrten mich an, als wär ich in einem Clownskostüm aufgetaucht.

„Wo kommst du denn her?", flüsterte Michi über Willi hinweg zu mir.

„Hab verschlafen."

„Haben wir gemerkt.", ergänzte Willi, „Du warst beim Schießen ned da."

„Jetzt bin i ja da."

„Wo is des Blut her?", fragte Michi.

„Von am Bärenkampf.", flüsterte ich zurück und schaute mich unsicher um, wer von der Hochzeitsgemeinde mich sonst so betrachtete.

„Warst du voll gestern?", fragte Michi weiter, recht diplomatisch diesmal.

„Wieso?", fragte ich mit verzerrtem Gesicht zurück.

„Ja, schau mal deine Augen an.", sagte Willi vorwurfsvoll.

„Wie soll i denn meine Augen anschauen?" Ich schaute weiter um mich und warf mir selbst wieder das Schlimmste für die Scherben des Vortags vor. Ich holte zum Konter aus.

„Außerdem, Amigo.", wandte ich mich an Michi mit Blick auf seine Tracht, „Wie kommst du daher? Dei Leibe ist zerrissen und deine Schuhe schauen aus, als wärst du damit drei Tage lang im Stall gewesen."

„Schau deine Schuhe mal an.", mischte sich Willi ein.

„Wos willst du jetzt eigentlich? Bist du sei Anwalt? Außerdem: was is damit? Die sind aus tibetanischem Jungbärleder. Deswegen da Bärenkampf."

„Toni.", beschwichtigte Willi, „Du redest zu neunzig Prozent so eine Scheiße." Er rückte näher und spitzte Zeigefinger und Daumen zusammen und hielt sie mir vor die Nase, um deutlich zu werden. Anscheinend war er etwas zwider.

„Weißt du eigentlich,...", fuhr er in bedrohlich leisem Ton weiter fort, „...wos du dauernd für eine Kacke laberst und wos wir uns dauernd anhören von dir?" Pünktlich begannen die Orgeln zu spielen. Wir standen auf und die Braut wurde hereingeführt.

„Is ja gut jetzt. Mi hat so a Arschloch vom Rad gefahren gestern.", versuchte ich die Diskussion abzubrechen. Oder zumindest in eine ordentlichere Richtung zu leiten. Unser Freund Ivo saß hinter uns und bekam Wind von der Sache. Er steckte seinen Kopf nach vorne zwischen meinen und Willis und flüsterte: „Also, Toni. Ich finde ja, du siehst aus wie ein Boss."

Ich schaute Willi an und wippte mit den Augenbrauen, um ihm zu erkennen zu geben, dass ich wohl doch im Recht war, was mein äußeres Erscheinen zu diesem Tag der Liebe betraf. Na gut, Boss war nun wirklich kein Begriff, auf den ich sonderlich viel gab. Zum einen hatte ich mit meinen bisherigen Bossen meistens ein Problem. Und zum anderen sah ich im Wort Boss nur Typen, die in YouTube-Videos mit Zigarre und Nadelstreifenanzug festsaßen, mit Glatze und Brille auf dem Kopf, und die vor ihrem gemieteten Lamborghini Phrasen in die Kamera schleuderten, wie man in Kürze reich werden kann. Und jeder, der nicht reich werden wollte oder in dieser niemals zwielichtigen Abzocke ein Problem sah, war ein Loser. Ein Versager. Ein Taugenichts, ein Schwachstromelektriker, ein Aushilfsjodler, eine Schießbudenfigur, ein Nichtsnutz, ein Schmalspurganove, ein Breznsalzer oder ein Dünnbrettbohrer. Na gut, nun übertreiben wir mal nicht. Aber ich hatte ein Problem mit dem Wort Boss. Ich bevorzugte Begriffe wie „schneidig" oder „elegant". #potd.

Die Orgeln spielten weiter, Seppi wartete vorne mit wackeligen Knien auf den Schwur fürs Leben. Er wartete darauf, dass ihn der Kerl im Talar mit Lisa vermählt. Man konnte bis hierher zu mir in der fünften oder sechsten Reihe seine Nervosität spüren. Und seinen Schweiß riechen. Bis der Tod sie scheidet. Oder der Scheidungsanwalt. Je nachdem, wer früher da ist.

Nach ein paar Augenblicken drehte ich mich um, um die Braut, geführt von ihrem Vater, zu erblicken. Und als ich das tat, hatte ich das Gefühl, dass mir jemand mit einem Vorschlaghammer auf den Schädel drischt. Der Vater der Braut war der Kerl, der mich am Vortag vom Rad gefahren hatte.

\#tobecontinued.

Weinstube

Die Zeremonie war vorüber. Gott sei Dank. Im wahrsten Sinne des Wortes. Nun saßen wir bei einem dieser Wirtshäuser, die aus alten Stallgebäuden auf dem Land entstanden waren, mit heller Beleuchtung und Edelstahlmanufakturen im Innenraum.

Der Tag ging recht schnell vorüber. Wir aßen, wir feierten in der Weinstube, es gab Kaffee und Kuchen. Jetzt war es etwa acht Uhr, ich hatte gut einen sitzen. Sehr gut sogar, um genauer zu sein. Aber ich war im Modus. Ich war so betrunken, dass ich nicht mehr fahren hätte können, aber nicht so, dass ich es zwingend gelassen hätte. Ab jetzt konnte ich tanzen, trinken, rauchen und Halligalli machen, so viel ich wollte. Ich bestellte noch ein Helles und war mir gar nicht sicher, ob es denn überhaupt noch schmecken würde.

Das Wirtshaus hatte einen langen Tresen an der Saalwand. Eine Art Bar, wo sich die Hochzeitsgäste tummeln und auf kurze, bedingungslose Smalltalks treffen konnten. Ich stützte mich die meiste Zeit nur darauf ab, spielte mit Papierfetzeln von den Etiketten und wartete auf bessere Zeiten. Und immer wieder zwischendurch warf ich einen Blick auf Lisas Vater und fragte mich, ob er mich schon erkannt hatte. Vergessen konnte er nicht haben, wer ich war. Ich glaubte kaum, dass der Knabe jeden Tag jemanden vom Drahtesel runterholt. Jedes Mal, wenn ich mich umdrehte, um diesen grinsenden Mistkerl zu bestaunen, schmerzte mein ganzer Körper.

Es war in der Zeit, wo ich vorübergehend alleine an der Bar stand und diese Ruhe so mancher Beobachter des feiernden Volkes als Einladung sah, mir die triste Einsamkeit nehmen zu müssen. Denn nun kam Frank daher. Vorher waren schon Willi, Michi und Seppi gekommen und hatten gefragt, ob ich mich dazugesellen würde. Doch ich wollte einfach meine gottverdammte Ruhe haben.

Frank war der aktuellste aller Fußballtrainer unseres kleinen Wurstbrotvereins, bei dem ich mittlerweile seit zwei Jahren nicht mehr so richtig aktiv war.

„Anton Zaunmüller.", wagte er sich lauthals in einen Dialog mit mir, als er daherkam und mir auf die Schulter haute. Ich schaute gar nicht hin. „Warum spielst du eigentlich nimmer Fußball?", fügte er an. Der kam gleich zur Sache. War früher sicherlich ein genialer Aufreißer, dachte ich. Ich fixierte meinen Blick seit ein paar Minuten auf Lisas Vater und ließ nicht los.

„Lass mi bloß in Ruhe mit dem Mist.", antwortete ich Frank, kurz und direkt.

„Wir brauchen ein paar Leute für die Reserve."

„Die Bundeswehr a."

„Ja, Anton.", lachte er den nächsten Satz heraus. „Immer ein flapsiger Spruch. Komm schon, irgendwas musst du doch mit deiner Freizeit machen. Und wenn nicht Fußball… Was gibt's denn sonst, wo du deine Talente einsetzen kannst?"

„I hab in der Grundschule an Achselfurzwettbewerb gewonnen. Aber i muss zugeben, dass i im Finale gegen a Mädel angetreten bin, des wo keine Arme gehabt hat."

Frank verstand nicht recht und schlich so schnell wieder davon, wie er hergekommen war. Ich legte meinen Racheplan fest. Wie konnte ich es diesem Scheißkerl heimzahlen? Ich sah ihm zu, wie er da mit den Leuten schunkelte, von Tisch zu Tisch wanderte, mit jedem ein Pläuschchen hielt, den Saubermann markierte.

„Entschuldigung.", hörte ich es hinter meinem Rücken, wohl in Richtung Barkeeper gewandt, „Einen Rosé bitte, kalt." Eine mittelreife Damenstimme erklärte ihre Lust auf ein kleines Glas Wein. Dass es eine Dame etwa Mitte vierzig war, hätte ich auch am Rosé erkennen können. Dann spürte ich eine Hand, die mich antippte.

„Entschuldigung.", war nun an mich gerichtet, „Sie sind der Toni, oder? Der mit den Fernsehauftritten und den Werbespots." Ich blickte zu ihr herunter, trotz hoher Hacken war sie noch immer etwas kleiner als ich.

„Ja, genau. Toni Zaunmüller." Ich reichte ihr die Hand. Sie legte ihre Finger darin ab und winkelte die Hand ab.

„Ich hab den gesehen, wo Sie auf der Almhütte sitzen."

„Ah, ja. Der war gut.", wagte ich mich verlegen in eine Antwort. Ich wusste nicht recht, was ich sagen sollte. Ich wusste auch nicht, wer sie war. Ich wusste nur, was sie war. Heiß. Auch wenn sie etwas über vierzig zu sein schien, dachte ich zunächst über den Altersunterschied gar nicht nach.

„Machen Sie das öfter?", fragte sie und schaute mich direkt an. Nun wurde es ernst.

„Hier und da, Frau…"

„Maierhofer. Ich bin Lisas Mutter." Sie sind aber nicht jene Frau Maierhofer, die ihren Mann gestern im Café zur Begleitung standen, dachte ich und schmunzelte.

„Wos Sie ned sagen." Das passte ja.

„Ja, wir sind sehr stolz auf unsere Tochter. Und auf Seppi natürlich. Er hat uns schon sehr viel von Ihnen erzählt." Sie legte auf einmal diesen erotischen Unterton auf und packte plötzlich mein Handgelenk.

„Wollen wir uns nicht setzen? Dann können Sie mir mehr von Ihren Werbespots erzählen."

Ich ging mit ihr mit und wir setzten uns an einen der Tische neben der Bar. Sie schaute mir dauernd so tief in die Augen, dass ich den Kontakt schwer fand zu halten. Sie fragte mich lauter unnützes Zeug und ich wusste, dass da irgendwas in der Luft lag.

„Nun, erzählen Sie mal, Toni. Wo haben Sie mitgespielt?", fragte sie und ließ ihren Blick keine Millisekunde von mir weichen.

„Keine Ahnung.", stolperte ich mich nervös in eine Antwort,

obwohl ich eigentlich gut betrunken war, „Also, bei ‚Feuer der Zärtlichkeit' war i paar Mal."

„Ist nicht wahr?", sagte Frau Maierhofer erstaunt, „Das ist meine Lieblingssendung! Was haben Sie da gespielt?"

„Bin bloß paar Mal durchs Bild gelaufen."

„Sehr interessant.", sagte sie und legte ihre Hand auf meinen Oberschenkel. Jetzt nahm das Knistern zu.

„Ja, teilweise.", ließ ich Ebbe in den Smalltalk einkehren. Doch ich fuhr verlegen stotternd fort. „Bei ‚Steiner ermittelt' war i. Bei na Werbung für a Brauerei. Ja, sowas halt."

Oh, Mann. Würde ich etwa so weit gehen? Seppi machte an seinem Junggesellenabschied noch so eine kurze, alkoholgetränkte Bemerkung, ich solle an seiner Hochzeit bloß keine Scheiße bauen.

„Schatz.", unterbrach uns eine männliche Stimme und meinte mit Sicherheit nicht mich, „Die Freimanns sind da, wir müssen noch ‚Hallo' sagen." Ich blickte auf und spürte den Hammer auf meinem Kopf wieder.

„Jürgen.", antwortete Frau Maierhofer, „Das ist Toni Zaunmüller."

Nun, in diesem Moment, wurden die Karten auf den Tisch gelegt. Jürgen Maierhofer blickte mir in die Augen und ich sah die schockende Starre darin. Sein Mund stand offen und seine Augen wichen nicht von mir. Ich hielt den Augenkontakt, was mir blöderweise bei ihm leichter fiel, als bei seiner Frau. Seine nächsten Worte waren ernst.

„Du kommst hier zu mir, am Tag der Hochzeit meiner Tochter?", drohte er mir.

„Kommen Sie mir ned so, Sie Vogel.", sagte ich, genervt von seiner popkulturellen Anspielung.

„Was ist hier los?", unterbrach Frau Maierhofer. Den erotischen Ton hatte sie beiseitegelegt.

„Schatz, das ist der Kerl, der mir gestern mit seinem Rad ins Auto fuhr!"

„Ins Auto fuhr?", wiederholte ich mit verzerrtem Gesicht, um seine Unwahrheit zu unterstreichen, „Du hast mir die Vorfahrt genommen, du Wichser."

Ich stand auf und kam ihm einen Schritt näher. Er paddelte langsam mit den Händen und zeigte mir Beruhigung an.

„Wir sind immer noch beim ‚Sie', ja?", sagte er in ernstem Ton dazu.

„Dann eben Sie Wichser."

„Hören Sie, das ist hier der falsche Ort.", beschwichtigte er, „Sie werden noch von mir hören." Frau Maierhofer stand auf und zog ihn weg, während sie in unregelmäßigen Abständen immer wieder zu mir rüber schaute. Ich setzte mich wieder, schlug die Beine überkreuz und nahm einen kräftigen Schluck Bier. Ich schaute den beiden nach, wie sie fortgingen.

Der weitere Abend verlief recht still und schlauchend. Das ist halt das, wenn man die Weinstube an den Nachmittag setzt.

Dann hängt jeder bei Kaffee und Kuchen und darüber hinaus nur noch rum. Ich setzte mich wieder zu den anderen. Ivo schlief bereits auf dem Tisch. Willi war nach Hause gefahren. Dylan hing bei den eingeladenen Feuerwehrlern ab. Also waren da noch Michi, Danny, Puma und ich. Die Geschichten waren alle erzählt, der Spaß gab der Müdigkeit nach. Also griffen wir zur letzten Instanz, um wach und aufgemuntert zu bleiben: ein zünftiges Kartenspiel.

Michi teilte aus, Watten, kritisch. Ich spielte mit Puma zusammen und wir legten einen ordentlichen Start hin. Doch richtig konzentriert war ich nicht. Ich nahm lediglich Pumas Anweisungen an und dachte darüber nach, wie lange die ganze Schose hier noch dauern würde. Wieder wurde ich angetippt.

„Toni, kann i di mal an der Bar unter vier Augen sprechen?"

„Eher unter drei, oder? Des eine schwillt dir langsam zu. Vielleicht solltest du bissl weniger tief ins Glasl schauen.", antwortete ich und lachte mich schlapp.

„Des is mei Hochzeit, da kann i machen, was i will. Außerdem schaust du ned besser aus." Ich folgte Seppi zur Bar. Als wir da standen, bestellte Seppi ein Alkoholfreies und drehte sich zu mir.

„Des is die Familie von meiner Frau. Du hast einen Job gehabt, Toni. Ned auffallen und keine Scheiße bauen.", sagte er in ernstem Ton.

„Des sind zwei Jobs."

„Hör auf jetzt!"

„Da kann i doch nix dafür. Die hat mi zum Tisch gezerrt."

„Wie bitte?"

„Ja, die hat dauernd so a erotisches Getue draufgehabt. ‚Sie spielen doch in den Werbespots mit'. Und so weiter."

„I red vom Jürgen."

„Okay."

„Da Vater von da Lisa."

„Ach so, ja. Wos is mit dem?"

„Ihr habts euch da angebrüllt vor alle andern. Jeder hat geschaut."

„Der hat mi gestern vom Radl runtergefahren."

„Er sagt, du bist ihm reingefahren."

„Du glaubst dem Schnösel mehr als mir? Seppi, wir kennen uns seit unserer Geburt. Wahrscheinlich sogar no länger. Und du glaubst mir ned? Der hat mir die Vorfahrt genommen!" Ich wurde laut, obwohl ich meine Stimme leise hielt.

„Wie wärs, wenn du di einfach entschuldigst? Und dann is gut."

„Ja, okay.", willigte ich recht schleunig ein und bestellte eine Vanilla Coke, was sie nicht da hatten.

„Dann an Gin Tonic, bitte.", sagte ich dem Barkeeper und drehte mich wieder zu Seppi.

„Wieso trinkst du a Alkoholfreies?", fragte ich erstaunt.

„Is fürn Jürgen."

„Der lässt si von dir bedienen?"

„Er hat mir sei Tochter übergeben."

„A wahnsinniger Tausch.", sagte ich und schaute dem Barkeeper zu, wie er mein Getränk vorbereitete.

„Arschloch.", sagte Seppi und ging.

Doch da hatte ich sie. Die Antwort. Bis zum Kartenspiel und noch währenddessen hatte ich überlegt, was ich tun sollte. Wie konnte ich es dem Dreckskerl heimzahlen? Mir fiel am Nachmittag auf, dass der Kerl einer der Snobs war, die alle paar Stunden ihre Schuhe draußen ausziehen und sie ein paar Minuten lang durchlüften lassen. Also dachte ich daran, meine vom Bier getriebene Notdurft einmal in seinen Schuhen zu verrichten. Doch das schien mir doch etwas zu widerlich zu sein. Die Vernunft hatte obsiegt. Außerdem war es bereits neun, die Hochzeit war in ein paar Stunden vorüber. Vorbei, für die Ewigkeit. Zumindest bis zu Seppis nächster Hochzeit. Aber da würde Lisas Vater dann wohl nicht mehr anzutreffen sein.

Doch nun hatte ich es. Ich ging zum Tisch zurück und lauerte. Wie ein Gepard, der aus dem Gebüsch heraus eine wehrlose Antilope betrachtete. Ich observierte Jürgen. Für einen Typen, der Alkoholfreies trank, schluckte der Typ nicht schlecht. Das Ding war innerhalb von ein paar Minuten leer. Ich ging zur Bar.

„Sehen Sie den Typen da im beigen Anzug?", fragte ich den

Barmann und drehte mich auf in Richtung Lisas Vater. Der Barkeeper nickte.

„Der kriegt no a Weißbier."

„Alles klar, bring i hin.", sagte der Barmann und war unfreiwillig in meine Charade hineingeraten.

Als der Barkeeper das Getränk zu Jürgen brachte, der sich überrascht freute, zerriss mich meine Vorfreude innerlich. Wie als Kind, wenn man beim Essen sitzt und weiß, dass das Christkind gerade im Wohnzimmer rumfliegt und die Geschenke unter den Baum legt.

Im Viertelstundentakt ging ich zum Barmann und orderte ein neues Weißbier für Jürgen, zwischendurch auch eines für mich. Und der traurige Clown drei Tische weiter merkte nichts. Ich dachte, dass er irgendwann nach dem zweiten draufkommen müsste, aber ich denke, das vierte Weißbier machte ihn dann dermaßen euphorisch, dass er nicht mehr groß drüber nachdachte. Er trank einfach weiter.

Dann war es endlich zwölf Uhr. Das Paar hat nach draußen getanzt und wir entschieden uns zu gehen. Vor dem Wirt tummelten die autolosen Trinker, die auf ein Taxi warteten. Ich rauchte eine Zigarette und die Kälte verdoppelte die Menge des ausgeblasenen Rauches.

Ich ging um die Ecke, um einen Busch zu gießen und sah ein Bild, das ich besser nicht hätte malen können. Der große Jürgen reiherte das alte Scheunentor des Wirtshauses voll. Mit der rechten Hand stützte er sich an der Wand ab, die andere hatte er auf dem Knie, über das er sich beugte und die Speisekarte, die Weinstube, den Kaffee und den Kuchen der Wirtschaft zurückgab. Da scheint wohl einer, mit dem Service nicht zufrieden zu sein, dachte ich und lachte. Und ich lachte noch mehr, als mir einfiel, dass der Mistkerl meinen Rausch auch noch zahlte.

Er stand auf, ich sah ihm immer noch über die Schulter blickend zu, als ich mal für kleine Jungs ging. Die Leuchte im Hof spendete uns etwas Licht. Er beugte sich auf, taumelte zurück in Richtung Leute und sah mich da stehen. Er wurde etwas stinkig.

„Du!", schrie er, erhob seinen Finger und torkelte auf mich zu. „Du warst das!"

„Wir sind immer no beim ‚Sie', Monsieur.", antwortete ich und zog mir das Hosentürl zu.

„Ich werde Sie anzeigen.", sagte er. „Das ist ja wohl unglaublich!", schrie er.

„Wo wollen Sie mi denn anzeigen?"

„Bei der Poliz…", brachte er noch raus, ehe er sich die Hand vor den Mund hielt und sich wegdrehte. Er kotzte auch den Parkplatz voll, auf dem wir Gott sei Dank alleine waren. Ich ging hinüber zu ihm und ging neben ihm in die Hocke.

„Sagen wir's mal so: Sie behalten des Weißbier für sich und ihre Frau erfährt nix von der jungen Rothaarigen mit de

Riesentitten ausm Café." Er wischte sich den Mund ab und schaute mich an.

„So weit würden Sie gehen? Sie würden meine Ehe aufs Spiel setzen, weil Sie ein paar Schürfwunden haben?", lallte er wenig verständnisvoll auf seinen Knien und drückte noch einen Schub Galle heraus. Booyah. Willi hatte am Vortag recht, als er meinte, die beiden wären zusammen. Ich hatte eben nur geblufft, damit mich der Kerl nicht bei den Cops verpfeift. Doch irgendwas stank mir an der Situation.

Fuck, dachte ich, als ich mich sammelte und ihn so ansah. Shit. Gottverdammt. Jetzt hatte er mein Kryptonit aktiviert. Mein Gewissen. Würde ich so weit gehen? Ich riss mich zusammen und ließ nicht locker.

„Sie haben ja angefangen.", sagte ich und stand auf. Er beugte sich ebenso auf. Sein roter Kopf war sogar in der Dunkelheit leicht zu erkennen.

„Angefangen? Wie alt sind Sie? Vier?"

„Sechsundzwanzigeinhalb.", antwortete ich und dachte an mein Gewissen. Würde ich ihn verpfeifen?

„Hören Sie, lassen wir's doch gut sein, junger Mann.", meinte er, während er versuchte, auf seinen Beinen die Balance zu halten. Ich nickte und er ging zurück zu den anderen. Mit dem aufgeknöpftem Hemd draußen, der Hose auf halb acht und dreckigen Knien.

Ich schaute ihm nach und verblieb im Schutz der Dunkelheit.

Zumindest so lange, bis Frau Maierhofer und ihr Mann in einer der Taxis gestiegen waren. Dann ging ich vor, Michi und Puma lehnten an der Außenwand des Wirtshauses neben der hölzernen Eingangstür und versuchten, die Augen offen zu halten.

Das nächste Taxi fuhr vor und ich stieg mit den anderen beiden ein. Das Taxameter zählte auf der Fahrt nach Rosenheim gefühlt schneller nach oben als einer der Spielhöllen-Boxautomaten nach einem ordentlichen Schlag, doch das war uns einfach wurscht. Am Ludwigsplatz stiegen wir aus, wir legten die vierzig Euro zusammen und gaben sie dem Taxler.

Als wir ausstiegen, rief der Taxifahrer uns nach: „Schönen Abend noch, Jungs. Und bringt euren Kumpel heim."

„Klar, danke. Ebenso.", sagte ich und schob die Tür zu.

„Ach", meinte ich durch den verbliebenen kleinen Spalt der Tür vorm Verschluss, „Passen's auf die Radfahrer auf."

Tanzverbot

Es war mal wieder Tanzverbot. In einigen Plätzen auf diesem Planeten unvorstellbar, ist es im Freistaat noch immer Gang und Gebe, den Leuten an gewissen Feiertagen das Tanzen zu verbieten. Das war wieder irgendein Traditionsbeweis zum Katholizismus, der weder zeitgemäß war, noch anderweitig Sinn ergab. Wie das mit dem Verzichten auf Fleisch am Karfreitag. Jesus selbst hatte sich meiner Meinung nach nicht daran gehalten. Ich kann mir zumindest nicht vorstellen, dass sich der Messias höchstpersönlich damals zur Henkersmahlzeit einen Veggieburger gewünscht hat.

Mir persönlich ging es ja eigentlich nicht ums Tanzen. Denn wie mein alter Schulfreund Seppi Brunnhofer schon zu sagen pflegte: wer tanzt, hat kein Geld zum Saufen. Summa Summarum: die Clubs und Bars in Rosenheim sperrten für die paar Stunden bis Mitternacht gar nicht erst auf. Was bedeutete, dass wir – anstatt mal einen Abend zu Hause zu bleiben – selbst irgendetwas hochziehen mussten.

Mir war das zu stressig. Ich wägte ab und fand für mich heraus, dass das vergleichsweise an Zeit arme Gefühl des Alkohol- und gegebenenfalls Drogenrauschs dem Aufwand einer selbstorganisierten Feetz bei Weitem nicht gleichkommt. Da verbringe ich lieber einen Abend zu Hause. Doch es gab glücklicherweise Dylan. Einen wie den hat jeder Ort, denke ich. So ein rastloser Typ, der jede Minute des Lebens auskosten musste. Der in jedem zweiten Verein im Vorstand sein musste. Mit Gamsbart und Trainingsjacke. Juchitzer. Meine hobbypsychologische Analyse ergab, dass er sich einfach davor scheute, Zeit mit sich selbst zu verbringen und mögliche unerforschte Wahrheiten ans Licht zu bringen. Natürlich hieß er nicht Dylan. Was wäre das auch für ein bescheuerter Name? Aber mir gehen langsam die Namen aus. Und ein Buch mit sieben Michaels will auch keiner lesen. Michael 5 sagte zu Michael 2: „Wusstest du, dass Michael 3 was mit der Frau von Michael 6 hatte?" Also, wirklich nicht.

Dylan war außerdem eines dieser Kinder, die jeder früher in seiner Kindergartengruppe hatte: das Kind, das immer Nasenbluten bekam. Aus welchen unerklärlichen Gründen auch immer. Du sitzt da in deiner Schlammhose und deinen lilafarbenen Gummistiefeln, die du von deinem drei Jahre älteren Cousin bekommen hast, mit deiner Popper-Schnittfrisur und deinem Pausenbrot aus deiner Pausenbot-Plastikbox und starrst mit Ehrfurcht und Erstaunen durch die Lüfte, so als sähest du alles zum ersten Mal. Und neben dir sitzt dieser Dylan und blutet mal wieder den gesamten Fußboden voll. Dann kommt die Kindergärtnerin vorbei, fragt ob alles klar sei, du starrst weiterhin unerschrocken durch die Luft, während du an deinem Schinkenbrot nagst und Dylan zieht sich langsam das Shirt über die Nase und tut so, als würde er rumtollen oder so. Die Kindergärtnerin geht weiter, sorgt sich um die anderen

Kinder, Dylan zieht sein Shirt wieder runter und sieht aus, als würde er gerade von einer All-Inclusive-Koksparty kommen. Diese Gaudi hatten wir etwa einmal die Woche. Das Ganze hier tut jetzt auch eigentlich überhaupt nichts zur Sache, aber irgendwie muss man eine Geschichte ja anfangen.

Jedenfalls beschloss dieser Dylan, an Halloween und am Karfreitag jeweils eine Riesenparty im alten, mittlerweile leerstehenden Haus seiner Großeltern in unserem Heimatort, etwa acht Kilometer außerhalb von Rosenheim, zu feiern. So auch zu diesem Halloweenfest. Er schrieb mir ungefähr zwei Tage vorher und ich startete an diesem besonderen Tag zu Dylans Party.

Ich fuhr raus und ließ mein Auto am Dorfplatz stehen. Verkleidet mit einem gebleichten Gesicht und einem alten Verband über der Stirn – ich sollte eine Mumie darstellen – machte ich mich auf den Fußmarsch zum alten Bauernhaus, wo die Party stattfand. Ich rauchte eine oder zwei Zigaretten auf dem viertelstündigen Weg und immer wieder kamen mir die Dorfkinder unter, wie sie an den Haustüren um Süßigkeiten bettelten. Die ganzen Straßen waren voll, die Zeit hatte sich wohl geändert. Zu meiner Zeit fand man am 31. Oktober auf den Straßen im Dorf so viel, wie man in Nachmittagstalkshows fand, wenn man nach Gehirn suchte: nämlich nichts. Die Kinder an Halloween erinnerten mich etwas an die Zeugen Jehovas. Sie klingeln unerwartet an deiner Haustür, sie rauben deine Zeit und sie vertreten etwas, was in der realen Welt nicht zu existieren scheint.

Das Haus von Dylans Großeltern war am Ende des Ortes, danach kam nur noch die lange Hauptstraße Richtung Simssee. Obwohl es noch zum Dorf gehörte, war es sehr alleinstehend. Für Schwarzpartys also ideal. Ein alter, steiniger Feldweg führte geradewegs zum Gebäude. Ich stand noch auf der Asphaltstraße und blickte den Feldweg hinauf zum Haus. Viel konnte ich nicht sehen, aber ein beklemmendes Gefühl zog sich über meine Gedanken. Ich schnipste noch eine Beruhigungszigarette aus der Schachtel und machte mich auf den Weg zu den letzten Metern. Der Feldweg war vielleicht zwei- oder dreihundert Meter lang. Mir kam es so vor, als würde es mit jedem Schritt kälter werden und ich zog mir den Mantel vor der Brust zu. Normalerweise war ich strikt dagegen, mein Kostüm mit einem Mantel zu bedecken, doch die bittere Kälte ließ keine zwei Meinungen zu.

An beiden Seiten des Feldwegs standen alte, hässliche und unregelmäßig angeordnete Bäume, durch die der kalte Herbstwind durchpfiff. Ich dachte zuerst an einen horrenden Baupfusch seitens der Natur. Doch es schien einst der verkorkste Versuch einer schönen, zum Haus begleitenden Allee zu sein. Die Bäume hatten keinerlei Blätter mehr und sahen in der Dunkelheit wie große, hölzerne Hände aus, die aus dem Boden ragten und nach mir greifen wollten. Die perfekte

Gruselstimmung zum Fest. Ich zog die Jacke fester zu, zog stärker an meiner Tschick und legte einen etwas schnelleren Gang ein.

Ich war einer der ersten auf der Party. Ich kam immer zu früh. Also bei Partys jetzt. Und sonst... scheiß drauf. Zurück zur Party. Ich war einer der ersten Gäste. Selbstverständlich ließ ich mich selbst hinein, ohne vorher geklingelt zu haben. Die äußere Dunkelheit nahm im Haus zunächst nicht zwingend ab. Durch den Flur des alten Bauernhauses ging ich zur Küche vor, ich kannte den Weg noch. Das Licht im Flur war ausgefallen und ich tastete mich an der Wand durch die Dunkelheit. Der Putz bröckelte von den Wänden und der Holzgeruch der Treppendielen versorgte die ganze Räumlichkeit. Nach wenigen Metern war ich an der Tür zur Küche. Ich sah das Licht durch den Türspalt in den Flur ragen. Ich ging rein. Dylan packte gerade noch den Wodka aus den Kartons auf die Anrichte. Im Wohnzimmer war gerade einer der selbsternannten Dorf-DJs beim Einrichten seines Sets, das uns in Kürze mit sämtlichen bassübersteuerten Technoremixen aus den Neunzigern mit nervigen Kinderstimmen im Autotune versorgen sollte, bevor aus unerklärlichen Gründen wieder einmal die ganze Anlage versagen sollte, worauf volltrunkene Jungbauernschaftler in Karohemden und strengen Kurzhaarfrisuren „Schmeißt den DJ raus" über ihre Bierranzen grölen würden. Es war nicht die erste Privatparty auf dem oberbayerischen

Land für mich.

An den Wänden hingen überall Plastikkürbisse mit ausgeschnittenen Fratzen. Die meisten Leute waren verkleidet als Geister, Hexen oder Zombies. Oder eben Mumien. Ich begrüßte Dylan mit einer Umarmung, die mehr einem Brustklatscher glich, und holte mir ein Bier aus dem Kühlschrank.

„Zwanzig Euro.", hörte ich es zu mir. Ich klappte die Tür des Kühlschranks zu. Dahinter stand ein junger Bub, vielleicht gerade mal alt genug für den Führerschein. Er hatte geschneckeltes Haar und eine Brille mit einem dicken Rahmen und starken Gläsern. In beiden Händen hielt er auf Brusthöhe einen ledernen Beutel mit Reißverschluss. Er hielt ihn mit abgewinkelten Handgelenken, wie ein Erdmännchen. Ich schaute ihn an und sagte nichts. Die Überlegenheit des Älteren. Ich wunderte mich kaum noch, dass mich manche Menschen für einen ziemlichen Penner hielten. Mit dem Feuerzeug flippte ich den Kronkorken von der Flasche und nahm einen Schluck.

„Zwanzig Euro?", fragte ich zurück.

„Für die Party.", antwortete er streng, als hätte er den Kurztext auswendig gelernt, was ich in Anbetracht seiner relativ eigenen Kombination von hellblauen Bergsportschuhen und einer dieser knöchelfreien Jeanshosen gar nicht zutrauen konnte.

„Und wer bist du?", fragte ich.

„Des tut nix zur Sach.", antwortete er in starkem oberbayerischen Akzent, der klang, als würde er ihn absichtlich

222

überdrehen und der hier schwerer zu schreiben wäre als nachzusprechen. Für mich zumindest. Sie verzeihen es mir sicher.

„Natürlich tut des was zur Sache, sonst kann ja jeder daherkommen.", schnauzte ich langsam zurück.

„Also gut. I bin da Tobias, der Cousin von Dylan seiner Freundin ihrer Mutter."

„Ach so. Und i bin da Bruder vom Fahrlehrer von Dylan seiner Biologielehrerin aus der Realschule ihrer Stiefcousine vierten Grades."

Ich dachte erst, der wollte mich verhohnepiepeln, aber der sah nicht aus wie ein lustiger Kerl. Der sah mehr aus wie einer der strengen jungen Burschen, die meinen, in jedem Dorfverein mitmischen zu müssen, damit sie im Supermarkt unten im Ort ein Lob von der alten Kramerin erhalten würden und damit jeder sah, dass sie anpacken können. Dass sie richtige Reißer waren, die unseren Freistaat nach vorne krempeln. Jawoll.

„Echt jetzt, Oida. Gib mir jetzt die zwanzig Euro. Do is Flatrate." Dylan bekam den Dialog mit und mischte sich ein.

„Bassd scho, Toni. Zwanzig sinds genau." Ich zog den Zwanni aus meiner hinteren Hosentasche und hob ihn in die Luft und reichte ihn an den treuen Jüngling weiter.

„Und mit wos soll i jetzt mei Rapvideo drehen? Fünfer brauch i ned in die Kamera schmeißen.", fügte ich mit poetischem Hang zur Selbstironie an. Was haben wir denn schon wieder gelacht? Zugleich merkte ich, dass ich eines der gleichen

Arschlöcher von ärmlichen Studenten geworden war, über die ich mich immer lustig machte. Da schmiss einer eine Party und ich ging selbstverständlich zum Kühlschrank und wollte noch nicht einmal dafür bezahlen.

Ich und mein Bier machten uns auf den Weg zu anderen Personengruppen. Eigentlich sollten meine Kumpels auch noch aufschlagen, aber bis dahin vertrieb ich mir die Zeit, indem ich irgendwem tierisch auf den Zünder ging. Mal sehen: Mädchengruppe Anfang zwanzig, verkleidet als Hexen, noch nie gesehen. Fußballer aus dem Dorfverein. Nicht mal für eine Halloweenparty wurden die Vereinspullover beiseitegelegt. Und dann war da noch… Bernd. Heilige Hölle.

Bernd war auch Mitglied unserer Kindergartenclique. Der hatte allerdings kein Nasenbluten. Der war eher für das Nasenbluten anderer verantwortlich. Im Prinzip war der als Kind das Gegenteil von mir. Einer, der seine neunundneunzig Leben schon mit zwölf verbraucht haben wollte. Der griff mit der Gabel in die Steckdose, kam im schlimmsten Schneesturm der Dekade mit kurzen Hosen und später, in der Grundschule dann, klaute er der Lehrerin Kleingeld aus dem Portmonee, während sie an der Tafel mit dem Rücken zu uns stand und uns kindlichen Analphabeten die Buchstaben F und U und C und K beibrachte.

Er lehnte locker an der Wand und unterhielt sich mit einem Mädel, das seine Freundin zu sein schien. Ich hatte ihn gewiss fünf oder sechs Jahre nicht gesehen. Ich ging rüber.

„Toni Zaunmüller!", schrie er beinahe und setzte zur Umarmung an.

„Der erste.", entgegnete ich und drückte ihn freudig.

„Du gottverdammter Schwanzloser. Wos macht die Kunst?", fügte er freundlich an. Er freute sich anscheinend, mich zu sehen. Er lachte laut und stellte mich seiner Freundin vor, Cheyenne. Die verzog keine Miene. Irgendwie schien ich sie nicht zu mögen, das merkte ich recht schnell. Ich wusste nicht wieso, aber ich glaube, es lag daran, dass an ihr der Großteil unecht zu sein schien. Cheyenne hatte dicke Lippen, redete aufgesetzten Akzent und auch ihre Brüste machten einen unnatürlichen Eindruck. Wobei „unnatürlich" nicht zu einhundert Prozent richtig ist. Die Brüste an sich waren ja echt, nur der Inhalt nicht. Das ist wie die DVDs vom tschechischen Schwarzmarkt an der Grenze. Die Hülle sieht von außen oft ganz passabel aus. Aber auf der Disc findet man eine selbstgebrannte Raubkopie, die irgendeiner aus dem Kino abfilmte und wo alle zwanzig Sekunden einer aufsteht und durchs Bild läuft oder die Linse zum Ruckeln bringt. Mein Blick wanderte wieder nach oben. Lange Wimpern, ein Pfund Kajal, geglättetes Haar und ein Septum. Hurra. Frauen mit Nasenring waren wie die Muppets. Irgendwo in den Neunzigern abgetaucht und nun wieder den Weg zur Oberfläche entdeckt. Oder so.

„Ich kenne dich irgendwoher.", sagte sie mit nachdenkenden,

zugekniffenen Augen.

„I wüsst ned, woher.", war meine bescheidene Antwort. Ich widmete mich wieder Bernd zu. Bernd sah alles andere als unecht aus. Er war alt geworden. Wir alle waren älter geworden, aber Bernd schien im Alterungsprozess ein etwas anderes Tempo zu fahren. Einige seiner Bartspitzen waren grau, er trug Camp David-Klamotten, erzählte von Weinproben und Geheimratsecken wuchsen aus seinem Gesicht gen Schädeldecke. Sein Gesicht sah aus, als wäre es nach oben hin von einem großen M eingerahmt worden. Und genau diese Beobachtung hätte ich als Anlass zum Kontern des gottverdammten Schwanzlosen hernehmen sollen. Verdammt. Aber gut. Darauf wäre seinerseits sowieso nur wieder irgendeine blödsinnige Antwort aus dem Lichte-Haare-Standardkatalog gekommen wie: „Ein schönes Gesicht braucht viel Platz." Ich sah mich schon mit der Hand auf den Oberschenkel hauen.

Nach einiger Zeit trudelten mehr und mehr Kumpels von mir ein und die Party nahm seinen üblichen, langweiligen Lauf. Kein Mensch bewegte sich auf dem im Wohnzimmer sporadisch ausgeräumten Dancefloor, die Mischungen waren zu stark, aber jeder hatte Angst, als Versager oder Pussy betitelt zu werden und trank sie, egal wie beschissen sie schmeckten. Nach einiger Zeit fiel in der Tat die Anlage aus und ein untersetzter, rotbackiger Jungspund stimmte an: „Schmeißt den DJ raus, schmeißt den DJ raus!" Hinterher noch ein zünftig dreckiger Lacher und perfekt war die Geburt eines kombinierten, hausgemachten Schwachstromelektronikers. Und ich wusste es: die Anlage würde ausfallen mit begleitendem Schmähgesängen. Das wollte ich noch einmal anmerken hier. Ich war der verdammte Wahrsager. Doch noch etwas, in dem ich gut war. Ich sah mich schon in der Zukunft als potentiellen Nostradamus des 21. Jahrhunderts. Vielleicht bekäme ich meine eigene Sparte in irgendeinem Mittagsmagazin im öffentlich-rechtlichen Fernsehen zwischen Kochtipps und Do-It-Yourself-Gartensaunaanleitungen, dachte ich.

Mein Freund Willi ging dazwischen, stritt sich mit dem von Akne heimgesuchten jungen DJ kurz und begann selbst, Musik auf den Dancefloor zu schmeißen. Von da an kam Schwung rein. Die Tanzfläche füllte sich, ebenso wie wir. Wir taten so, als könnten wir tanzen. Im Prinzip schmissen wir unsere zu großen Erdnüssen ernährten Körper aneinander. Biggie, Run DMC, Public Enemy, Wu-Tang und die anderen Classics. Wir waren um die fünfundzwanzig und führten uns auf wie Grundschüler. Die Zeit verging eben, ähnlich wie meine Kondition. Zwischendrin holte ich mir immer wieder mal eine dieser toxischen Cola-Rum-Mischgetränke, bei denen das Cola allein zu farbigen Aspekten beigefügt wurde. Herrschaftszeiten. Ich stand wieder an der Bar und wartete auf mein Getränk, das der Barkeeper, der gerade so über die aus Bierbänken und Schraubzwingen zusammengeschusterte Bar sah, versuchte zuzubereiten. Michi, Ivo, Rick, Dylan und Danny tanzten zu Willis 90s-Hip-Hop-Mixtape.

Plötzlich tippte mich jemand von hinten an, als ich an der Bar stand, und ich drehte mich um. Cheyenne. Na, klasse. Wieder eine dieser tollen Überraschungen. Wie wenn man mit zwölf Jahren zu Weihnachten eine Barbie geschenkt bekommt, weil einem der Vater immer noch nicht verziehen hat, dass man versehentlich seinen Golf geschrottet hatte. Doch da war dann noch diese andere, eine Rothaarige. Die kam mir etwas bekannt vor. Cheyenne drehte sich zu ihr.

„Ist das der Typ? Ich dachte mir, dass wir den kennen." Die Rothaarige nickte.

„Hi Toni.", sagte sie mit einem Grinsen, das weniger Freundlichkeit auszudrücken schien, sondern mehr meine Eier schrumpfen und zurück in den Bauch krabbeln ließ. Die hatte was Unheimliches.

„Du erinnerst dich nicht, oder?", fügte sie fragend an. Ich schüttelte mit dem Kopf und versuchte gleichzeitig, an meinem Getränk aus einem 0,2-Liter-Plastikwegwerfbecher zu nippen.

„Du gottverdammter Schwanzloser, das gibt's doch nicht!", tönte sie aufbrausend.

„Den hab i heut scho mal gekriegt.", sagte ich, ohne sie eines Blickes zu würdigen und nur auf den Inhalt meines Bechers zu glotzen.

„Sabrina? Hochschule Rosenheim? Viertes Semester?", fragte sie in selbstbestätigendem Ton. Ich schaute sie an und mir fiel ein, wieso sich meine Eier zusammenzogen. Sabrina war ein Ausflug nach einer WG-Party hinter der Lorettowiese. Also die WG war hinter der Lorettowiese. Der Ausflug zu Sabrina fand im Wohnheim statt. Ich wusste nicht, was ich sagen sollte. Sollte ich nun so tun, als wäre es mir eingefallen und zur Wahrheit wechseln und möglicherweise ihre Wut nach oben schrauben, da sie mir nicht von Anfang an bekannt vorkam? Oder sollte ich weiterhin den Dummen spielen und versuchen, ihr den schwarzen Peter zuzuschieben und mich irgendwie herauswinden? Ich war ziemlich betrunken damals und an Gesichter konnte ich mich nie richtig erinnern. Ich wäre kein guter TV-Ermittler. Außer bei dem Aspekt mit dem Betrinken.

Ich entschied mich für den Dummen. Tat so, als würde sie sich täuschen. Erzählte irgendeinen Bockmist, dass ich nie auf der Hochschule war und es wohl noch einen Toni Zaunmüller geben müsse. Der genauso aussieht. Am Flughafen brauchte man solche Spielchen nicht treiben. Aber hier gab ich dem Ganzen eine Chance. Ich ging wieder auf die Tanzfläche, wo Willi mittlerweile zur Westküste gewechselt war und N.W.A., 2Pac, Snoop und Coolio auflegte. Weiterhin bewegten wir unsere Körper mühsam zu den Beats aus den Lautsprechern, wieder war mein Drink warm und fast leer. Und wieder eilte ich zur

Bar, nachdem ich mich versichert hatte, dass die Rothaarige nicht mehr dastand.

Ich stand wieder da, zweifelnd an allem und jedem. Ich spürte eine kräftige Hand auf der Schulter und drehte mich wieder um. Und hoffte. Bernd stand da und bat mich, mit rauszukommen. Er ging voraus aus den französischen Türen zur Seite hinaus und ich schleifte ihm nach. In der einen Hand hatte ich einen frisch eingebetteten Gin Tonic, mit der anderen versuchte ich, meine Schachtel Kippen aus der Hosentasche zu lupfen. Wir standen draußen und Bernd sagte: „Die kannst du gleich wieder wegstecken." Noch so einer von den strengen Anti-Rauchern, dachte ich.

„Wieso?", fragte ich mit genervt aufgesetztem Gesicht.

„Mach einfach.", war seine wortarme Antwort. Ich zuckte mit den Schultern und steckte die bereits herausgezogene Zigarette zurück zu ihren Freunden in die Schachtel.

„Es is dei Welt, i leb bloß drin.", sagte ich lakonisch. Und ich fing nicht an, irgendetwas zu verstehen. Bernd ging um die Ecke in den Hinterhof des alten Bauernhauses, ich folgte ihm artig.

Er hatte ein Wimmerl um, eine Tragetasche oder wie die Dinger auch immer in Zeiten von Hipstern und knöchelfreien Hosen und Stories und Filtern und Dreihundert-Euro-Wiesn-Besuchen auch immer heißen. Jedenfalls zog er den Reißverschluss auf, ich sah ihm zu. Er holte zwei ungefüllte

Luftballons heraus, reichte sie mir zwischenzeitlich und schloss den Reißverschluss. Dann machte er das Hauptfach auf und holte zwei kleine Manufakturen raus. Ich konnte im dunklen Hinterhof nicht wirklich erkennen, was es war. Er bastelte die Dinger irgendwie zusammen und steckte sie an die Luftballons, die sich in Sekundenschnelle zu prallen Kugeln aufbäumten. Er reichte mir wieder einen Ballon und zwar so, dass ich erkannte, ihn am Luftauslass zu nehmen, da er nicht zugeknöpft war.

„Zieh dir das rein.", sagte Bernd und lachte.

„Wos is des?", fragte ich ahnungslos wie ein Pfarrer in einem Schwulenclub.

„Lachgas. Also du ziehst des komplett rein, schnaufst es wieder in den Ballon und wiederholst des so sechs- oder siebenmal." Dann lassen wir's mal knacken, dachte ich. Wir taten es. Als ich aufhörte, war die Welt für ein paar Sekunden komplett langsam geschaltet, wie in einem Sonntagmorgen-Cartoon. Bernd lachte mit einer viel zu vertieften und verlangsamten Stimme. Alles war in Zeitlupe. Nach einer halben Minute hörte der Rausch auf.

„Willst du mi verarschen?", fragte ich Bernd, „Des is ja der geilste Scheiß überhaupt. Wie oft können ma des noch machen?" Ich war sichtlich begeistert. #takemeback #tbt.

Er zog erneut seine Gerätschaften heraus, die sich als Gaskartuschen für Sahne-Sprüher herausstellten, und blies uns noch ein paar Ballons auf. Ich stand alleine mit einem jungen Kerl in einem Hinterhof auf einer schwer illegalen Hau-drauf-Party und blies Ballons auf. Wenn mich da einer sah, brauchte ich mich für den Posten als Dorfsheriffs gar nicht mehr bewerben. Wir nahmen noch zwei, drei Hits und gingen zurück zu den Terrassentüren, durch die wir rausgegangen waren. Gerade, als wir um die Ecke aus dem Hinterhof vor zur Terrasse kamen, sahen wir ein blaues Gewitter. Ein Polizist stand an der neben den Terrassentüren befindlichen alten Haustüre und war kurz davor hineinzutreten, als er uns daherkommen sah. Hinter ihm standen zwei Streifenwagen und beleuchteten den Innenhof in blinkendem Blau. Der grüne Staatsmann sah uns an und dann seinen Kollegen. Bernd packte gerade die letzten Kartuschen in seine ihn feminin darstellende Brusttasche. #Busted. Zunächst standen wir in Schockstarre da. Ich kam mir vor wie Billy Elliott, als er von seinem Vater zum ersten Mal beim Tanzen erwischt wurde. Plötzlich fing Bernd an zu laufen. Er lief den gesamten Feldweg zwischen den hässlichen Bäumen entlang zurück Richtung Dorf, ein Kollege von der Polizei lief ihm nach. Der andere starrte mich immer noch an und ich ihn. Er ging langsam und furchteinflößend auf mich zu. Ich wusste kurzzeitig nicht mehr, ob er wirklich einer der Schnittlauch-Boys war oder einer, der von denen gesucht wird.

„Kann ich mal Ihren Ausweis sehen?", fragte mich der

Staatsbeamte.

„Du kannst allerhöchstens mein Schwanz sehn.", antwortete ich demonstrativ. Ganz leise. Zu mir, fast geräuschlos. Ich traute mich mal wieder nicht, was zu sagen. Mit zitternder Hand zog ich meinen Ausweis aus meiner Geldbörse und händigte ihn dem Typen aus. Ich hatte auch nichts gegen ihn. Allerdings sorgte er wohl nun dafür, dass ich wieder in ein paar Minuten alleine daheim sitzen würde und mich mit mir selbst beschäftigen müsste. Also, im geistigen Sinne jetzt.

„Kann das sein, dass der gefälscht ist?", fragte er.

„Ja, der is ausm Ausweis-Souvenirshop am Stachus.", sagte ich provokativ. Ganz leise. Zu mir, fast geräuschlos. Ich traute mich mal wieder nicht, was zu sagen.

„Nein, der ist echt.", sagte ich in hörbarer Lautstärke. Er reichte mir den Ausweis wieder zurück.

„Was habt ihr da hinten gemacht?", fragte er, nachdem er mein übriggebliebenes Mumienkostüm stückweise mit den Augen begutachtete.

„Darüber… darüber will i ned reden.", sagte ich mit stotternder Stimme.

„Verstehe. Von wem ist die Party hier organisiert?" Klasse. Dylan verraten wollte ich nun wirklich nicht.

„Der Kerl heißt Tobias.", sagte ich, „Die Tochter von seiner Cousine und ihr Freund sind a da."

„Wir haben Tanzverbot.", fügte die personifizierte

Staatsgewalt an, „Das gilt auch für Zombies." Etwas sarkastisch, der junge Mann.

„Ach, sind Sie jetzt a no Modeberater? I glaub, Sie überschreiten bissl ihre Kompetenzen.", sagte ich. Ganz leise. Zu mir, fast geräuschlos. Herr Gott und Sakrament. Was traute ich mich denn überhaupt?

„I bin kein Zombie, sondern a Mumie.", berichtigte ich den Herrn in Normalsterblichen-Lautstärke. Er gab irgendetwas per Funk durch und betrat das Haus. Ich ging ihm nach. Sobald er in der Party drin war, war es, als hätte er mit einem Besenstiel auf ein Wespennest gehauen. All die Geister und Kürbisse und Hexen und Fußballer liefen durcheinander, es war das reinste Chaos. Dylan saß im Eck und blutete aus der Nase. Ivo, Michi und die anderen hauten durch die Terrassentür ab. Willi stöpselte noch die Musik ab und entschwand ebenso durch die Seitentüren. Und ich stand nur paralysiert da und wusste nichts mit mir anzufangen. Ich lief auch raus.

Vor der Tür versuchten andere Beamte, ein paar Leute dingfest zu machen, doch wir waren zu schnell. Ich lief wieder in den Hinterhof. Mich tippte wieder jemand an. Oh Gott, wann hört das auf? Ich drehte mich um. Wieder Sabrina.

„Sag, dass es dir leid tut!", sagte sie in sehr bestimmendem Ton.

„Wos denn?", fragte ich, nach Sauerstoff keuchend von dem ganzen Weglaufen.

„Dass du damals vor der Physikklausur meine Formelsammlung geklaut hast und behauptet hast, dass das der kleine Chinese war." Ich staunte.

„Der war Thailänder.", fügte ich an. Keiner mag Klugscheißer. Aber viel wichtiger: die war das mit der Physikklausur? Wer war dann die von der WG-Party? Oh, Mann.

Ich sah ein Taxi vorfahren, Willi hatte seinen Kopf draußen und rief nach mir. Ich entschuldigte mich, jetzt gehen zu müssen, lief aus der Dunkelheit raus zum Taxler, stieg ein und flüchtete vom Tatort. Dylan tat mir etwas leid, aber er würde es ja überleben, dachte ich. Ich hatte meinen Mantel vergessen, weswegen ich nur im T-Shirt bekleidet nach Hause fuhr.

Wir stiegen am Ludwigsplatz aus, verabschiedeten uns voneinander und ich machte mich auf den Weg zu meiner Bude. Am Max-Josef-Platz schien eine Schlägerei gewesen zu sein, junge Kerle hockten am Brunnen und hielten sich ihre Gesichter, während auch hier die Polizei zugange war und Ausweise kontrollierte. Einige der Jungs waren sogar fixiert. Die Polizei zeigte mal wieder, wer die härteste Gang der Stadt war. Ein Polizist kam auf mich zu.

„Entschuldigen Sie.", sagte er, „Haben Sie was gesehen? Wir suchen nach Zeugen."

„Von Zeugen hab i genug.", sagte ich provokativ. Das gefiel dem Herrn nicht sehr. Aber es war nichts Persönliches. Ich war einfach erledigt.

„Was?", fragte er missverständlich, „Kann ich mal Ihren Ausweis sehen?"

Ich schloss die Augen, atmete tief durch, rieb meinen Zeigefinger überlegend an der Fingerkuppe meines Mittelfingers und sagte…

Dein Wille geschehe

Knut war unser Fußballtrainer. Der erste im Seniorenbereich. Ein netter Kerl. Zwar mit den üblichen übertriebenen Dorffußballtraineremotionen und Kreisklassenphrasendreschereien, aber alles in allem ein ehrlicher und freundlicher Kerl. Und nun war er gestorben. Es fing mit Bauchschmerzen beim Joggen an und endete mit einem Krebs, der ihn von innen heraus auffraß. Und mit Anfang sechzig war dann Schluss.

Ich hatte ohnehin schon ein paar Jahre zuvor meine Schuhe an den berühmten Nagel gehängt. Dennoch rief mich Seppi an, der im Verein noch aktiv war. Ich fuhr am Wochenende heim, um die Beerdigung zu besuchen. So viel zu den Rahmenbedingungen. Nun zur Beerdigung.

Ich holte Danny und Michi ab, da wir uns entschlossen hatten, gemeinsam zu fahren. Schließlich waren die Parkplätze an unserem Friedhof rarer als Ärzte ohne Doppelnamen. Ich bugsierte mein geliehenes Auto durch die Straßenschluchten von Rosenheim und holte zunächst Danny ab. Der schien anfangs etwas geknickt, als er ins Auto stieg. Anders dagegen Michi, der war vollsten Elans. Einmal angefangen, hörte er selten das Quatschen auf.

„Wisst ihr no?", fing Michi an, die anfangs der Beerdigung geschuldete blockierende Stille im Auto zu durchbrechen, „Als wir beim Auswärtsspiel in Kaltenham die Trikots vergessen haben und uns in Unterhosen aufwärmen müssen haben?" Danny und ich erinnerten uns ebenso zurück, überwanden die Stille der Trauer und fingen laut das Lachen an.

„Da Knut is völlig ausgerastet.", fügte Danny an. „Da wollte er mal wieder aufhören."

Die Lacher wurden nach kurzer Zeit leiser und wieder herrschte Stille im Fahrzeug. Ich lenkte uns, so gut es ging, durch die Stadt in Richtung Friedhof, als Danny zu einer neuen Geschichte ansetzte.

„Könnt ihr euch an des Spiel vom ersten Wiesn-Sonntag vor zwei Jahren erinnern, als da Puma mit zwei zugeschwollenen Augen aufgetaucht ist?"

„Oh, ja.", erinnerte ich mich, „Der hat jeden Ball viermal gesehen. Und wir haben 8:1 verloren." Puma war damals Torwart.

„Du kannst ja doch reden.", fuhr mir plötzlich Michi ins Wort und steckte seinen Kopf über der Mittelkonsole hervor.

„Wos?", fragte ich genervt.

„I mein ja nur.", sagte Michi, „Du warst die ganze Fahrt so stad."

„I hab halt kein Bock auf die Beerdigung, des is alles.", erklärte ich mich.

„Wer hat scho Bock drauf?", murmelte Danny vor sich hin.

Eine Beerdigung war eben etwas derart trauriges, da konnten nicht mal feierabendliche Möchtegern-Influencer und durchs Leben reisende Hobbyblogger gute Laune streuen.

#goodvibes #friyay #qualitytime #lovelife.

Als wir ankamen, standen wir alle vor der Kirche zusammen, aktive Spieler und ehemalige. Ein Treffen höchster Güteklasse, betrachtet man den kleidungstechnischen Aspekt. Jeder war anständig in seinem alten Firmanzug oder Trachtenjanker erschienen. Fesche Buam überall. Keine Jogginghosen, keine knöchelfreien Jeans, keine weißen Turnschuhe. Da brauchte es schon eine Beerdigung, um den besten Zwirn aus jedem rauszuholen.

Wir lenkten uns selbst von Knuts Ableben ab und beredeten einfache, alltägliche Dinge. Die einen erzählten von ihrem Job, die anderen vom letzten Fußballspiel. Wieder andere konnten den Genuss der ersten sieben Biere nicht abwarten und kamen gleich zur Politik. Ich hielt mich bedeckt, das hatte ich aus meiner Zeit in der Fernseh- und Werbebranche gelernt. Vor der Kirche stand auch Knuts Ehefrau. Ihre trauernden Augen schützte sie mit einer großen Sonnenbrille, unter der die in Mascara getränkten Tränen verliefen. Und keine einzige Träne kaufte ich ihr ab. Denn Knut war ein recht wohlhabender Kerl und hinterließ ein gutes Stück Bankkonto. Vielleicht unterstellte ich an diesem Punkt wieder einmal zu viel, jedoch war ich wahrlich nicht der einzige, der so dachte.

Während Knut sein Ableben mit Anfang sechzig erfuhr, hatte Knuts Ehefrau gerade mal den Dreißiger hinter sich. Und diese geringe Altersdifferenz zwischen ihr und uns Spielern hatte

damals einige Male dazu geführt, dass ein paar unserer Fußballer während Knuts Amtszeit, falls man das so nennen mag,
den Plan beim berühmten Bier nach dem Spiel im Sportheim
gefasst hatten, sich an Knuts Frau ranzumachen. Zumindest
ich erfuhr nie von einer getätigten Umsetzung des Plans.

Wir standen weiter da und warteten auf den Einlass. Ich selbst
war kein großer Kirchengänger. Natürlich wurde religiös mo-
tivierten Begriffen durch die jahrelange Einpflegung von der
Grundschule an unterbewusst in meinem Gedächtnis längst
Einhalt geboten, wenn ich wütend oder anderweitig emotional
wurde. Grundgütiger. Oh, Herr. Oh, Gott. Jesus Christus. Gruzifix. Himmel, Herrgott, Sakrament. Die Gegenseite aus dem
Untergeschoss war ebenso vertreten. Was zur Hölle? In drei
Teufels Namen.

Aber wirklich ein gläubiger Zeitgenosse war ich nun nicht.
Mir war das alles zu weit hergeholt. Dennoch akzeptierte und
respektierte ich Ansichten anderer in diese Richtung. Ich fand
sogar, dass einige Sachen Sinn machten. Die zehn Gebote zum
Beispiel, sofern man sie individuell sieht. Du sollst nicht töten.
Allgemein absolut richtig. Was war aber mit Zombies? Im
Endeffekt Menschen mit einer Viruserkrankung. Mit dem Unterschied, dass die einem Schaden zuführen wollen. Da müsste
man einerseits dem Tötungsverbot fast nachgeben. Sonst wären alle Zombiefilme auch recht unlogisch gestaltet. Und
wenn da aber dann das Töten erlaubt war, wo war dann die

Grenze?

Jedenfalls schweife ich schon wieder ab. Wir beendeten unsere Gespräche und betraten die Kirche. Mit dem gesegneten Leitungswasser begann der Besuch des Gottesdienstes. Alleine mit diesem Wort hatte ich schon ein Problem. Gott und Dienst. Trotzdem fügte ich mich dem Anstand und kreuzte mein Gesicht mit dem heiligen Wasser, das besser bei Vampirjagden aufgehoben gewesen wäre. Aber an Vampirjäger denkt ja wieder keiner. Bis man selbst mal so ein Vieh im Haus hat. Also, wir setzten uns in eine Reihe der gleichmäßig angerichteten Holzbänke. Ich saß ganz außen und rechts von mir war nur noch der äußere Gang, an dessen Wand die Kinder, die kürzlich ihre Erstkommunion feierten, Plakate gemalt und dort aufgehängt hatten. Dort standen dann Sachen wie „Wir sitzen alle mit Christus im Boot" oder „Christus leitet uns durch das Leben". Ich wusste damit nichts anzufangen, erinnerte mich allerdings an meine Kindheit zurück und mir fiel ein, dass ich als Kind ähnlichen Blödsinn auf ähnliche Plakate geschrieben hatte.

Meine Konzentration nahm mit zunehmender Länge des Gottesdienstes ab. Beim zweiten Brief an die Korinther dachte ich daran, ob man mit einem Dinosaurier zu einem normalen Tierarzt gehen müsste, wenn ihm was fehlt. Das hatte ich des Öfteren, dass ein uneinholbarer Blödsinn meine Synapsen durchkämmte. Einen so irreparablen Dachschaden hatte ich bereits vorzuweisen. Woher der genau stammte, wussten nur die Götter. Der Gott, natürlich. Der alleinige und allherrschende Vater. Sorry.

Ich lauschte dem Brief an die Korinther und dem darauffolgenden Beitrag aus dem Evangelium des Johannes und fing an, mich ernsthaft zu fragen, wie viel Wahrheit in diesen Geschichten steckte. Der Beginn des ganzen konnte mich jedenfalls nicht sehr durch seine Authentizität von der Holzbank reißen. Eine Frau, die niemals die keuchenden Emotionen des Beischlafs genoss, brachte ein Kind zur Welt, das später übers Wasser lief und ohne Winzerlizenz Wasser in Wein verwandelte. Irgendwo war da ein Haken, den ich nicht schaffte zu finden. Kurz wurde ich in die Realität zurückgezogen und sah die gefalteten Hände und die hängenden Köpfe meiner Nebenmänner. In unregelmäßigen Abschnitten wiederholten sie die Worte des Pfarrers. Je länger ich zuhörte, desto unwohler wurde mir. Natürlich hatte ich schon mehrmals Probleme mit einer mir vorgesetzten Autorität gehabt, was mir auch Knut einige Male auf dem Trainingsplatz verschrieben hatte. Prinzipiell nervte mich jedoch in diesem Moment die grundsätzliche Konstruktion. Wir sind Diener Gottes. Diener des Allmächtigen. Jesus hat sich für uns geopfert. Tausende Gedanken gingen mir durch den Kopf. Wo war denn der Unterschied zwischen einer Sekte und einer Religion? Wieviel war denn wirklich geschehen? Und gibt es nicht spezialisierte Doktoren für Reptilien? Und je mehr ich nachdachte, desto mehr hatte ich den Drang, hinauszurennen. Von den Seiten drückte mir mehr und mehr der Schädel.

Gerade, als ich soweit war, das Haus des Allmächtigen verlassen zu müssen, weil ich es einfach nicht mehr aushielt, war der Gottesdienst beendet und es ging hinunter zum Grab. In langsamen Reihen marschierten wir zu dem Stück Erde, unter dem Knut bis in die ewigen Jagdgründe verharren wird. Und wir alle ebenso, dachte ich mir, als ich letztendlich davorstand. Draußen strahlte die sommerliche Mittagssonne gleißende Hitze auf uns hernieder. Nun war es eigentlich fast Winter und keine Hitze zu verspüren, geschweige denn eine gleißende. Aber in jedem Buch spricht jemand von einer gleißenden Hitze, also auch in diesem.

Der Pfarrer sprach noch ein, zwei wegweisende Worte und der Reihe nach tauchten wir unsere Finger in das Weihwasser am Grab und schnipsten ein paar Tropfen auf Knuts Foto am Grab, auf dem er recht zufrieden zu einem heraus grinste.

Nachdem jeder diese letzte Form des Abschiedes vollzogen hatte, ging es zum erträglicheren Teil des Tages über: dem Leichenschmaus. Das Wirtshaus war in unmittelbarer Nähe zum Friedhof und wir saßen recht schnell nach der Beerdigung um einen Tisch herum.

Die Aufteilung war recht gut organisiert. An einem Tisch die Verwandten, an einem die Fußballer, an einem Freunde und

Bekannte. So konnte es mir nicht passieren, in einer zurückhaltend unangenehmen Stellung inmitten trauernder Verwandter meinen Kuchen langsam speisen zu müssen, was ich auf dem kurzen Fußmarsch zum Wirt schon befürchtete.

Nun saßen wir aktiven und ehemaligen Sportler gemeinsam an einem der Tische. Mit den Sakkos über den Stühlen und dem Hemd über den Ellbogen gekrempelt. Mit uns am Tisch saß ein älterer Kerl, etwa Knuts Alter. Der sagte die ganze Zeit nichts. Er bestellte nur seine Biere recht regelmäßig nacheinander und lauschte dem Tisch. Er war einer der Menschen, die ich irgendwoher kannte, aber bei einem Treffen dann nicht wirklich zuordnen konnte.

Ich saß da und starrte auf den Tisch und drehte mit zwei Fingern den Boden des Bierglases im Kreis. Ich wirkte auf mich selbst recht deprimiert, wusste aber nicht warum. War es der viel zu frühe und recht vermächtnisarme Abgang von Knut? Oder war es etwas anderes? Und ehe ich mich versah, wurden Anekdoten rund um Knut eröffnet.

„Was auch prima war,…", stimmte Michi erneut an – und er verwendete tatsächlich das Wort „prima" – „… war, als der Toni die falschen Trikots eingepackt hat in der Reserve und wir in den E-Jugend-Trikots spielen mussten. Irgendwo hinter Traunstein, fünfzig Kilometer weg."

Ich erinnerte mich an das Spiel und musste lachen. Aber ich hatte die Trikots damals nicht vertauscht. Als Zeugwart wäre ich ja noch weniger zu gebrauchen gewesen, wie als Fußballer.

„Wisst ihr no beim Schuster?", fuhr Michi fort, „Da hat der Ranzen bis zu den Kniescheiben rausgeschaut." Michi wurde leiser und versank in der Nostalgie.

„Des waren no geile Zeiten im Fußball. Da hat man wenigstens no einen umhauen dürfen, wenn er blöd gekommen is. Ohne jetzt, dass man gleich vom Platz gestellt wurd.", fuhr er fort. Alle lauschten wir, obwohl die Geschichte schon siebenundachtzig Mal erzählt wurde.

„Und so war's auch, als mich der von der Außenbahn ausgelacht hat deswegen. Und als er mi auf der linken Seite mal ausgespielt hat…"

„Wos gibt's eigentlich am Abend zum Essen da?", fuhr Danny in Michis Geschichte und studierte die Speisekarte. Zur Beerdigung von Knut Werner, hieß es auf der extra gedruckten Seite.

„Jedenfalls hau i ihn um, Schiri pfeift ab und langt in die Tasche.", fuhr Michi fort. Die Köpfe der Runde wandten sich wieder von Danny ab und drehten sich zurück zu Michi.

„Und? Wos gibt's?", fragte Willi plötzlich.

„Hat mir nur Gelb gegeben.", antwortete Michi.

„Na, i mein an Danny. Was gibt's zum Essen?"

„Gefüllte Hähnchenbrust oder Chili-Leberkäse mit Ei.", antwortete Danny auf Willis Frage.

„Lecker.", rumorte es aus den sabbernden Mündern einiger

Anwesenden an unserem Tisch.

„Den Leberkäs nehm i ned. Der brennt zweimal.", war Michis konstruktiver Beitrag. Er hatte seine Geschichte aufgegeben.

„I steh auf gefüllte Brüste.", meinte Danny mit einem zwinkernden Querverweis auf die Speisekarte.

„Echt jetzt?", staunte ich und dachte über den Leberkäse nach. Chili-Leberkäse zum Stillen des knurrenden Magens und dunkles Bier zur Dezimierung der Traurigkeit.

„Du ned?", konterte Danny und zog die Blicke der Belegschaft auf mich.

„I bin in der Hinsicht eher naturbelassen.", sagte ich, lehnte mich bewusst zurück und nahm einen kräftigen Schluck aus meiner Halben.

„Naturbelassen?", warf mir Seppi vor, „Des einzige, was bei dir mit Natur zu tun hat, is as Wildpinkeln. Du gehst ned aufn Berg, am See warst heuer a ned oft unten." Ich schaute ihn finster an.

„Apropos Berg.", fügte Seppi an, „Wir würden morgen aufn Berg gehen, auf die Hüttn, wo wir mitm Knut bei unserer ersten Weihnachtsfeier waren. Hat der Dylan vorgeschlagen." Sein Blick wanderte aus der Runde wieder gezielt zu mir. „Da könntest dei Naturbelassenheit zeigen."

„I geh ned aufn Berg.", sagte ich lakonisch, lehnte mich zurück und verschränkte die Arme vor der Brust.

„Wieso ned?", fragte Michi, „Wir san da im Chiemgau. Da

gehört as Berggehen zur DNA. Du fauler Hund."

„Wieso soll i aufn Berg gehen?", fragte ich in die Runde zurück, „Da geh i rauf, dann schau i runter und sag: ‚Da unten is aber schön.' Und dann geh i wieder runter?" Die Stirne vor mir runzelten wieder.

„Toni, wos isn mit dir scho wieder?", fragte Markus in einem ironischen Ton, „Wo drückt der Schuh?" Über mein Granteln machte sich mittlerweile der Großteil meiner Kumpels lustig.

„Auf der einen Seite hör i mir den Schwachsinn mit der gelben Karte an.", sagte ich und richtete meinen Blick zu Michi, „Is recht Mike. I hab die Geschichte jetzt fünfmal gehört und jedes Mal erzählst du sie anders. Einmal Gelb, letztens war's direkt Rot. Dann hat er gar ned gedribbelt, sondern du bist ihm beim Freistoß aufn Fuß getreten. Entscheid di mal für a Version."

Dann legte ich meinen Blick wieder auf Markus. „Des andere Ohr wird mir vollgemüllt mit gefüllten Brüsten und Naturbelassenheit und Berggehen."

„Okay, du scheinst bissl gestresst zu sein. Wie läufts Studium?", lenkte Markus um und isolierte unser Gespräch vom Rest des Tisches. Er war ein eher feinfühliger Kerl. So einer von der sentimentalen Sorte. Damit hat sich wahrscheinlich auch die Frage geklärt, weshalb er nicht mehr im Dorffußball aktiv ist.

„Keine Ahnung.", sagte ich in leiserem Ton und schaute auf

den Boden meines Bierglases.

„Wos machst danach?"

„Keine Ahnung." Markus gab auf. Vielen Dank für die Erinnerung an meinen tristen Alltag und an das mäßig dahinfließende Studium. Das hätte schon noch bis zum Ende des Wochenendes warten können. Zuerst dieser Blödsinn in der Kirche, dann der Käse um Berggehen und Brüste und jetzt auch noch die Teleportation meiner Gedanken vom sorglosen Bier beim Wirt zurück in die Realität um meine ungewisse Zukunft und die langsam immer enger anliegende finanzielle Schlinge. Ich nahm den letzten Schluck aus meinem Bier, orderte durch absolut sympathisches Schwenken meines leeren Glases in Richtung Kellnerin ein neues und ging vor die Tür, um frische Luft zu schnappen.

Ich schnipste einen Glimmstängel aus der Schachtel und leuchtete ihn an. Der Wind nahm etwas zu und bereitete meinem Feuerzeug einen schweren Start. Die kalte Herbstsonne stand tief.

Ich schaute raus auf die Hauptstraße und betrachtete die Autos und ihre Fahrer. Direkt neben dem Wirt war eine große Straße und es verging kaum ein Augenblick, wo man nicht Kleintransporter und Knutschkugeln vorbeibrausen hörte. Einige der Fahrer wiegten sich in Sicherheit vor bösen Blicken und bohrten in der Nase herum. Andere sangen, nahmen einen Schluck Wasser oder spielten am Radio.

„Hey, hast du mal a Feuer?", hörte ich es hinter mir. Ich drehte mich um. Der ältere Mann von unserem Tisch stand da und hatte eine Zigarette im Mund. Bereit zum Anbrennen. Er sprach sehr direkten, oberbayerischen Dialekt. Ich gab ihm mein Feuerzeug.

„Du bist ganz schön zusammengesackt drin, als di der Markus nach deinem Studium gefragt hat.", fügte er an, um eine Konversation zu starten. Komischer Beginn für Small-Talk. Sehr persönlich. Nichts zum Wetter, zur Bundesliga oder zu Knut. Und woher kannte der denn den Markus?

„Is zurzeit einfach alles a weng schwierig.", meinte ich recht nüchtern. Also die Antwort war nüchtern. Der Rest an meinem Körper wie gewohnt nicht.

„Wos soll denn schwierig sei? Wie alt bist du? Fünfundzwanzig? Sechsundzwanzig?"

„Sechsundzwanzig.", antwortete ich, den Blick weiter auf die Straße gerichtet, und blies den Rauch in Richtung der Autos.

„Des is kein Grund, deprimiert zu sein."

„I weiß derzeit ned weiter, Mann.", sagte ich und kam mir umgehend blöd vor, den alten Knaben mit „Mann" angesprochen zu haben, „Und mei Geld wird a knapp. Und dann bin i in fünf Monaten Ingenieur und hab eigentlich ned wirklich Bock drauf."

„Geld. Geld bringt di a ned weiter. Hört si jetzt nach na alten Phrase an. Aber schau dir an Knut an. Sei Leben lang geschuftet wie ein Blöder. Und dann dankt er fünf Jahre vor der Rente ab. Und sei Frau verjubelt jetzt alles, was er jemals besessen hat. Des wissen wir alle. Die wedelt ja scho seit der Hochzeit mit da Platinkarte rum."

„Wahrscheinlich hast du recht."

„Natürlich hab i recht und i sag dir warum. I wollt eigentlich Tiefbauingenieur werden, aber i war ned gut genug. Du bist Ingenieur und es is dir nix wert. Vielleicht macht mi des so rasend grad. Dann wollt i auswandern, aber die Elke is schwanger geworden. Dann war i selbstständig als Trockenbauer. Es war ned mei Traumjob, aber es is okay. I hab a erwachsene Tochter, wir sind gesund. I hab a Motorrad und genieß des alles. Wos i sagen will: mei Plan hat si geändert, Knut sei Plan hat si geändert. Und da drin sitzen mit Sicherheit no fünfzig Leute, bei denen der Plan si dauernd ändert. So is des. Jeden Tag ändert si alles."

Ich war geschockt und doch erstaunt. Und lebendig. Eine solche Kopfwäsche hatte ich schon lange nicht erhalten. Zum ersten Mal während des Gesprächs richtete ich meinen Blick voll und ganz in die Augen des Kerls und sah die Ernsthaftigkeit darin. Einer, dessen Leben in seinem Gesicht geschrieben stand. Und er hatte recht.

„Schau, Toni.", sagte er, „I hab deinen Opa gekannt. I kenn deinen Vater. Und i kenn di. Du bist a wahnsinniger Phlegmatiker und wärst a toller Kicker gewesen, wenn dei winziger

Ehrgeiz a bissl größer gewesen wär. Aber du bist doch kein Depp. Du weißt ganz genau, dass du in a paar Jahren Kohle hast und dei beschissenes Studium vorüber is. Und dann wirst du nie an die Zeit bei Knut seiner verdammten Beerdigung denken, wo du mal deprimiert warst. Reiß di zam, Bursch."

Er drückte die Zigarette mit seinem schwarzen, lackierten Schuh aus, passierte mich, klopfte mir auf die Schulter, drückte mir nochmal seinen ernst gemeinten Blick ins Gesicht und ging über die Straße. Hinter ihm leuchteten die Berge und die Sonne ging unter. Ich schaute ihm nach und wusste, welches Gewicht seine Worte für mich hatten. Obwohl ich den Kerl nicht wirklich kannte. Aber seine Ansprache blieb in meinem Kopf. Für immer. In Ewigkeit. Amen.

Der Mähdrescher

Schluss mit lustig. Das ist keine Comeback-Story.

Nicht mal mehr an den See konnte man fahren. Da trampelten sich die Hobby-Griller mit den Discounter-Bratwürsten und die anderen Mückentankstellen gegenseitig halbtot. Der Sommer war wieder da und die vierzig Grad hielt ich lieber im Appartement aus. Ich musste sowieso lernen. Noch drei Klausuren plus die Abschlussarbeit und es war durch. Mein Master-Studium wäre abgeschlossen. Entgegen aller Erwartungen war ich kurz davor, den höchsten Abschluss zu erhalten in einer Fachrichtung, von der ich keine Ahnung hatte. Das Unmögliche war kurz vor der Vollendung. Doch ich raffte mich nicht auf. Ich war so nah und doch so fern.

Irgendwas haftete an mir. Wie ein Kaugummi an der Schuhsohle, den man ums Verrecken nicht loswird. Wie eine Fliege, wenn man auf dem Klo sitzt. Bereits seit Anfang des Semesters begleitete mich ein ewig wirkender Schatten über mir. Ein Schleier der Dunkelheit. Dabei war doch alles beim Alten. Ich war pleite, hatte seit Monaten kein Mädchen mehr beglückt, hatte mittlerweile locker fünf Kilo zu viel und spürte, wie mir neben dem Geld die Zeit durch die Finger glitt. Mein Rücken schmerzte vierzig Jahre voraus. Es fühlte sich an, als würde etwas auf mich zukommen, als würde etwas anstehen. Ich hasste mich. Manchmal bekam ich sogar bei Projekten oder Spinnereien der Computerprogramme cholerische Aussetzer, von denen mich Simmerl beruhigen musste.

Vielleicht war es ja der Zeitpunkt. Jetzt wurde es ernst. Und ich glaube, ich sah das Ende auf mich zukommen. Das Ende des Studiums. Nach dem Master musste ich den Eintritt in die Arbeitswelt wagen. Ich fühlte mich wie ein Grashalm, der das Rattern des Rasenmähers hörte. Immerhin war ich schon sechsundzwanzig und studierte bereits länger als Van Wilder. Und nach einem Vierteljahrhundert stellte ich mir erneut die Frage: war es das, was ich wollte?

Vielleicht lag es auch an meinem Umfeld. Der Großteil meiner Freunde kaufte Häuser oder baute sogar welche. Andere heirateten, brachten Kinder zur Welt, gingen Skitouren, aßen Pulled Pork oder trugen Softshell-Jacken. Ich dagegen war eine oberbayerische Peter-Pan-Imitation.

Ich weiß nicht. Wahrscheinlich war es nicht das Richtige. Ich wollte immer Rennfahrer werden. Schriftsteller, Schauspieler, Drogenboss, Waffenschieber, Rockstar. Irgendwas, wo Leute sagen würden: „Der Typ hat's drauf!" Oder zumindest wollte ich so wirken wie ein Typ, mit dem man gerne mal einen heben gehen würde. Naja, Schauspieler war ich ja so ungefähr. Und mit einer Kurzgeschichte hatte ich auch schon mal vor lauter Langeweile unterm Semester begonnen. Sie sollte „Die Hochzeit" heißen und ab zwölf Jahren freigegeben sein. Sofern es Altersfreigabe-Beschränkungen bei Kurzgeschichten gab. Aber nach einer Seite Schreiben und der Hälfte an Probelesen ließ ich auch das wieder sein.

Seit Wochen war meine Situation noch einmal zugespitzter geworden. Ich regte mich ja schon immer über die kleinsten Sachen auf. Social Media, Typen mit der Hose in den Socken, unnötige Anglizismen. Menschen, die „hast du" und „bist du" in Chatnachrichten mit „haste" und „biste" abkürzten. Zum Kotzen.

Doch es wurde noch einmal kritischer. Ich stand morgens auf und wartete im Endeffekt auf den Moment am Abend, an dem ich wieder zu Bett gehen konnte. Und ich freute mich auf den nächsten Tag wie eine Eintagsfliege. Das Essen stellte sich als Highlight meines Tages heraus. Außer die neu im Nachbargebäudekomplex eingezogene junge Mieterin klingelte nackt an der Tür, um sich eine Tasse Zucker zu borgen. Das konnte man wirklich als Highlight bezeichnen. Aber das kam eher selten vor.

Abends saß ich im Schneidersitz mit dem Aschenbecher zwischen meinen Beinen und schaute mir im Kinderfernsehen ein Brot mit zu kurzen Armen an, das die Sendezeit füllte. Nebenbei rauchte ich eine nach der anderen und dachte über mein Leben nach. Abend für Abend.

Wenn ich zur Hochschule fuhr, kam mir schon das Kotzen. Simmerl und Xaver gaben auch schon vor Wochen ihre Versuche auf, mich aufzuheitern. Der Refrain von Yesterday von den Beatles schien die alltägliche Hymne auf mein Leben zu sein. Dauernd fragten sie mich, ob wir was machen wollten. Doch als ich wieder einmal nur wortlos verneinte, ließen sie es irgendwann sein.

Eines Morgens startete ich meine Routine und begab mich mit dem Auto, das ich mir von meinen Eltern für die Zeit im Schwarzwald während des Masterstudiums lieh, zur Hochschule. Da regte ich mich dauernd über die Blender auf, die im Winter mit Sonnenbrillen rumliefen und das Rinderfilet mit der Karte von Daddy bezahlten, und fuhr selbst im Auto meiner Eltern rum.

Es war eine der letzten Vorlesungen des Semesters und voraussichtlich meines Lebens. Nach dem Master gab es nur noch den Doktor und für den braucht man keine Vorlesungen. Und ich brauchte keinen Doktor mehr. Ich stellte mich mental auf meine zukünftigen Acht-bis-fünf-Tätigkeiten ein.

Ich saß wieder drin im Hörsaal und ließ mir den Schweiß das Gesicht hinunterlaufen. Draußen zeigte die Sonne, wer der Chef in der Galaxie ist. Vielleicht sollte es doch noch was in diesem Leben werden mit einem Bananenbaum im eigenen Garten. Wieder schloss ich nach ein paar Minuten Geschwafel die Augen und stützte mich auf dem Tisch ab, während ich gleichzeitig meine Schläfe und die Ohrläppchen massierte, um den Druck von meinem Kopf zu nehmen. So brachte ich auch die Dienstagsvorlesung der letzten Unterrichtswoche rum.

Die Vorlesung war zu Ende und der Typ, der sich neben mich

saß, schwafelte auf einmal was, dass Charlie Chaplin jener Charlie aus Charlie und die Schokoladenfabrik war. Langsam schnaufte ich tief ein, während ich ebenso langsam meinen Kopf zu dem Typen hinüberdrehte. Simmerl erkannte gleich die emotionale Dimension, packte mich beim Vorbeigehen von hinten an den Schultern und flüsterte in mein Ohr: „Ruhig, Toni!"

Wir gingen hinaus und ich tat erneut so, als würde sich meine Laune heben. So überspielte ich den Großteil meiner misslichen Gefühlslage die meiste Zeit über. Ich stand da mit Xaver und Simmerl und beredete ein paar Sachen. Wir machten uns über die Streber aus den vorderen Reihen lustig und überlegten, was wir zu Mittag machten. Ein ganz normaler Dienstag eben. Ich für meinen Teil entschied mich jedoch, selbst zu kochen und verabschiedete mich rasch. Ich wollte gar nicht wissen, was die beiden dachten, als ich an ihnen vorbeiging und sie mir nachblickten. Ich stieg ins Auto und fuhr los.

An der ersten Kreuzung hielt ich an und ließ das Auto von links durch. Der Fahrer des Wagens hob den Zeigefinger vom Lenkrad. Es war Yalcin, einer von der Hochschule. Ich wusste nicht genau, was er machte, aber er war bei den internen Hochschulpartys immer Barkeeper und demnach einer der Menschen, mit dem ich an diesen Feiern die meiste Zeit verbrachte. Ich grüßte zurück und bog hinter ihm in die Straße ein.

Dem Radio schenkte ich längst kein Vertrauen mehr, die riefen dauernd Leute an und spielten Telefonstreiche oder verschenkten Geld für schwachsinnige Gewinnspiele. Ich vertraute mehr auf meine eigene Playlist auf meinem Handy, über das ich hörte.

Yesterday. Fuck. Das wollte ich gerade nun wirklich nicht hören. Ich griff nach dem Handy und versuchte umzuschalten. Ich drehte es in der Hand richtig herum und es fiel mir in den Fußraum des Beifahrers. Verdammt. Ich lehnte mich runter, lenkte mit der linken Hand weiter und versuchte, den Blick auf der Straße zu halten. All my trouble seemed so far away. Ich fingerte und tapste nach der Handgurke, aber ich konnte das blöde Ding nicht finden. Ich fing an, den Blick immer wieder in den Fußraum zu werfen. Ich sah es nicht, verdammte Scheiße.

Ein Bruchteil von Sekunden war es gewesen. Es war einer dieser Schockaugenblicke, in denen man weiß, dass gleich etwas passieren würde. Mein Gesicht fror, als ich wieder auf die Straße blickte. Die Augen öffneten sich erschrocken. In weniger als einem Wimpernschlag sollte ich Teil von Yalcins Kofferraum sein.

Es donnerte. Sehr. Meine Backe klatschte gegen das Lenkrad. Ich bremste, stellte den Karren ab und lehnte mich zurück. Die nächsten Augenblicke dauerten ungewöhnlich lange und die Zeit schien langsamer zu laufen.

Dann schüttelte ich meinen Kopf und versuchte

herauszufinden, was geschehen war. Geschlaucht stieg ich aus und sah Yalcin, der auf der Straße in der Hocke saß. Ich ging an den Autos vorbei und zu ihm vor. Beim Vorbeigehen sah ich zu meiner Stoßstange und merkte, dass ich volles Rohr gegen Yalcins Heck gekracht war. Scheiße. Sonst drehte ich immer die Lautstärke der Anlage nach oben, wenn ich etwas hörte, was sich am Auto kaputt anhörte. Dann war immer noch etwas kaputt, aber ich musste es nicht mehr hören. Das war bei dem Schaden nun nicht mehr möglich.

Ich hielt mir den Kopf und ging hinüber zu Yalcin. Er streichelte eine Katze. Es schien, als wäre er deswegen mitten auf der Fahrbahn stehengeblieben. Deswegen war ich ihm plötzlich aufgefahren. Und natürlich, weil ich mein beschissenes Handy suchte. Wir redeten nicht viel. Wir fragten uns gegenseitig nur, wie es uns ginge. Ich glaube, er hatte gar nicht wirklich auf dem Schirm, dass ich ihm ins Heck gekracht war. Die Katze schnaufte immer leichter und langsamer, Yalcin blieb noch bei ihr bis zum Schluss. Ich dagegen winkte die Autos vorbei, immer noch mit meinem Kopf in der Hand, als würde das irgendetwas bringen. Mist, verdammter. Das hatte mir gerade noch gefehlt. Meine Scheiß-Stimmung, die ganze Schose mit dem Studium. Und jetzt musste ich auch noch diese Katze vor Yalcins Auto sehen, deren Eingeweide nach hinten hinausgespritzt wurden. Wie ein Joghurt aus dem Becher, den man auf den Boden fallen lässt.

Nach fünf oder sechs Autos versuchte ich ein Cabrio vorbeizuwinken, doch es wurde langsamer. Der Fahrer war der erste Fahrer eines Cabrios diesen Sommer, den ich sehe, der kein Cap trug. Die Beifahrerin, die mit dem dreißig Jahre älteren Typen auf dem Fahrersitz wegen seiner Persönlichkeit zusammen war, holte ihr Handy raus und hielt die Kamera in Richtung Yalcin und der Katze. Der Wagen wurde langsamer und langsamer und dieser schmierige Typ lachte mich so blöd an. Das Mädchen hätte auch die Tochter des Typen sein können, doch die klischeehafte Goldkette, die Uhr am Arm, der auf der Fahrertür lehnte und natürlich die dachlose Stuttgarter Schwanzprothese ließen mich anderweitige Vermutungen anstellen.

„Hey!", brüllte ich, meine rechte Hand immer noch am Kopf, „Fahr zu, du Schwachmat!" Ich trat ihm gegen den hinteren Kotflügel. Den Schlag hatte wohl der überlaute Motor beim Davonbrausen übertönt.

Nachdem die Katze an die Pforte des Katzenhimmels klopfte, nahm sie Yalcin und legte sie an den Rand des Gehsteigs neben der Straße. Ich stand immer noch an der Straße und hielt Ausschau nach Autos. Er kam von hinten her zu mir rüber und legte den Arm auf meine Schulter. „Alles gut bei dir?", fragte er vorsichtig. „Ja, geht scho."

„Wegen dem Schaden... Fahr mir kurz nach." Er hatte es also doch gemerkt. Shit.

Wir stiegen in die Autos und drehten um. Am Hochschulparkplatz stellten wir sie ab und Yalcin zückte sein Handy und fotografierte die Stoßstangen.

„Echt, Yalcin. Es tut mir furchtbar leid.", versuchte ich mich zu erklären, doch Yalcin meinte gleich, dass alles halb so schlimm wäre, schließlich ist er mindestens zur Hälfte schuld. Dass ich nach meinem Handy suchte, verschwieg ich.

Wir mussten noch die Nummern tauschen und den Versicherungskram bereden. Neben der Hochschule war eine Bar, wo die Arbeiterschaft gleich nach Feierabend ihre Drinks nahm. Zu denen gesellten wir uns. Blaue Hosen trugen Metaller, schwarze meist Zimmerleute, dann gab es noch Typen in Jeans. Die waren wahrscheinlich arbeitslos.

Wir bestellten ein Bier und quatschten den ganzen Versicherungsmist durch. Ich hatte davon sowieso keine Ahnung, er hätte mir auch den Ausbruch der französischen Revolution erklären können. Wir tranken das Bier aus und ich holte eine neue Runde. Aus ihm war jetzt auch nicht wirklich viel herauszuholen, ähnlich wie aus mir. Die meiste Zeit schwiegen wir und starrten auf den Tisch. Der Schock kickte noch immer.

„I ruf di an.", sagte ich, nachdem ich das zweite Bier geleert hatte und mit der flachen Hand auf den Tisch haute. Wie man das halt so macht, wenn man irgendwo aufsteht. Ich ging am Auto vorbei und schaute es nochmal an. Ich schloss leise die Augen und hoffte, der Druck von meinem Kopf nähme ab. Ich

googelte, wann der nächste Bus ging und bewegte meinen ba-
juwarischen Hintern in Richtung Bushaltestelle, um zeitig
nach Hause zu kommen.

Ich kam heim und ließ mich in den Stuhl fallen. So ein moder-
nes Living-Room-Einrichtungsteil, das wippt, wenn man sich
hineinhockt. Ich blickte minutenlang auf den Fließboden in
meiner Wohnung. Mann, noch drei Klausuren und ich hätte es.
Ich hätte den höchstmöglichen Abschluss in meinem Fach. Ich
wäre Ingenieur, spezialisiert für etwas, wovon ich wirklich
keinerlei Ahnung hatte. Das hat doch was. Was Mystisches.
Das musste mir mal jemand nachmachen. Entgegen meiner
sonstigen Gefühlslage fühlte ich mich in der Hinsicht unbe-
siegbar. Doch ich konnte mehr schaffen. Etwas, wovon ich
träumte. Ich musste kein Rennfahrer sein, kein Filmstar.

Ich setzte mich auf den Balkon und klappte den Laptop auf.
Von bislang völlig unbekanntem Ehrgeiz getrieben, machte
ich die angefangene Kurzgeschichte auf und schrieb weiter.
Ich schrieb und schrieb. Meine Finger taten bald weh. Buchstabe für Buchstabe wurden von mir in das digitale Textdoku-
ment getippt. Wort für Wort. Zeile für Zeile. Sogar Seite für
Seite.

Nach einer halben Stunde etwa lehnte ich mich kurz zurück
und schnaufte durch. Ich holte mir ein Bier und sah vom Balkon. Ich wohnte hier im Schwarzwald im zweiten Stock eines
Appartementblocks. Eigentlich nichts Besonderes, doch die

Aussicht hatte es in sich. Vom Schweiß getrieben, ging ich ans Ende des Balkons und lehnte mich über die Brüstung. Es war einer dieser Wintergarten-Balkon-Variationen, die sich im Sommer auf Saunaniveau aufheizen. Ein Wunder, dass ich so lange schreiben konnte. Nun stand ich da, mit der Bierflasche über dem Balkon schwenkend und betrachtete die Landschaft. Ein weiter Ausblick, verziert mit Hügeln und Wald. Rechts von mir war eine Hauptstraße, hinter der ein Mähdrescher den Anhänger eines neben sich herfahrenden Bulldogs betankte.

Tagsüber hatte es im Schwarzwald immer um die fünfunddreißig, sechsunddreißig Grad und die Luft roch am Abend danach. Nach Sommer roch die Luft. Die singenden Insekten in den weiten Feldern ringsum ergänzten den Geruch mit ihrer Musik. Irgendwie begann ich, mich wohlzufühlen. Es war nun gut acht Uhr und der Mähdrescher schien keinen Feierabend zu kennen. Ich blickte immer von rechts nach links durch die Gegend, wie bei einem Zeitlupen-Tennismatch und fragte mich, wie sehr ich die Zeit hier wohl vermissen würde. Wie sehr ich Xaver und Simmerl vermissen würde. Ich wurde fast schon melancholisch. Zwischen meinen Gedankengängen zog ich immer wieder einen Hit aus meiner Flasche oder nahm einen Zug von meiner Marlboro. Jugendliche gingen neben dem Appartementhaus links an der kleinen Straße runter zum Freibad, das, ungefähr zweihundert Meter von mir entfernt, idyllisch mitten im Nirgendwo des Hochschwarzwaldes lag. Sie hatten eine Musikbox, Wodka und eine Kühltasche dabei. Das Schnalzen der Flipflops an ihren Fersen hörte man bis zu mir hoch. Haut rein, Kids, dachte ich mir. Nachts in ein Freibad einsteigen – der erste Punkt auf meiner gerade entstandenen Bucket-List.

Das Konzert der Insekten lief immer noch und ich ließ mir den Geruch durch die Nase und den Wind durchs Haar gehen, während ich weiterhin in die Natur rausstarrte. Der Wind brachte hin und wieder eine Nase voll Parfüm von einem anderen Balkon zu mir herüber. Die Mischung der Gerüche heiterte mich noch mehr auf. Und das Bier natürlich. Gerüche, die einem mundeten. Ach du Kacke, war ich jetzt ein Serienkiller? Keine Ahnung. Ich konzentrierte mich wieder, die Landschaft zu genießen. Hin und wieder erleichterte ich meine Flasche und sah der Sonne zu, wie sie sich langsam hinter den Bergen und Bäumen schlafen legte. Sekunde für Sekunde wurde es mir klarer. Meine Zeit hier war nun vorbei. Es war cool, so lange es gedauert hat. Das nahm ich als Trostpreis. Ich setzte mich wieder an den Laptop, las, was ich zustande brachte und klappte die unvollendete Geschichte zu. Kurz bevor die Sonne sich vollends verabschiedet hatte, klingelte das Telefon. Simmerl.

Er stellte mich nun endgültig zur Rede. Was los sei, wie es weiterginge. Wieso meine Laune sich aus dem Keller nicht mehr heraus traute. Er lud sich auf ein Bier zu mir ein. Ich

sagte nix dagegen. Ich war kein Rockstar. Ich war kein Rennfahrer. Die Geschichte war noch nicht vollendet. Aber ich
hatte jemanden, der mit mir ein Bier trank.

Alpenglühen

Ich starrte auf meinen Computer. Der Cursor blinkte vor sich hin, ohne jemals abzubiegen. Fast im Gleichtakt mit meinem Puls tauchte er auf und verschwand wieder. Einmal hatte ich schon einen Satz, den löschte ich allerdings umgehend wieder. Nun war der Cursor wieder alleine vor dem leeren Hintergrund. Meine Motivation war ähnlich leer wie meine Abschlussarbeit. Ich hätte ja schon vor Monaten anfangen können. Aber das war ja mal wieder nicht der Fall. Aufschub war mein Kryptonit. Mein Leben war ein einziger Snooze-Button. Es half alles nichts. Kaffee, Zigaretten, Spaziergänge, Lounge-Musik, die Haare nach hinten binden. Nichts trieb mich voran. Und so ging es tagelang dahin. Bis eines Freitags Mittag mein Telefon aufleuchtete. Willis Name blinkte auf.

„Pronto.", ging ich ans Telefon.

„Servus, Oida. I hoff, i stör ned dein Freitagabend mit Online-Pornos und Bestellservice."

„Eher weniger.", sagte ich monoton zurück und wunderte mich, was die Leute denn für Vorstellungen von mir hatten.

„Du, wir würden nach Salzburg runterfahren, um sechs. Michi und i, da Maier würd a mitkommen. Bist dabei?" Oh Mann, war mein erster Gedanke. Der Maier. Der hatte auf einem dörflichen Bierfest mal die geschiedene Mutter eines unserer Grundschulklassenkameraden abgeschleppt. Seitdem nannten wir ihn Motherfucker Maier.

Ich wusste, dass das die blödeste aller Ideen war und dass ich keinerlei Vergnügen bislang verdient hatte. Und dennoch sagte ich umgehend zu, schmiss mir eine Jacke über die Schulter und machte mich auf den Weg zum Bahnhof, wo wir uns trafen.

Als ich das Radl am Bahnhof abstellte und geradewegs zu den Schienen ging, schien es, als würden sich zwei Stimmen in meinem Kopf unterhalten. Ein Streitgespräch zwischen Engel und Teufel, sowas in der Art. Anton und Toni sinngemäß. Jene beiden Personen, die mich beherrschten. Während Anton mein Gewissen daran erinnerte, meine verdammte Arbeit fertigzuschreiben und den Spaß hinten anzustellen, riet mir Toni, noch einmal die Sau rauszulassen, bevor ich meinen Kopf die nächsten Wochen sehr tief in Bücher, Onlineliteratur und Formeln verstecken dürfte. Egal, wie ich mich auch entschied, wenn sich Anton und Toni stritten, war der Leidtragende meistens Anthony. Anthony war meine Leber. In diesem Falle hörte ich auch eher auf Toni.

Ich stieg in den Zug, die Jungs waren schon drin und winkten mich zu sich in den Vierer-Sitzplatz. Alle schnalzten wir die Kronkorken von unseren Feiertagsbieren im Zug und los ging sie, die wilde Fahrt.

Der Zug glitt auf den Schienen an der Alpenkette entlang und bot uns einen gewaltigen Ausblick. Das obligatorische Zug-Bier war jedoch an der Haltestelle Traunstein bereits

Geschichte.

Den Rest der Fahrt vergnügten wir uns mit ein paar Gesprächen. Etwa eine halbe Stunde nach dem Ende unseres Bieres fuhr unser Zug im Salzburger Hauptbahnhof ein und wir konnten endlich Nachschub besorgen.

Am Bahnhof wartete Marco auf uns. Michi hatte mal in Salzburg studiert und mit Marco zusammen in einer Wohnung gehaust. Als wir ausstiegen, ging Michi auf ihn zu und umarmte ihn. Ich hatte ihn noch nie zuvor getroffen.

„Habe die Ehre.", sagte er mit einem mit sanftem österreichischen Dialekt unterlegten Lächeln und streckte uns anderen dreien die Hand entgegen, „Ihr seids die Hawara vom Michl, oder?"

„Toni.", sagte ich und reichte ihm die Hand.

„Marco."

„Willi."

„Marco."

„Maier."

„Marco."

„Sag dein echten Namen.", forderte ich Maier auf. Er seufzte, drehte sich wieder zu Marco und sagte: „Okay. Motherfucker Maier." Es war zum Schießen.

Nach der Vorstellung ging es ab in die Altstadt. Es war schon wieder Sommer und eine flotte Lederjacke reichte nun, um der abendlichen Frische zu trotzen. Am Bahnhof noch holte ich mir eine Schachtel Tschick im Kiosk, während die anderen in den kleinen Supermarkt neben dem Kiosk im Bahnhofsgebäude ein paar Weghoibe zu kaufen versuchten. Ich wartete nach meinem Kauf draußen bei den Taxis und sah die Sonne hinter den Altbauten untergehen, während ich an meiner Zigarette zog.

Als nach zehn Minuten noch keiner da war, machte ich Kehrt und ging in den Supermarkt. Vorne an der Kasse sah ich die Jungs schon und fragte, was denn los sei. Vier Burschen, darunter ein Ortsansässiger, würden es doch fertig bringen, fünfzehn Dosen Bier zu kaufen, dachte ich.

Sie standen an einer dieser Selbstbedienungskassen an und versuchten, das Scansystem zu verstehen. Eine wahnsinnige Erfindung. Ich hatte schon von diesen Dingern gehört, war selbst jedoch noch nicht zahlender Kunde an so einer Kasse. Beziehungsweise: war man überhaupt noch Kunde, wenn man an so einer Kasse bezahlte? Man scannt und verpackt die Waren eines Kunden, auch wenn man dieser selbst war. Das bedeute doch, dass man im Supermarkt arbeitet. Ich hatte immer geglaubt, ich wäre Student im siebentrillionsten Semester, bis ich am Bahnhof in Salzburg merkte, ich arbeitete nebenher noch im Supermarkt. Ich verstand das System auch nicht, weshalb ich vorschlug, dass wir einfach gehen sollten. Jeder mit drei Dosen in den Taschen und dahin geht's. Und wenn uns jemand aufhalten würde, gaben wir Unwissenheit vor. Oder die ausstehenden Gehaltszahlungen des Supermarktes. Aber im Ernst: was wollten sie denn machen? Uns kündigen? Eine Abmahnung erteilen? Den Lohn kürzen? Ja, von mir aus. Gerade, als wir uns umschauten und nach prüfenden Blicken von gekennzeichnet gekleideten Supermarktmitarbeitern Ausschau hielten und bereit waren, die Dosen einzuschieben, kam einer jener Angestellten und hämmerte uns die Vernunft zurück in die Köpfe. Die Schamesröte hielt sich Gott sei Dank in Grenzen und wir fielen nicht weiter auf. Er scannte uns die Dosen ab, wir legten ihm das Bargeld auf den Tisch und machten uns auf den Weg in die Altstadt.

Es war ein etwa zwanzigminütiger Fußmarsch vom Bahnhof in die Salzburger Altstadt. Auf dem Weg hörte man immer wieder ein Feuerzeug angehen, eine Dose zischen und ein paar ordentliche Rülpser, während wir versuchten, mit oberflächlichen Kennenlerngesprächen mit Marco über Salzburger Mädels, die Clubs, die wir noch aufsuchen sollten, und den alltäglichen Blödsinn diese Geräusche zu übertönen.

Wir marschierten geradewegs in Richtung Altstadt. Am Mirabellgarten hielten wir kurz, da verkauften junge Italiener selbsthergestellten Wein und boten uns Verkostungen an. Unser Konsum überstieg etwas den einer üblichen Verkostung, aber wir versprachen, ihnen beim Rückweg ein paar Flaschen abzukaufen.

Wir passierten die Universität und kamen langsam an der

Dreifaltigkeitskirche an, nach der wir langsam zur Brücke kommen sollten, die uns endlich über die Salzach und in die Altstadt führen sollte.

An jener Kirche fing Willi laut das Lachen an und erinnerte uns alle an einen nicht zwingend angenehmen Abend meinerseits. Das tat er jedes Mal, wenn wir ins Salzburg waren und diese Kirche passierten. Jener Abend entwickelte sich meinerseits zu einem ungeheuren Saurausch, der dazu geführt hatte, dass ich um fünf Uhr morgens die Büsche vor der Kirche mit meinem Mageninhalt gießen musste. Willi hatte damals Schmiere gestanden, um die Leute wegzuschicken und um der Kieberei zuvorzukommen und mich im Notfall zu decken. Und diese Entleerung meines mit irischen Schwarzbier gefüllten Magens hatte damals ein paar Minuten gedauert. Willi erinnerte uns gerne an dieses Szenario.

Aber nebst dieser lückenhaften und schamvollen Erinnerung war ich gerne hier. Salzburg war eine wunderschöne Stadt und schnell zu erreichen. Und das Wichtigste war, dass ich mich hier wohlfühlte. Hier waren die Künstler unterwegs. Hier rührte sich was.

Michi hatte uns im Zug bereits aufgeklärt, dass Marco für uns einen Tisch in einem Steakhouse in der Innenstadt reserviert hatte, das wir umgehend aufsuchten, nachdem wir die Brücke überquert hatten. Wir fanden es recht schnell und am Eingang empfing uns ein nettes Salzburger Madl und geleitete uns an den Tisch. Die drei gepressten Dosenbiere und jenes aus dem Zug meldeten sich bei mir und ich huschte noch zur Toilette, nachdem ich meine Lederjacke über einen der Stühle hing.

Erst auf der Toilette wurde mir klar, dass es fatal war, so früh am Abend das Siegel zu brechen, doch es war besser, als in die Hose zu pinkeln. Ich schwor mir einst, dass ich das in Österreich nie wieder machen würde.

Als ich an den Tisch zurückkam, war die Kellnerin da und nahm unsere Bestellung auf einem dieser elektronischen Eingabegeräte auf. Ich bestellte noch ein Bier und setzte mich und schaute mich im Restaurant um. Es war im Prinzip eines der neueren, gehobeneren Restaurants, wie sie überall aus dem Boden sprießten. Egal ob Burger-Laden, Pizzeria oder Steakhouse. Alle waren sie mit dunklem Holz verkleidet, die Tische und Stühle waren ebenso dunkel gehalten, Bedienungen – egal ob Mann oder Frau – trugen Krawatten. Ich wippte nach dem Bestellen auf dem Stuhl herum und überlegte, warum alle Restaurants diesen Look wählten. Vielleicht war es ja gut, dass alles so dunkel war. Dann sieht man die ganzen hässlichen Gesichter nicht, dachte ich.

Nach ein paar Minuten kam die Bedienung zurück, brachte unsere Getränke und fragte uns reihum nach dem gewünschten Essen. Zuerst wurde Motherfucker Maier gefragt, der den Steakburger nahm.

„Wie wollen Sie Ihr Steak auf dem Burger?", fragte die junge

Kellnerin.

„Wos meinen Sie?", fragte Motherfucker Maier und lachte laut in unsere Richtung, um sein eigens als peinlich deklariertes Unwissen zu kaschieren.

„Wie wollen Sie es zubereitet? Medium?"

„Ach so.", sagte Motherfucker Maier, „Habts ihr da verschiedene Größen?" Marco, Michi, Willi und ich schauten uns im Kreis um den Tisch verteilt gegenseitig an und hauten uns höchstwahrscheinlich gedanklich alle mit der flachen Hand auf die Stirn. Die Kellnerin strengte sich an, ihr Lachen bei sich zu behalten.

Ich bestellte das T-Bone, medium rare. Was die anderen bestellten, weiß ich nicht mehr, jedoch bestellte ich noch zusätzlich einen Whiskey.

„An Whiskey?", fragte Michi, „Der schmeckt doch scheiße. Wieso bestellst du sowas?" Ein Bayer, der kein Bier oder einen Obstler bestellte, war den Leuten eben suspekt.

„I find, der schmeckt nach Holz und er hilft gegen meine Depressionen.", antwortete ich, leerte die noch vor mir befindliche Halbe Bier in persönlicher Rekordzeit und dachte wieder an meine Masterarbeit, die sich noch im Entwicklungsstadium befand, obwohl mir der Terminkalender an der Wand in meinem Schlafzimmer jeden Tag aufs Neue deutlich machte, wie sehr die Zeit drängte.

Die Bedienung brachte mir meinen Whiskey und etwa eine

Viertelstunde danach unsere Steaks und Burger. Und Steakburger. Sie ging zu jedem unserer Plätze und servierte strikt die Mähler. Als sie dann wieder ging, wurde sie von einem Kerl am Nebentisch angehalten. Der fiel mir beim Reinkommen schon auf, weil er braune Lackschuhe zu einer schwarzen Anzughose trug.

In astreinem, akzentfreien Hochdeutsch maulte er: „Meine Frau wollte ihr Porterhouse medium."

„Ja, und?", fragte die Kellnerin. Wir lauschten.

„Es ist medium rare. Kann ich bitte den Betreiber sprechen?"
Wieder sahen wir uns an. Wieder hauten wir uns mit der flachen Stirn auf die Hand. Oder andersrum. Und wieder wurde mir klar, warum uns Deutschen im Ausland keiner mag.

Wir aßen unsere Steaks, schenkten dem Nebentisch keine Beachtung mehr und hatten eine gute Zeit. Mein Whiskey schmeckte scheiße und ich stellte wieder auf Bier um. Der Rest des Abends verging schneller, als der Mond vor der Tür die Sonne besiegte und wir genossen den Abend im Steakhouse zunächst weiter, indem wir nach dem Essen noch weitere Biere bei der hübschen Kellnerin bestellten.

Nach dem Steakhouse zeigte uns Marco einen Club ganz in der Nähe, direkt an der Salzach gelegen. Wir bestellten eine Flasche Wodka und ergatterten einen der Stehtische neben der Tanzfläche.

Der Club war recht interessant, er begeisterte mich nahezu. Es war im Endeffekt ein altes Wohnhaus mit einer kleinen Wendeltreppe, die zu einer zweiten Etage führte. Alles war sehr eng und laut, aber mich faszinierte diese Abkehr vom typischen Industrielook und den großen Hallen.

Dennoch plagte mich mein Gewissen. Ich stand hier, bis auf Marco sah ich dieselben Gesichter, wie seit meiner Kindheit. Nicht, dass es nicht lustig war. Wir hatten ja Spaß. Aber ich musste eben auch meine verdammte Arbeit fertigbringen. Ich wurde wieder stiller und nahm mehr die Rolle des passiven Zuhörers in der Gruppe ein, der mit seinen eigenen Gedanken beschäftigt war.

Wir hatten die Flasche beinahe geleert, als plötzlich Motherfucker Maier von der Toilette in Begleitung des Türstehers an unserem Stehtisch auftauchte.

„Gehört der zu euch?", fragte der breitschultrige Mann mit abrasierten Haaren. Wir nickten.

„Ihr könnt hierbleiben, aber der fliegt raus.", sagte er. Empörung durchschoss unsere Runde. Ich dachte mir nur, warum der Kerl keinen Salzburger Dialekt sprach.

Ich goss die Gläser mit dem restlichen Schuss Wodka aus der Flasche auf, wir exten sie aus und gingen ebenfalls vor die Tür, wo Motherfucker Maier mit zittrigen Armen und den Händen in der Jackentasche auf uns wartete. Es war tatsächlich frisch geworden.

„Wos dauert da so lang?", fragte er wütend, als wir zu ihm raus kamen.

„Bloß, weil du wieder Scheiße baust, schütten wir ned unsern Wodka weg.", sagte ich, genervt von einer von Motherfucker Maiers erneuten Schandtaten, die uns seit unserer Jugend begleiteten. Und ich musste meine Arbeit fertigbringen. Verdammt.

„I hab aufm Klo nur gemeint, dass man für an Türsteherjob nix besonderes vorweisen muss."

„Clever.", maulte ich und schaute gar nicht hin, während wir alle Marcos Schritten folgten.

Wir probierten es an zwei nebengelegenen Bars, die uns nicht reinließen. Marco meinte, die Türsteher hier kennen sich alle und der aus dem ersten Club hat wohl rundum Bescheid gegeben. Nun standen wir da, wie bestellt und nicht abgeholt, und suchten nach einer gelungenen Fortführung des angebrochenen Abends.

Am Ende des Rudolfskais war eine Schlagerbar, die ich zuvor nicht kannte. Marco schlug vor, diese als Alternative aufzusuchen, denn er würde dort den Türsteher kennen. Schließlich hatten wir noch gut fünf Stunden bis zur Abfahrt des ersten Zuges Richtung Rosenheim zu überbrücken. Alle waren hellauf begeistert, doch meine Euphorie stand im Stau. Wenn ich musikalisch eines nicht leiden konnte, dann waren es Malle-Hits und Schlager. Ich darf nicht mal dran denken.

Wir gingen also rein. Es war dunkel und roch nach

abgestandenem Bier. Umgehend bestellten wir einen Sangria-Eimer mit fünf Strohhalmen und lauschten der Musik und setzten uns an einen der Tische. Immer wieder zog ich abwechselnd an meiner Tschick und dem Strohhalm, der sich freischwimmend im Sangria-Eimer bewegte. Aus den großen Boxen neben unserem Tisch dröhnten Lieder mit schwer emotionalen Textinhalten über Saufautomaten und Helikopter, mit denen die Feder eines Bob Dylan oder John Lennon nahezu unmöglich mithalten konnte.

Ich schloss beruhigend meine Augen und dachte darüber nach, welcher Hirnamputierte so eine Kacke denn zu Papier bringt. Und wer sowas noch gut findet. Aber neben mir fand ich gleich vier Stück davon. War ich hier der Komische? Immer und immer wieder stellte ich diese Frage ans Universum. Nach dreißig Minuten stand ich auf und bewegte mich Richtung Tür, als mich Willi am Arm festhielt.

„Wo gehst du hi? Hast du eine aufgerissen oder wos?", fragte er, wohl erschrocken, dass ich ihn in dieser Spielunke mit den anderen zurücklassen könnte.

„I muss da raus.", sagte ich nur, „Sonst passiert hier no wos." Ich ging raus, rauchte eine vor der Tür. Michi und Willi kamen raus.

„Wos is los?", fragte Michi und zündete sich seinerseits eine Tschick an.

„I halt's da drin nimmer aus. Dauernd diese Scheißmusik und

der Gestank. I kotz glei aufn Tisch, aber ned vom Alkohol.",
fluchte ich. Ich hätte niemals mitfahren sollen.

Wir machten ab, dass wir uns alle beruhigen, wieder reingehen
und die Sache klären würden. Marco meinte, er kenne noch
einen Club in der Innenstadt. Zwar etwas nobler und gehobe-
ner, aber wir kämen schon rein. Wir leerten den Eimer und
entschwanden zurück in die Nacht.

Vor dem nächsten Club war viel los, der Türsteher schaute
ernst und hatte einiges zu tun. Ich hoffte, der würde uns rein-
lassen. Das konnte doch nicht sein, dass wegen diesem Voll-
idioten Motherfucker Maier nun eine ganze Stadt für uns ge-
sperrt war. Als wir dran waren, drängelte sich Marco vor uns
und hielt uns zurück. Er regle das, war seine Aussage.

„Pass a mal auf, Hawara. Du hast bei uns Hausverbot, ja?
Wenn i di nochmal seh', dann scheppert's.", meinte der Tür-
steher. Er war sehr groß gebaut und hatte ebenfalls einen Kurz-
haarschnitt. Das war anscheinend so ein Ding hier. Über seine
Schulter führte ein Kabel zwischen Ohr und Funkgerät am
Gürtel entlang. In seinem Salzburger Dialekt hörte sich die
Drohung für mich als Außenstehenden eigentlich recht ge-
schmeidig an.

„Bist deppert oder wos?", fragte Marco zurück, während wir
anderen wieder warteten, „Du kannst vor meine Leid ned so
mit mir redn."

„Schwing di jetzt, Brunner!", mahnte der Türsteher in

bedrohlicherem Ton.

„Geh scheißen, du Wappler!", schrie ihm Marco ins Gesicht und wich zur Seite. Er ließ uns einfach stehen. Er ging einfach die Straße neben dem Club runter. Doch plötzlich blieb er stehen, drehte sich um und schrie zu uns: „Geht's scho mal nei, i komm scho nach!" Wir drehten uns im gleichen Takt zu viert zum Türsteher und schauten ihn bettelnd an.

„Ihr könnt's nei, aber ned euer Kollege da. Der hat Hausverbot. Vü Spaß." Er machte das rote Seil vor dem Club auf und wir traten ein.

Ein prunkvoller Club. Kronleuchter, roter Teppich, teurer Wodka, Cocktailkleider. Auch nicht zwingend meine Welt, aber besser als die Malle-Bar. Wir bestellten erneut eine Flasche Wodka. Die Lounges und die Tische waren weg, es war kurz vor zwei. Also tranken wir sie an der Bar, was auch okay war. Und die nächsten Stunden feierten wir. Wir feierten uns und wir vergaßen uns. Wir vergaßen den Alltag. Wir lebten nur für den Moment. Die Techno-Musik geleitete uns auf den Dancefloor und hob unsere steife Motorik auf ein peinliches Level. Wir taten so, als wären wir unsterblich. Eine Zeitlang stimmte das auch. Bis zu unserem Tod sind wir alle unsterblich.

Und wenn das Licht angeht und die Musik ausgeht, dann wissen wir alle, dass die Zeit reif war und wir demnächst wieder den Alltag an der Backe hatten. Was bei mir bedeutete, ich durfte die Tage wieder vor einem blinkenden Cursor und einer unbenutzten Tastatur verbringen.

Wir gingen raus, die Sonne stand schon wieder in den Startlöchern. Mühsam trabten wir zum Bahnhof zurück. Marco haben wir nicht mehr gesehen. Er sollte ein Passagier in meinem Leben bleiben. Einer, der eine einfache Fahrt mitgemacht hat auf meiner bislang siebenundzwanzigjährigen Reise. Und einer, den ich nie wieder sehen sollte.

Es war sieben in der Früh, die Müdigkeit hing an unseren Körpern wie Gewichte, die uns nach unten zogen. Zwei Minuten noch, Gleis 5. Dann sollte der Zug kommen. Wir schleppten uns die nicht funktionierende Rolltreppe im Bahnhofsgebäude hinauf, einen Fuß vor den anderen. Oben angekommen, stand er bereits da. Mein Kopf dachte sich nur noch in eine erholsame Welt voller erholsamer Schlafstunden, Marlboro Gold und Vanilla Coke. Michi drückte die Tür des hinteren Waggons auf und wir setzten uns in einen Vierer. Willi und Motherfucker Maier setzten sich in das andere Abteil, um ungestört zu schlafen oder sonst was zu machen. Ich stellte um die Uhrzeit keine Fragen mehr.

Der Zug war komplett leer, wir waren die einzigen Fahrgäste. Von Anfang an war keiner außer uns drin, weil keiner so blöd war, mit dem langsamsten Zug der Welt zu fahren. Die Sonne schien durch die Fenster hindurch und erleuchtete beide Waggons des BOB.

Der BOB war ein Kleinstzug, zwei Waggons, keine funktionierenden Toiletten und flimmernde Lampen an der Decke. Kurz und knapp: der BOB war eher geringfügig bestückt.

Es war ein abwechselndes Erlebnis zwischen Halbschlaf, der Betrachtung der Landschaft und belanglosen, mühsamen und erzwungenen Gesprächen zwischen mir und Michi. So ging das über eine Stunde lang. Alle paar Kilometer hielt Bob irgendwo auf der ländlichen Buckelpiste. Der Ruckler bei der Wiederaufnahme der Fahrt weckte uns alle paar Minuten aus dem ohnehin kleinstmöglich dosierten Schlaf. Irgendwo auf Höhe Schechen öffnete sich die Tür zwischen den Waggons und ein vollalkoholisierter Kerl, vielleicht etwas älter als wir, trat zu uns ins Abteil. Er lachte zu uns her, ganz in schwarz. Schwarze Jacke, schwarze Haare. Sogar seine Zähne waren zum Teil schwarz. Der restliche Teil war gelb und schief und roch nach Sonntagmorgen. Er kam zu uns an den Vierer, in dem wir beiden versuchten, bis Rosenheim zu schlafen und fragte: „Sorry, Leid. Habt's ihr no a Platzerl?"

Ich wiederhole an dieser Stelle: der komplette Zug war leer. Er war immer noch leer. Zweier, Vierer, Stehplätze wohin das Herz lachte. Michi und ich öffneten die Augen, schauten uns verdutzt an und zuckten beide mit den Schultern. Der Typ setzte sich neben mich.

„Horte Nacht?", fragte er in seinem starken österreichischen Dialekt. Wir nickten nur alle und schenkten dem Kerl keinerlei weitere Beachtung.

„Worts in Salzburg?" Okay, dachte ich, der Kerl gab keine Ruhe. Dann brauchte ich gar nicht mehr versuchen zu schlafen. Außerdem sollten wir eh in wenigen Minuten da sein.

„Jo", sagte ich, relativ knapp bemessen. Michi behielt die Augen zu.

„Wo wortsn?", fragte er nach. Wow, dachte ich. So energisch, so wach um – ich drehte die Uhr an meinem Handgelenk zu meinem Gesicht – acht Uhr in der Früh.

„Keine Ahnung, Mann. Haben dauernd gewechselt.", sagte ich, „Wo bist du her? Bist doch a Österreicher, oder?"

„Freilich, Oida. I fohr no nach Rosenheim ins Puff. Kennst eh, oder?"

Ich schüttelte mit dem Kopf. Er zückte eine verglaste, wie einen Flachmann geformte Flasche Wodka, wie man sie oft an Tankstellen an der Kasse findet, aus der Hosentasche und hielt sie mir hin. Ich verspürte einen leichten Würgereiz im Hinterteil meines Halses, hob die Hand und lehnte kopfschüttelnd ab.

„Seids ihr Deutsche?" Die nächste Frage im Katalog.

„Ja, aus Rosenheim.", sagte ich und versuchte den Blick durch die einfallende Sonne nach draußen in die Landschaft zu richten.

„Ah Bern, super."

„Na, Rosenheim.", sagte ich.

„Ja sag i ja: Bern. G'hörts ja eh zu Österreich." Ich war erschöpft. Müde strich ich mir durchs Haar und über die Stirn.

„Hör zu. I checks ned, okay?"

„Ja, ihr seids aus Bern, oder?"

„Aus Bayern?"

„Ja, eh."

„Alles klar, jetzt hab i di."

„Stimmt des, dass bei euch no de Todesstrafe gibt?", fragte er, laut und krakeelend.

„I hoff's.", sagte ich lustlos und schaute aus dem Fenster.

„Naja, wurscht. De Weiber bei euch jedenfalls san de Besten."

„Des seh i anders.", fügte ich lakonisch an, den Blick weiter nach draußen gerichtet und die Nase möglichst weg von seinem Mundgeruch.

„Oida, i sags dir. I hab bei euch scho so viele Weiber pudert." Ich fragte mich, ob abgekaute Ohren wieder nachwachsen würden.

„Sauber.", sagte ich, „A wirklich herzerwärmende Geschichte. Schön, dass du so a tolle Zeit in unserm Land hast."

„Magst an Witz hören?" Der gab keine Ruhe. Ich schloss die Augen. In meinen Gedanken nahm ich ihm die Wodkaflasche weg, zog sie ihm über den Schädel und warf ihn zu Boden. Ich schaute seine vergilbten, stinkenden Zähne und seinen behämmerten Haarschnitt an, packte ihn am Kragen und schrie: „Wie findest du *den* Witz, ha? Wie findest du *den* Witz?"

„Ned wirklich.", antwortete ich, zurück aus meinem Tagtraum. Michi wachte nun auf. Einen Witz ließ er sich selten entgehen.

„Na, wurscht, i erzähl'n trotzdem. Also de rechte Arschbacke sagt zur linken: ‚Du, sollen wir eigentlich heiraten?' Worauf die linke Arschbacke zur rechten sagt: ‚Des bringt nix, weil wir gehen eh wegen jedem Schoaß auseinander.'"

Michi kugelte sich vor lauter lachen. Und das um die Uhrzeit. Jetzt war's bald halb neun. Ich dagegen konnte nicht mal einen müden Schmunzler auf meinen Mund bewegen. Der Kerl erzählte noch zwei oder drei Witze, die Michi alle zu gefallen schienen, denn in Zukunft sollte er sie immer wieder bei Geburtstagsfeiern, Bierfesten und anderen Festigkeiten bringen. Immer mit dem Zusatz: „Toni, weißt no der Typ im Zug von Salzburg heim?" Und jedes Mal sah ich die gelb-schwarzen Zähne und die schuppigen Haare vor meinem inneren Auge.

Um kurz nach halb neun standen wir am Bahnhofsbäcker und holten uns einen mit Käse überbackenen Hotdog und eine überteuerte Coke. Eine normale. Ich schlang den Hotdog runter und ging vor die Tür, um eine zu rauchen. Ich klappte die Schachtel Zigaretten auf und sah die letzte übriggebliebene Tschick darin. Jawollinger, wieder eine Schachtel beim Teufel. Ein Häufchen Teer mehr in der Lunge. Naja, dann rutscht der Krebs später wenigstens nicht aus, dachte ich.

Als ich rausging, telefonierte Michi. Und er kam raus,

nachdem das Gespräch beendet war.

„Weißt, wer am Telefon war?"

„Die automatische Zeitansage?", äffte ich zurück.

„Da Marco. Der is verhaftet worden."

„Wieso?"

„Der wollt' beim Club durch die Hintertür einsteigen und hat a Glasscheibe zerschmettert."

„Der hat dann heut wohl andere Pläne als wir.", sagte ich und lachte.

„Ja, der muss ned so an widerlichen Käse-Hotdog mampfen."

„Nein.", sagte ich, „Der braucht kein Frühstück im Knast. Der kriegt erstmal a ganze Fuhre Schwanz heut in da Früh."

„Vielleicht schmecken die nach Holz und helfen gegen seine Depressionen.", sagte Michi leise zurück, als er an seiner Zigarette zog und den Taxis bei ihrem Dienst zusah.

„Leck mich.", sagte ich und ging die Treppe vor dem Bahnhofsgebäude in Rosenheim runter und flanierte zu meinem Fahrrad. Dann radelte ich heim, ließ einen zünftigen Schoaß, fiel ins Bett und schlief ein.

Sonnhalde

Die Masterarbeit war geschrieben, das geschriebene Wort war gedruckt. Nun galt es, das gebundene Exemplar des gedruckten Wortes zur Hochschule zu bringen und abzugeben, um es anschließend von dortiger Stelle der Korrektur unterziehen lassen zu können.

Schließlich gab ich sie wirklich ab, meine Thesis zur Rettung der Welt, und verließ das Hochschulgebäude mit einem tränenden und einem weinenden Auge. Es waren schöne Erinnerungen und es sollte nun vorbei sein.

Ein letztes Mal lud uns Simmerl zum Abendessen ein. Des Öfteren veranstalteten wir Grillorgien und Barbecue-Gang-Bangs in Simmerls Küche. Fressfeste und Braten-Soireen. Das letzte Abendmahl. Oben an der Sonnhalde, wo man den Blick über die ganze Stadt und das Tal bis zu den Bergstraßen in die weiteren unendlichen tiefen des Schwarzwaldes betrachten konnte. Die beiden Türme des Studentenwohnheimes ragten über die ganze Stadt und vermittelten der Sommernacht einen leicht dystopischen Hauch.

Von nun an trennten sich unsere Wege. Ich konnte es kaum glauben, welch große Lücke so eine kleine Hochschule in so einem kleinen Ort in so einer kurzen Zeit bei mir hinterlassen konnte. Am Anfang konnte ich es kaum erwarten, von hier wegzukommen. Jetzt wollte ich bleiben. Für immer. In dieser Zeit und darüber hinaus.

Was mich noch mehr beschäftigte, war, dass wir gingen, aber die Welt drehte sich weiter. Nach uns werden weitere Studenten kommen, die ihre Ängste in den Prüfungszeiten beherrschen mussten. Die die kalte Depression im Schwarzwälder Kleinstadtwinter mit selbstgedrehten Zigaretten und Bier aus der Dose in den Griff bekommen mussten. Die ihre Sorgen aus der eisigen Kälte freiklopfen und beiseite schaffen mussten. Und eines Tages würden sie ein Zeugnis bekommen und wären entlassen aus ihrer verlängerten Schulzeit.

Bevor ich hinauf zu Simmerls Wohnung auf der Sonnhalde fahren sollte, packte ich noch meine Sachen in der Wohnung. Das war's. Zwei Jahre waren vergangen wie zwanzig Minuten und keine Sekunde davon kostete ich genügend aus. So fühlte ich mich zumindest. Während ich den Schrank ausmistete, schaute dauernd aus dem Fenster raus und fragte mich, was mir am meisten fehlen würde. Die Sommer oder die Winter? Die Schluchten oder die Seen? Die Hitze oder der Schnee? Die ganzen Radfahrer mit Sicherheit nicht. Das Bier hier draußen schmeckte mir mittlerweile sogar ganz gut. Würde ich das vermissen? Hinter meinen Augen machten sich Tränen bereit, um in die Atmosphäre der Traurigkeit hinauszutreten. Okay, der war jetzt etwas dick. Aber Wehmut war gegeben. Zurecht.

Ich stellte all mein Gepäck in die Ecke, um es am nächsten Tag einfach nur noch nehmen zu müssen und abfahren zu können. Dann begab ich mich zu Simmerl. Im Auto schon zwickte dauernd meine Unterhose an der Leiste. Ich hatte alle meine Unterhosen aufgebraucht und für den letzten Abend noch eine über. Eine, die ich sonst nie anzog. Eben aus solchen Gründen. Weil sie kneift. Wenn ich die anhatte und in einem Supermarkt oder einem Café stand und mir dauernd den Schritt gerade zog, sah ich andauernd mir zugeworfene abneigende Blicke. Die dachten wohl immer alle, ich hätte die Chlamydien.

Ein letztes Mal, schoss es mir wieder durch den Kopf, fahre ich die Strecke zu Simmerls Wohnung. Ein letztes Mal dort speisen. Ein letztes Bier. Ich fuhr die paar Kilometer geschmeidig runter und parkte vor dem Haus. Als ich ausstieg, merkte ich sofort den sommerlichen Geschmack, der auf die beleuchtete Sonnhalde vom Tal heraufstieg. Diese Mischung aus gemähtem Gras, Asphalt und Natur. Dazu die Gerüche aus den offenen Küchenfenstern der Nachbarshäuser. Unterhalb von Simmerls Wohnung kochten ein paar pakistanische Austauschstudenten eigene Rezepte und gaben mir an diesem Abend einen einzigartigen Hauch, den ich vor der Haustür aufschnappte. Für den letzten Abend. Für den Abschied.

Schon wieder kniff mir die Hose in die Leiste. Ich rückte sie wieder einmal gerade und drückte die Klingel. Es war dunkel, doch noch dunkler war es im Hausflur, den ich erreichte, nachdem mir der Summer die Tür geöffnet hatte. Ich trat ein und stieg die Treppe zu Simmerls Wohnung hinauf. Beim Hinaufgehen wurde mir klar, dass auch der besondere Geruch in

Simmerls Flur weg sein würde. Ich fragte mich die ganzen zwei Jahre, welcher Geruch das sein würde, doch nie kam ich drauf.

Wir begrüßten uns an der Tür, Xaver war bereits da. Ich holte mir selbstverständlich ein Bier aus dem Kühlschrank, machte es auf, nahm einen großzügigen Schluck und wir begannen das Kochen. Fränkisches Schäuferla.

Man nehme den Deckel eines Edelstahlbräters, lege ihn auf den Herd und begrüßt ihn mit einem Schuss Hitze. Öl hinein, das Schäuferla einmal von allen Seiten anbraten. Das Schäuferla wieder raus, gehackte Zwiebeln, geschälte und in Scheiben zerteilte Karotten, gewürfelten Knollensellerie, etwas Petersilienwurzel und zerkleinerte Steckrüben hinein. Den Lauch in Scheiben schneiden und beifügen. An alle Inhalierenden des jüngst aufpoppenden, schweißgeladenen Fitness-Lifestyles: hier ist kein Platz für Witze.

Alles durchmischen und rundum andünsten. Zwischendrin das Fenster öffnen und dem Geruch vor der Haustür die eigene kulinarische Duftnote beimischen.

Umschichten in das Unterteil des Bräters. Wasser zufügen. Bratensoßenwürfel hinzugeben, ebenso das Schäuferla. Deckel drauf, bei einhundertsechzig Grad Umluft etwa anderthalb Stunden garen, je nach Größe. Danach Deckel ab und mit der Grillfunktion die Kruste des Schäuferlas braten. Dazu passen Semmelknödel oder Kartoffelklöße.

In der Zwischenzeit schauten wir uns Online-Videos von Leuten an, die auf andere Videos reagierten. Also, wir schauten Leuten im Internet zu, wie sie sich YouTube-Videos ansahen. Man lebt im Schnitt sechshundertfünfzigtausend Stunden. Und diese eine viertelte davon bekomme ich nie wieder zurück in meinem Leben. Dann schwenkten wir um zu Politikgesprächen und schließlich und endlich zu einer heftigen Session auf Simmerls Playstation. Das war eher meine Kragenweite.

Dann war es soweit, zwischendrin hatten wir noch die Knödel gemacht und waren nun hergerichtet fürs Essen. Ein kulinarisches Weltkulturerbe. Zum letzten Mal. Eine Geschmacksexplosion, eine Gaumenmassage, ein Erlebnis.

Danach saßen wir mit – noch mehr – aufgeblähtem Ranzen in Simmerls alten, knarzenden Holzstühlen in der Küche und spülten die Reste zwischen den Zähnen mit Schwarzwälder Bier runter. Für was für einen besseren Abend kann man denn fragen?

Die Nacht draußen war noch immer lauwarm und wir beschlossen, uns vor Simmerls Wohnung auf der Terrasse niederzulassen und hinunter in die Lichter des Ortes zu schauen. Nebeneinander saßen wir da mit einem frisch gezapftem Pils in der Hand auf der Sommerbank und ließen die natürlichen Gegebenheiten der Schwarzwälder Nacht um die Ohren wehen. Zirpende Grillen, sommerlicher Wiesengeruch, Stille.

„Das war – glaub ich – des beste Essen, was ich je gegessen hab.", sprach Xaver, als er sich wieder nach hinten lehnte und seinen Bauch nach vorne streckte.

„War ned schlecht, ja.", gab Simmerl bei. Er war kein Mann der großen Worte. Unser Gespräch hielt noch an. Naja, Gespräch kann man es kaum nennen. Es war zu dickflüssig für ein Gespräch. Einer sagte einen Satz, um die melancholische Ruhe zu durchbrechen, und ein paar Augenblicke später gab ein anderer seinen Senf dazu.

„Also.", sagte Simmerl und stand plötzlich auf, „Ich geh' dann mal rein. Ich lass' die Tür offen, dann könnt ihr euer Zeug noch holen."

„Du kannst ja jetzt ned einfach reingehen. Des is unser letzter Abend.", sagte ich mit einer fragend gedrehten Hand.

„Scheiß dich ned an. Wir sehen uns schon mal wieder. Ihr wohnt drei Stunden von mir weg." Simmerl war eben immer etwas weniger emotional als der Rest von uns.

Danach saßen Xaver und ich alleine auf der Bank und wir schauten über die Stadt. Die Straßenlaternen hinter uns schenkten uns weiterhin etwas Licht und wir nahmen vorsichtig in unregelmäßigen Abständen Schlucke aus unserer Flasche, in der Hoffnung, sie würde nie leer werden und wir könnten bis in alle Ewigkeit so dasitzen.

Xaver überkamen die Emotionen über unseren Abschied wohl und er schrie über die Straße und die angebauten Häuser hinab ins Tal und hoffte auf ein hallendes Echo.

„Wie heißt der Bürgermeister von Bozen!?", schrie er lauthals hinunter. Mit den Händen formte er eine Art Kegel um seinen Mund, um die Schallwellen präzise und zielgerichtet freizulassen. Wir warteten auf ein „Ozen" des Tals, doch es schwieg. „Da wirst du kein Echo finden.", meinte ich mit Verweis auf das dicht bebaute Tal, „Außerdem heißt des: Wie heißt der Bürgermeister von Wesel?", berichtigte ich Xaver.

„Ach so, stimmt.", sagte Xaver in leicht enttäuschtem Ton, „Wo ist Wesel überhaupt?"

„Keine Ahnung." Plötzlich kam Simmerl wieder heraus.

„Jungs.", sagte er erschrocken, „I hab a Sprachnachricht bekommen. Hört euch des an." Wieder sowas. Sprachnachrichten. Ein weiteres Segment auf diesem Planeten, das ich nie zu verstehen vermochte. Simmerl spielte die Nachricht, die er in einem seiner Gruppenchats empfangen hatte, ab.

„Es war schön mit euch. Seid mir nicht böse, aber ich kann nicht mehr.", schwor eine traurige Stimme durch das Zerren des Mikrofons hindurch.

„Glaubt ihr, des is schlimm?", fragte Simmerl. Während Xaver zur Besonnenheit mahnte, agierte ich mit Angst.

„Ruf den sofort an! Der will sich doch umbringen!", hetzte ich.

„Naja, der hat öfter so Aussetzer, wenn er getrunken hat.", meinte Simmerl.

„Trotzdem, i würd mi erkundigen nach dem Typen.", ergänzte ich.

„Also, ganz ehrlich.", zögerte sich Simmerl zu einer Antwort, „I hab ned so ein gutes Verhältnis zu dem. Anrufen will i den eigentlich ned."

„Dann schreib ihm halt."

„Schreiben is okay."

Wir saßen weiter auf der Bank vorm Haus, Simmerl setzte sich wieder zu uns und wartete mit starrem Blick auf sein Display, das uns zeitgleich etwas Licht schenkte, auf eine Antwort des Typen. Minutenlang saßen wir in einer Reihe da, jeder gefangen in seinen eigenen Gedanken. Xaver schwärmte wohl noch immer vom Essen oder fragte sich, wo Wesel liegt. Simmerl wartete auf eine Nachricht auf seinem Handy. Und mich fingen die üblichen Existenzängste ein. Wie ging es mit mir weiter? Jetzt sollte ich langsam wirklich erwachsen werden. Schon wieder. Aber wer würde mich denn einstellen? Mit meiner Einstellung würde ich ja nicht mal einen Job in der krossen Krabbe bekommen. Was konnte ich denn vorweisen? Wie habe ich mich in zwei Jahren weiterentwickelt? Bier exen und Online-Solitärrekorde waren keine nennenswerten Referenzen für die Zukunft. Fakt war, meine Studienzeit war nun vorüber. Die Messe war gelesen. Die Witze waren erzählt. Das Brot war gegessen. Der Fisch war gestreichelt. Ich hatte wieder einmal absolut keinerlei Dunst, wie es nun weitergehen würde. Ich ersuchte Rat.

„Und? Wie geht's jetzt weiter?", fragte ich zu den anderen, während wir unverändert den nächtlichen Sommer über der Stadt betrachteten.

„Wie soll's schon weitergehen?", fragte Xaver zurück, „Wir suchen uns eine Arbeit."

„Phänomenal.", schmollte ich, ohne einen Funken Gestik vorzuweisen.

„Was glaubst du denn, Toni?", fragte Simmerl, „Du lebst einfach zu sehr in der Vergangenheit."

„Es gibt nur die Vergangenheit.", sagte ich.

„Was ist des jetzt schon wieder? Wieder eine deiner Theorien?", meckerte Simmerl.

„Naja, die Zukunft gibt's ned, die existiert no ned. Die Gegenwart is winzig. Wos is denn die Gegenwart? Jetzt. Jetzt. Jetzt.", erklärte ich und schnipste zu jedem „Jetzt" mit den Fingern im Gleichtakt, „Alles, des a Millisekunde her is, is Vergangenheit. Und a Millisekunde is a Kleinstanteil in am achtzigjährigen Leben. Und wir als Ingenieure haben ja gelernt, dass Kleinstanteile vernachlässigbar sind. Also existiert nur die Vergangenheit."

„Wahnsinnig philosophisch.", gab Xaver seinen Senf dazu, „Aber so läuft's halt mal."

Plötzlich dachte ich immer wieder daran, was ich denn zu verlieren hätte. Was wäre das Schlimmste, was passieren könnte?

Ich verspürte wieder einen dieser kurzfristigen, positiven Schübe. Vielleicht war jetzt die Zeit, genau das zu machen, was ich immer tun wollte.

In der Wüste tanzen.

Ein Instrument erlernen.

Eine Waffel abfeuern.

Eine Nadel im Heuhaufen suchen.

Ein Buch drehen. Einen Film schreiben.

Ein Hotel auf die Schlossallee setzen.

Einen Tresor knacken.

Auf Zehenspitzen durch den Wald gehen.

Um die Welt schwimmen.

Den Vollbart eines Fremden abrasieren.

Einen Einkaufswagen klauen.

Trampen.

Einen Elefanten streicheln.

Ein Sixpack antrainieren. Ein Sixpack trinken.

Auf einem Bein hüpfen.

Nachts in ein Schwimmbad einbrechen.

Mir einen Irokesen schneiden.

An einer Demonstration teilnehmen.

Den Osterhasen ertappen. Die Zahnfee entlarven.

Karaoke singen.

Nackt durch die Stadt laufen. Wobei mir das Probleme bereiten könnte.

Einen eckigen Cheeseburger essen.

Einen Schneemann bauen.

Stand-Up-Paddeln.

Ein Frisbee werfen.

Pizza von einem Kuchenteller essen.

Kaugummi kauen.

Mit einem Bären kämpfen.

Zum Ende der Welt reisen.

Zu einem der Götter beten.

Die Sterne anschauen.

Als ich zurück in meine Wohnung kam, wurde mir erneut klar, dass gerade unser letzter gemeinsamer Abend vorbeiging. Ich setzte mich ein letztes Mal auf den Balkon und genoss einen Glimmstängel. Nun war ich siebenundzwanzig. Das ging mir immerzu durch den Kopf. Siebenundzwanzig und zu wenig Erfahrung. Zu wenig erlebt. Und doch zufrieden? Ich war immer ein wenig meinem Alter in gewissen Dingen voraus. Nicht von der Reife her, keineswegs. Aber von den Interessen her, dachte ich. Mein Kopf war ein Kind und meine Seele ein alter Mann. Und mein positiv zerrender Ausblick in die Zukunft hielt an. Eine Zeitlang zumindest.

Simmerl schrieb mir, dass die Sprachnachricht wohl ein Missverständnis war. Welches auch immer. Ich dachte noch eine Weile darüber nach. Um fünf Uhr geht der Wecker, sagte ich mir, dann geht es zurück nach Hause. Für immer. Ich sah nicht viel, die Dunkelheit war vor mir da. Und sie wird auch nach mir da sein, dachte ich. Nach mir, wenn ich woanders bin. Woanders in Rosenheim. Mit Sonnenbrille und Eierzwickerhosen. Und einem neuen Zeugnis für die Akten.

FIN

Wenn das Herz und das Hirn streiten,
werden sie der Leber Probleme bereiten.